Dan Lungu

Wie man eine Frau vergisst

Roman

Aus dem Rumänischen
von Jan Cornelius

Residenz Verlag

Bibliografische Information der Deutschen Bibliothek
Die Deutsche Bibliothek verzeichnet diese Publikation in der Deutschen Nationalbibliografie; detaillierte bibliografische Daten sind im Internet über http://dnb.ddb.de abrufbar.

www.residenzverlag.at

Die Herausgabe dieses Werks wurde gefördert durch TRADUKI, ein literarisches Netzwerk, dem das Bundesministerium für europäische und internationale Angelegenheiten der Republik Österreich, das Auswärtige Amt der Bundesrepublik Deutschland, die Schweizer Kulturstiftung Pro Helvetia, KulturKontakt Austria, das Goethe-Institut, die Slowenische Buchagentur JAK und die S. Fischer Stiftung angehören.

Umschlaggestaltung: Ramona Scheiblauer
Umschlagbild: © Image Source/Corbis
Typografische Gestaltung, Satz: Ekke Wolf, typic.at
unter Verwendung der Schrift Kingfisher
Gesamtherstellung: CPI Moravia Books

ISBN 978-3-7017-1543-5

KAPITEL 1

Das Licht war trüb, und der ganze Wohnblock roch nach Bratkartoffeln. Der Geruch steckte im Putz der Wände und umhüllte einen bereits beim Betreten des Gebäudes mit einer olfaktorischen Aura wie ein schäbiger Morgenmantel. Ich wohnte mit Marga schon seit anderthalb Jahren dort, und in dieser Zeit hatte sich nur selten ein anderer Geruch durchgesetzt. Lediglich Margas feiner Nase widerfuhr dann und wann auch die Wahrnehmung des Miefs, den die mit Medikamenten vollgestopften Rentner verströmten. Auch hatte sie die besondere Gabe, den Gestank der Einmachgläser zu wittern, die die Nachbarn immer wieder müden Schrittes über den unendlichen Flur zum Aufzug schleppten.

Ich hatte einen Bärenhunger. Der schwere, ranzige Bratkartoffelgeruch erschien mir plötzlich besonders einladend, und der verkommene Wohnblock verwandelte sich im Handumdrehen wie in einem Märchen, zwar nicht in ein Knusperhäuschen aus Lebkuchen, doch immerhin in eine mehrlagige, knusprige Portion Bratkartoffeln.

Hektisch drückte ich die Türklinke nieder. Mein gereizter Magen probte den Aufstand, sodass ich keine Zeit mehr hatte, nach dem Schlüssel zu suchen. Verzweifelt schlug ich gegen die Tür, mit Händen und Füßen. Ich rief, ich sei es. Ich, Andi. Schließlich begann ich doch noch in meinem

Rucksack nach dem Schlüsselbund zu wühlen zwischen Kugelschreibern, Papieren und allerlei Krimskrams und schwor dabei in Gedanken, mich an dem weiblichen Geschöpf jenseits der Tür dafür zu rächen. Der Hunger ließ mir keine Zeit, Einzelheiten auszuklügeln, eines aber war klar: Es sollte eine grausame Rache werden, irgend so ein asiatisches Ding. Was ganz Böses!

Als ich die Wohnung betrat, brüllte ich: »Hände hoch! Gibt's etwas zu futtern in diesem Haus?« Drinnen war es dunkel wie in einem Sarg, der alles umhüllende Geruch von pflanzlicher Kosmetik warf mich fast um. Der Fernseher war nicht an, also wurde mir sofort klar, dass Marga nicht zu Hause war. Ich machte Licht. Das Bett war leer, und die karierte Decke, bei der ein Zipfel viel tiefer hing als der andere, grinste mich schief an. Ich konnte mir nicht vorstellen, wo sie sein mochte, doch ich wollte es im Augenblick auch nicht wissen. Ich war einfach blind vor Hunger! Ich wollte nur etwas in mich hineinstopfen, egal was. Ich stürzte in die Küche, zum Kühlschrank, und warf alles, was ich darin zu fassen bekam, auf den Tisch: zwei Zwiebeln, ein Stück Käse und ein Glas Maulbeermarmelade. Eier gab's keine mehr. Die sind auch total ungesund am Abend, tröstete ich mich. Ich begann im Stehen zu essen.

Was wir als Küche bezeichneten, war eigentlich nicht mehr als ein etwas geräumigerer Abstellraum, und Hinsetzen war ein verrenkungsträchtiges Abenteuer. Ich schlang die ersten Bissen hinunter, dann ging ich zurück ins Wohnzimmer, um den Fernseher einzuschalten. Da erst entdeckte ich den Zettel auf dem Tisch. Es war eigentlich gar kein Zettel, sondern ein relativ großes Stück starke, gelblich poröse Pappe. Sie lag gut sichtbar auf dem Tisch, wie ein Reservierungsschild in einem noblen Restaurant.

Ich las: »Lieber Andi, ich bin weg. Ich bitte dich, mir zu verzeihen! Irgendwann wirst du es sicher verstehen. Marga.« Die Handschrift war akkurat, die Buchstaben sahen aus, als hätte sie eine Schülerin gemalt, die eben erst schreiben gelernt hatte. Ich sah Margas Schrift zum ersten Mal, wir hatten uns bisher immer nur E-Mails geschrieben.

»Das ist wohl ein blöder Witz!«, brummte ich und dachte dabei an einen Vorfall, der schon etwas zurücklag. Noch keine sechs Monate war es her, dass sie mir einen Streich gespielt hatte. Sie hatte mir damals die Nachricht hinterlassen, sie sei zu ihrer Mutter nach Piatra gefahren und ich solle, solange ich allein sei, bitte keine Dummheiten machen. Es war ein knapper Text, ein Computerausdruck, woraus ich schloss, dass sie die ganze Farce im Büro ausgeheckt haben musste. Höchstwahrscheinlich mit der selbstlosen Hilfe der unschuldigen Kollegen, die kaum erwarten konnten, sie danach bemitleiden zu dürfen. Ich hatte damals ein paar Bier getrunken und schlief praktisch schon im Stehen, sodass ich bloß einen flüchtigen Blick auf die besagte Nachricht warf und des Rätsels Lösung kurzerhand auf den nächsten Tag verschob. Ich fiel also wie ein Stein ins Bett und schlief im Nu ein.

Als ich am nächsten Morgen aufwachte, spürte ich Margas warmen Körper an meinem Rücken. Sie war ziemlich schlecht drauf, denn sie hatte einige Stunden im Schrank verbracht, um mich von dort aus unbehelligt zu beobachten. Sie wollte herausfinden, ob tatsächlich die Mäuse auf dem Tisch tanzten, wenn die Katze aus dem Haus war. Schließlich hatten sie jedoch mein Schnarchen sowie die höchst unbequeme Position, die sie einnehmen musste, dazu gezwungen, den Schrank zu verlassen. Alle Glieder taten ihr weh, und ihre Laune hatte den absoluten Tiefpunkt erreicht. Nicht nur hatte ich ihrer Intuition ein Schnippchen geschlagen und keine scharfe Blondine ins Ehebett gelockt, ich hatte noch nicht einmal einen kompromittierenden Anruf getätigt. Auch sie hatte ich nicht angerufen, um zu hören, wie weit ihr Zug sei und wie es ihr denn so gehe. So viel Gleichgültigkeit meinerseits habe sie wirklich nicht erwartet.

Nun ja, das Lustige an der ganzen Geschichte, und darüber lachten wir beide bereits nach ein paar Tagen, war Folgendes: Hätte ich sie wirklich angerufen, dann hätte ihr Handy im Schrank geklingelt, denn sie hatte vergessen, es auszuschalten.

Während ich nun weiteraß, machte ich mich auf die Suche. Ich begann meine Wohnung nach allen Regeln der Kunst zu durchkämmen, was allerdings nicht sonderlich viel Zeit in Anspruch nahm. Als Erstes gehorchte ich meinem Reflex und widmete mich dem Schrank, aber vergebens. Zwei aufgeschreckte Motten ließen die Erinnerung an einen kurzen Streit, den ich ein paar Tage zuvor mit Marga ausgetragen hatte, aufflackern. Danach suchte ich hinter den Mänteln und Jacken, die an dem Kleiderständer im Flur hingen, ich kroch halb unter das Bett und wirbelte dabei ordentlich Staub auf, ich ging abermals zum Schrank und tastete sogar den Hut ab, danach warf ich einen flüchtigen Blick in den Backofen. Nichts. Ich schaute mich im Badezimmer um und schüttelte kräftig das lange Handtuch mit lila Blümchenmuster. Ich kehrte zurück ins Wohnzimmer und klappte den Koffer auf. Ich öffnete die Schiebetüren der Bibliothek. Ein merkwürdiger Suchwahn hatte ganz und gar Besitz von mir ergriffen. Ich verspürte einerseits Angst – was, wenn es sich diesmal nicht um einen Streich handelte? –, andererseits Freude am neuentdeckten Versteckspiel. Ich war hin und her gerissen zwischen der Verbissenheit eines Rätsellösers und der Faszination eines Sherlock Holmes. Schließlich kroch ich auf allen Vieren, um die Suchperspektive zu ändern. Die Nüstern gebläht, um jede verdächtige Duftnote zu wittern, die Ohren gespitzt, um die Wellenlänge ihres Atems aufzuspüren …

Ich war felsenfest davon überzeugt, dass sich Marga irgendwo in der Wohnung befand und mich erfolgreich hinters Licht geführt hatte. Ich verschwendete keinen Gedanken daran, dass sie woanders sein könnte. So fuhr ich mit meiner Suche fort. Unsinnigerweise zog ich die wenigen Bücher einzeln aus meinem Bücherregal. Voller Misstrauen nahm ich selbst die Blumenvase, das Nähkästchen und die Tennisschlägerhüllen unter die Lupe. Den Kaffeekocher und den Schöpflöffel. Den Höhepunkt der Absurdität erreichte ich, als ich eifrig in meinen Hosentaschen zu wühlen begann. Ich warf alle Dinge, die sich darin fanden, auf den Tisch und begann sie in heilloser Verwirrung zu sortieren. Irgendwo musste sie doch schließlich stecken, oder?

Was mich schließlich zur Besinnung brachte, war das Päckchen Zigaretten. Ich zündete mir eine Zigarette an und machte das Fenster weit auf. Die ersten Züge kaute ich fast. Die frische Luft und das Rattern der Straßenbahnen ließen mich wieder klar denken. Einen Augenblick lang stellte ich mir vor, es gäbe hier irgendwo eine versteckte Kamera und man hätte mich insgeheim gefilmt, während ich mich wie ein Schwachkopf verhalten hatte. Und plötzlich musste ich lachen, als ich mir das Bild vor Augen hielt, wie ich gerade noch auf allen Vieren herumkriechend nach Marga gesucht hatte. Ich lachte lauthals und vertrieb damit meine Panik. Ich muss einen Dachschaden gehabt haben, sage ich mir heute, wenn ich auf meine damalige Fröhlichkeit zurückblicke. Wenn ich sie zu fassen kriege, breche ich ihr alle Knochen, amüsierte ich mich. Ihre süßen Knochen. Ihre Knöchlein, die sich delikat wie platzende Mineralwasserbläschen anhören, wenn sie sich morgens im Bett dehnt und streckt. Ihre bezaubernden Knöchlein. Ich rauchte und kicherte. Es ging mir eine Menge Blödsinn durch den Kopf. Nur an eins wollte ich keinen Augenblick lang denken: dass sie nicht mehr da war.

»Hau doch endlich ab, du bist ja ein richtiges Schwein!«

»Was hast du denn jetzt schon wieder, dich reitet wohl wieder der Teufel, was?«

Er und sie. Die über uns wohnten. Das Schwein und die blöde Kuh.

»Ich habe dich schon so oft gebeten, dich nicht wie ein Schwein zu benehmen!«

»Du bist wohl total bescheuert, was soll das denn schon wieder?«

»Da, schau mal! Was ist das denn?«

»Ach, lass mich in Ruhe! Ich werde doch nicht extra dafür aus dem Bett aufstehen!«

»Dann werde ich dir jetzt mal ganz genau sagen, was das hier ist: Das sind Haare. Und du weißt genau, wie mich das ankotzt!«

»Du kommst bei der Arbeit nicht klar, dann kreuzt du frustriert hier auf und lässt alles an mir aus! Was soll das?!«

»Es geht hier nicht um Frust, es kotzt mich einfach an. Du weißt genau, dass mich Haare im Spülbecken krank machen!«

»Ach ja, pardon! Madame ist ja hochempfindlich …«

»Es ekelt mich einfach nur an, und damit basta!«

»Basta Pasta!«

»Ach, was sind wir heute doch witzig!«

»Das Hörspiel in der oberen Etage ist wieder voll im Gange!«, hätte Marga jetzt bestimmt gesagt. Das Spektakel, das ich gerade mitbekam, tat mir eigentlich ganz gut, muss ich zugeben. Ich schloss das Fenster, damit ich auch ja jedes Wörtchen mitkriegte, dann legte ich mich aufs Bett, die Hände hinter dem Kopf verschränkt. So hatte ich es bisher immer mit Marga zusammen gemacht. Wir lauschten gespannt dem Krach und lachten uns dabei halb tot. Wir beteiligten uns sogar mit leiser Stimme an dieser irren Auseinandersetzung. Wir gaben Kommentare ab. Wenn die Stimmen nur undeutlich bis zu uns drangen, versuchten wir das, was wir nicht verstanden, zu rekonstruieren. Manchmal gerieten wir uns dabei sogar in die Haare. Und bisweilen war uns das Ganze ein Anlass, die Wangen aneinanderzuschmiegen und dicht nebeneinander zu atmen. Uns gegenseitig zu beschnuppern und zu betasten, uns im Rhythmus der Schimpfwörter und des hin und her fliegenden Unflats leidenschaftlich zu umarmen.

KAPITEL 2

Obwohl es nicht den geringsten Anlass dafür gab, war Andi unheimlich gut drauf. Er lief leichten Schrittes dahin und blinzelte mit halbgeschlossenen Augen ins zarte Licht der Morgensonne. Er hatte schlecht geschlafen, eine Menge Unsinn geträumt, hatte erst mal ein paar Kaffees kippen müssen, um überhaupt zu sich zu kommen, aber jetzt war er plötzlich von einer überwältigenden Fröhlichkeit ergriffen wie ein Kind, dem ein vielversprechender Ausflug bevorsteht. Es machte ihm überhaupt nichts aus, dass er Biancas Gastfreundschaft nicht weiter in Anspruch nehmen konnte und sich einen anderen Ort suchen musste, wo er seine schäbigen Koffer abstellen konnte. Auch hatte er überhaupt keine Probleme damit, dass das arme Mädchen eine heftige Auseinandersetzung mit der unbekannten Stimme gehabt hatte, und das höchstwahrscheinlich seinetwegen. Eine fröhliche, wohltuende Gleichgültigkeit erfasste ihn. Eigentlich war Biancas Anteilnahme das einzig Gute gewesen, das ihm in letzter Zeit widerfahren war.

Sonntags war die Straße zu dieser Zeit eher von streunenden Hunden als von Menschen bevölkert. Ein kräftiger, zotteliger Hund mit Bettlerblick leckte zufrieden die Sahne von einem Verpackungskarton unweit einer Bretterbude, wo man Backwaren verkaufte. Eine verängstigte kastanienbraune Hündin schaute ihm aus einiger Entfernung gierig zu und wedelte dabei rhythmisch mit dem Schwanz wie ein kaputter Scheibenwischer. Ein Stück weiter überquerte ein diszipliniertes Hunderudel die Straße auf dem Zebrastreifen. Streunende Großstadthunde, sie eignen sich vorzüglich, den Touristen aus dem Westen einen Heidenschreck einzujagen, die machen sich bei deren Anblick fast in die Hose, ging ihm ganz nebenbei durch den Kopf. Er begann ein Lied zu pfeifen, falsch, aber mit ansteckendem Rhythmus. Er hatte große Lust, ziellos herumzulaufen, sich wie ein Kater schnurrend in die Sonne zu legen, irgendwo in einem Biergarten mit zivilen Preisen ein paar Bier zu zischen. Aber vorher musste er leider diese verflixte Reportage zu Ende bringen. Er hatte sich lange genug einen Lenz gemacht, jetzt konnte er es nicht länger hinausschieben.

Er bewunderte die Willensstärke eines heftig schwitzenden, übergewichtigen Wesens in sportlicher Kleidung, dessen Geschlecht sich nicht genau bestimmen ließ. Das Wesen joggte an ihm vorbei zu einer Zeit, wo normale Leute dem Schlaf frönen, schweren Schrittes wie in Zeitlupe, und er hatte der Eindruck, dass es die Schaufenster zum Vibrieren brachte.

Ein Bettler, der vorübergehend arbeitslos war, ließ sich von der Sonne verwöhnen und las Zeitung. Andi spielte eine Weile mit seinem Feuerzeug, warf es in die Luft und fing es geschickt wieder auf, dann zündete er sich eine Zigarette an. Eine unverhoffte Fröhlichkeit lag in der Luft, die seine Lebenslust in schwindelnde Höhen trieb. Ihm war, als würde er tanzen und nicht laufen. Und die Vögel zwitscherten, dass einem die Ohren klangen. Plötzlich kam ihm der Gedanke, dass diese Ausgelassenheit womöglich ein Krankheitssymptom war. Das Symptom einer tödlichen Krankheit, was denn sonst? Vielleicht hatte ihn ein perfides Insekt gestochen, eins von denen, die einen zum Lachen brachten. Ein Insekt, dessen Gift sein Leben plötzlich wunderschön erscheinen ließ, kurz bevor er starb, damit ihm der Tod doppelt weh tat. Dieser verrückte Gedanke erheiterte ihn. Ihm schien, als wäre er an diesem Morgen dazu verdammt, glücklich zu sein, was immer er unternahm oder dachte, und er ließ sich von dieser Glückswelle tragen.

Er bewunderte den blassblauen Himmel, der an einen Baby-Strampler erinnerte, dann ließ er die Hand mit der Zigarette sinken und atmete die feuchtfrische Morgenluft tief ein. Die blättergeschmückten Baumkronen glitzerten in der Sonne wie riesige Discokugeln. Eine Libelle hatte die andere bestiegen, und die beiden brummten wie ein Hubschrauber mit Doppelrotor. Die gesamte Landschaft des kleinen Parks, an dem er gerade vorbeiging, verströmte eitel Harmonie wie in einem klassischen Gedicht. Er streckte die Arme aus und genoss das Freiheitsgefühl. Hätte er sich nicht mitten in der Stadt befunden, dann hätte er bestimmt aufgejauchzt. Aus voller Kehle hätte er einen befreienden Urschrei ausgestoßen.

Er ließ den kleinen Park hinter sich, bog rechts ab und entdeckte das gesuchte Gebäude. Er kannte es eigentlich schon seit längerer Zeit, hatte es aber inzwischen vergessen. Es ähnelte anderen neo-protestantischen Kirchen, doch war es nur einstöckig und etwas bescheidener ausgefallen. Ansonsten war es der gleiche Betonklotz mit Kunststoff-Fenstern und einem gleichseitigen Dreieck über dem Eingang, das wohl den Drang zu höheren Sphären suggerieren sollte. Das Dreieck kam ihm wie eine unwillkürliche, unbeholfene Nachahmung des gotischen Spitzbogens vor.

Und das ganze Gebäude erschien ihm wie eine Kathedrale, die im heißen Wasser eingelaufen und danach mit dem Bügeleisen plattgedrückt worden war. Es gab darin keine Heiligenstatuen, wahrscheinlich sehr zum Ärger einiger Bildhauer.

Bevor er sich gegen das schwere Eisentor stemmte, betrachtete er aufmerksam die dicht am Gehweg geparkten Autos. Es war eine bunte Mischung. Zwischen einem nagelneuen Audi und einem längst schrottreifen BMW stand ein verrosteter Dacia 1300, und so ähnlich ging es weiter. Der Reporter in ihm war ohne sein Zutun erwacht, er beobachtete die Dinge aufmerksam und mit kritisch prüfendem Blick. Als er vor einiger Zeit hin und wieder an Pressekonferenzen teilgenommen hatte, hatte er schnell gelernt, alles, was er erlebte, hartnäckig zu hinterfragen. Das war sozusagen beruflich bedingt, denn von Natur aus war er ein eher lethargischer Typ. Doch eins war ihm längst klar geworden: Wenn du nicht clever bist und die Augen aufhältst, führen die da oben dich an der Nase herum und du wirst mit Propagandasprüchen und PR-Nonsens abgespeist.

Der kleine zubetonierte Hof war rundum von steinernen Blumenkästen gesäumt, in denen mickrige bunte Blumen wuchsen. Der Fußabdruck, den ein Kind dicht vor den Eingangstreppen hinterlassen hatte, nahm der Betonplatte etwas von ihrer Kälte. Wahrscheinlich war dort vor Jahren ein Junge oder ein Mädchen die Treppe hinabgesprungen, um dann festzustellen, dass der Zement noch weich war. Es hatte nur einen Fuß in den Hof gesetzt. Oder vielleicht hatte es ganz frech aufgestampft und dabei schelmisch gelächelt. Oder hatte es dabei, wer weiß, die ewige Unbeständigkeit der Materie fasziniert, die Vergänglichkeit? Womöglich hatte es vorher die Erwachsenen sagen gehört, jeder Mensch müsse auf dieser Erde irgendeine Spur hinterlassen. Das Kind war inzwischen wohl erwachsen, arbeitete acht Stunden täglich und hatte seinen Streich von damals längst vergessen. Der Fußabdruck war ohne seinen Schöpfer geblieben.

Er betrat zum ersten Mal eine neo-protestantische Kirche. Das kümmerte ihn jedoch nicht, denn als Journalist war er es gewohnt, allerhand merkwürdige Einrichtungen in Augenschein zu nehmen. So irrte er zum Beispiel einmal eines Nachts ziemlich lange auf der Umgehungsstraße vor der Stadt herum und suchte zwecks Recherche sogar ein illegales Bordell auf, um mit schwer benebelten, mordsmäßig aufgetakelten Nachtvögeln zu palavern. Vor dem Hintergrund solcher Erfahrungen hielt sich seine Scheu vor bizarren Begegnungen also ziemlich in Grenzen. Ihn trieb lediglich seine berufsmäßige Neugier.

Der viereckige Vorraum war überfrachtet mit Plakaten, Anzeigen, Zeitschriften und Faltblättern. Auf den ersten Blick stellte er fest, dass die Graphiker eine Schwäche hatten für dunkle Wolken durchdringende Sonnenstrahlen, für Blumenkränze, Kinder mit roten Wangen, die einander an der Hand hielten, Tauben, Blütenfelder, Regenbögen und Ähnliches. Nun, eigentlich hatte er ja auch keine Pin-up-Busenwunder oder Werbefotos für Autos mit Airbag erwartet.

Der Gottesdienst hatte bereits begonnen. Gottesdienst war aber wohl die falsche Bezeichnung für das, was da gerade ablief, denn ein Typ in Anzug und Krawatte hielt gerade eine Rede. Einen Augenblick lang war ihm, als hätte er sich in der Adresse geirrt und sei bei einem Dermatologen-Kongress gelandet, denn es ging um Geschlechtskrankheiten. Dann begann er zu verstehen. Es handelte sich wohl um eine Strafe, die denen auferlegt wurde, die, vom Leibhaftigen getrieben, auf Abwege geraten waren. Er hatte nicht die geringste Lust auf moralische Geschichten und wurde langsam ungeduldig. Die Luft im Raum, die von ungefähr achtzig Nasen und Mündern ein- und ausgeatmet wurde, miefte wie in einem Secondhandshop. Er flüchtete sich unter ein halbgeöffnetes Fenster, dabei folgten ihm einige neugierige Blicke. Von hier konnte man mehrere Musikinstrumente ausmachen, die in der linken Bühnenecke drunter und drüber standen oder lagen. Ein Klavier, eine Gitarre, eine Trompete, ein Schlagzeug und noch ein ganz merkwürdiges Instrument, das an einen Grillrost erinnerte. Die mannshoch getäfelten Wände rundum ließen den Raum wie einen Festsaal für Bauernhochzeiten aussehen. Solche Säle wurden in den letzten Jahren Ceauşescus auf Teufel komm raus gebaut.

Die Leute saßen auf schwarzen Plastikklappstühlen, hielten Bibeln in der Hand und hörten relativ aufmerksam zu. Einige machten sich sogar gewissenhaft Notizen. Der Mann mit Anzug und Krawatte hatte kurzes Haar und einen Glatzenansatz. Er fuchtelte jetzt mit den Händen und ergoss sich in einem Redeschwall. Er erzählte etwas von einer sprechenden Eselin. Mal sprach er frei, mal las er aus der Bibel vor, und er schien sich ziemlich gut zu schlagen, zumal die Zuhörer auf den unbequemen Stühlen reglos sitzen blieben. Es kam Andi etwas bizarr vor, dass heutzutage ein Mensch bei vollem Verstand, mit dezentem, wenn nicht gar elegantem Auftreten, allen Ernstes von einem sprechenden Tier redete. Und er hielt seine Rede nicht etwa vor einem Haufen ignoranter Halbwüchsiger, sondern vor einer Gruppe mündiger Bürger. Die Ärmsten! Sie waren in aller Herrgottsfrühe aufgestanden und, statt zum Markt zu gehen, um Petersilie oder Ähnliches zu kaufen, hierhergekommen in dem Glauben, sie könnten ihr Seelenheil finden, und der Typ da vorne erzählte ihnen jetzt einen vom Pferd, pardon, von einer Eselin. Es wurde langsam peinlich! Okay, den Redner konnte er noch einigermaßen verstehen, das war wohl ein Scharlatan, der sich für diesen Unfug bezahlen ließ, doch was er von all den Leuten halten sollte, die mit gespitzten Ohren dasaßen, wusste er nicht, Je länger er das Geschehen auf sich wirken ließ, desto mehr kam er sich wie in einem Irrenhaus vor. Darüber hinaus lechzte er nach einer Zigarette, es war grauenvoll, aber er beschloss, noch fünf bis zehn Minuten durchzuhalten und dann abzuhauen. Er wollte nur noch herauskriegen, ob das Affentheater Stoff für eine Reportage hergab oder nicht.

Plötzlich fragte er sich jedoch ernsthaft, ob er das Risiko einer solchen Reportage überhaupt eingehen wollte. Wenn du solche Typen in die Pfanne haust, die an sprechende Tiere, an den Weihnachtsmann und an weiß der Kuckuck welchen Kram noch glauben, dann wirst du eines Tages merken, dass sie hinter dir her sind wie der Teufel hinter der armen Seele, um sich eiskalt zu rächen. Er sah sich schon in einem dunklen Hauseingang liegen, der nach durch die Nieren gefiltertem Bier stank, oder eine mit Arsen gewürzte Suppe löffeln. Sie hatten zwar keine Killervisagen, aber wer konnte schon wissen! Eigentlich lächelten sie alle unentwegt und schauten ganz harmlos drein. Ja, es war tatsächlich so, er musterte sie der Reihe nach. Kein Einziger guckte grimmig oder bedrohlich. Im Gegenteil, der eine lächelte in einem fort ganz raffiniert mit kaum wahrnehmbar nach oben gezogenen Mundwinkeln, der andere grinste die ganze Zeit derart breit, dass man bei seinem Anblick automatisch an eine böse Gesichtslähmung denken musste. Ja, es gab da die ganze

Brandbreite zu entdecken. Sie sehen aus wie Kellner im Einsatz, fand er.

Nach langem Suchen entdeckte er einen ziemlich klapprigen Typen. Er war so eine Art Lokal-Jesus mit langem, schütterem Haar. Er blätterte geschäftig in irgendwelchen Papieren. Ein relativ normaler Mensch. Ein betagter Hippie. Er war wahrscheinlich zu spät dran gewesen, um in den Genuss des Zaubertranks zu kommen, der die Menschen zum Lächeln und die Tiere zum Sprechen brachte.

KAPITEL 3

Es folgte der zweite Teil des Hörspiels.

»Stell dich nicht so an! Sag nicht dauernd, dass dich meine Haare anwidern!«

»Aha! Und was bitte soll ich sagen? Dass sie mich antörnen?«

»Du sollst einfach nur die Klappe halten!«

»Du lässt wohl nicht locker, bis du mich zum Kotzen bringst!«

»Geht das schon wieder los?«

»Es geht nicht wieder los, es geht nur weiter. Ich will es dir ja bloß erklären ...«

»Wenn du noch ein Wort sagst ...«

»Was dann?«

»Ich ertrage das nicht mehr.«

»Dann schenke ich dir demnächst eine Trage.«

»Was sind wir jetzt wieder witzig! Und dabei hast du bloß wieder meine Pointe geklaut.«

»Ha! Dass ich nicht lache!«

»Lass dir doch selbst mal etwas einfallen!«

»Schluss jetzt! Halt endlich deine verdammte Klappe!«

»Du bist einfach nur ein Schwein. Ein Oberschwein! Das war immer schon so, und es wird auch immer so bleiben.«

Als sie, die blöde Kuh, zu weinen begann, öffnete ich wieder das Fenster. Sie flennte auf eine ganz jämmerliche

Art und brabbelte dabei etwas Unverständliches. Lediglich das Wort *Schwein* konnte ich hin und wieder heraushören, klar und deutlich, mit Nachdruck ausgesprochen.

Die Straßenbahnen fuhren nicht mehr. Unten im kleinen Park hörte man vereinzelte Stimmen und Gläsergeklirr. Wenn man nachts aus der Vogelperspektive auf unser beleuchtetes Wohnviertel blickte, dann stellte man fest, dass es ungefähr die Konturen eines Müllcontainers hatte. Zumindest hat Marga das immer behauptet, und ich habe mir nie die Mühe gemacht, ihr zu widersprechen.

Dieses Mal ging das Live-Hörspiel in der oberen Etage ziemlich kläglich aus, nicht wie andere Male, wo ich ein herrliches Prügelfinale erlebt hatte.

Mir wurde immer klarer, dass die Wahrscheinlichkeit, dass Marga sich irgendwo in der Wohnung aufhielt, gegen null gesunken war. Sie hätte es allein nicht ausgehalten, sie wäre bestimmt schon längst aufgetaucht, damit wir die Show gemeinsam genießen konnten. Sie hätte es sich gewiss nicht verkneifen können, dem da oben »Du Vollidiot!« zuzurufen oder zumindest in ihrem Versteck lauthals zu lachen.

Ich gab die Suche auf und griff nach meinem Handy. Ich rief sie an. Der Teilnehmer war vorübergehend nicht zu erreichen. Ich rief bei der Zeitung an. Es meldete sich ihre Redaktionskollegin Larissa mit einer keuchenden Stimme, als hätte sie gerade Holz gehackt. Nein, sie sei leider nicht da. Ich telefonierte mit Ramona, die hatte sie seit einer Woche nicht gesehen. Ich rief allerhand Freunde und Bekannte an und machte mich dadurch wahrscheinlich zum Gesprächsthema Nummer eins und zum Gespött aller. Ich fragte bei ihrer Mutter in Piatra nach. Ihre Stimme am anderen Ende der Leitung klang zögerlich. Als wüsste sie nicht, ob sie es mir sagen sollte. Sie wartete auf Angaben von mir. Sie wartete darauf, ohne danach zu fragen. Ich versicherte ihr, dass nichts Schlimmes passiert sei, dass ich bloß nicht wisse, wo Marga jetzt sei. Kein Sterbenswörtchen über den auf dem Tisch vorgefundenen Zettel. Dann gestand sie plötzlich, dass sie ihr vor einigen Tagen eine bestimmte Geldsumme geschickt habe. »Eine ziemlich hohe Summe«, beeilte sie sich hinzuzufügen. Wahrscheinlich wollte sie mir entgegenkommen. Mir die korrekte Antwort nahelegen. Womöglich wusste sie sogar einiges mehr. Keine Ahnung. Die Mutter war eine etwas merkwürdige Erscheinung, und die Beziehung zwischen den beiden war ziemlich gestört. Margas Eltern machten keinen Hehl aus ihrem Unverständnis für die Tochter, die den falschen Freunden zum Opfer gefallen war. Sie hätten sie vielleicht noch zurückgewinnen können. Sie brauchten ihr bloß eine kleine Lektion zu erteilen, die ihr Leben gleich wieder auf die rechte Bahn bringen würde. Sie waren gerade dabei. Die erste Lektion bestand im sofortigen Abbruch des Kontaktes zur Tochter und dem Abdrehen des Geldhahns, auf den diese angewiesen war. Auch musste die Tochter für eine gewisse Zeit verstoßen werden. Damit das Kind endlich einsah, dass das Leben beileibe kein Vergnügen war. Damit das Mädchen die Härte des Daseins am eigenen zarten Leib erfuhr. An diesem zarten Leib mit einer Haut so glatt wie ein Kinderpopo, wie sie es früher auszudrücken pflegten. Schade nur, dass ihre pädagogische Aufbruchstimmung sich verflüchtigt hatte wie das Morgenrot. Denn schon am Tag nach dem historischen Beschluss, ihr eine Lektion zu erteilen, der im Familienrat feierlich und mit großem Bedauern verkündet wurde, wobei die Augen der Mutter kontinuierlich tropften und die Stimme des Vaters gequält zitterte, bekam die Tochter urplötzlich zwei vertrauliche Anrufe. Einen von der Mutter, von dem der Vater nichts erfahren durfte, und einen vom Vater, der vor der Mutter verheimlicht werden sollte. Die Mutter sicherte ihr zu, sie werde sie künftig finanziell nach Kräften unterstützen und ihr auch gute Ratschläge erteilen, wann immer sie sich in der Klemme befinden sollte, während der Vater, etwas zurückhaltender und anscheinend vernünftiger, sich anbot, ihr monatlich eine angemessene Menge Kohle zu überweisen, zumal er nicht wollte, dass die Tochter wegen schwerer Bedürftigkeit zu Verzweiflungstaten schritt. Selbstverständlich durfte die Mutter dies keineswegs spitzkriegen, denn die zeitweilige Aberkennung des Tochterstatus sollte ja dieser eine Lehre sein und der Mutter ebenso, die viel zu nachsichtig gewesen war. Und so kam es in der Familie zu der widersinnigen Situation, dass Marga Monat für Monat eine nicht unbeträchtliche Geldsumme zuteil wurde, die wesentlich höher war als die, die ihr vor ihrer Bestrafung zugesandt worden war. Im Klartext bedeutete das für sie noch mehr Kosmetikprodukte für ihre glatte Haut und noch mehr Wunderkapseln mit Anti-Aging-Effekt. Darüber hinaus musste sie sich den Eltern gegenüber auch nicht mehr rechtfertigen, ja gar keinen Umgang mehr pflegen. Schließlich redeten sie ja nicht mit ihr, oder? Sie musste ja jetzt ihren Weg allein gehen, nicht wahr?

Nachdem ich mich durch meine nächtlichen Nachforschungen in meinem gesamten Freundeskreis lächerlich gemacht hatte, platzte mir der Kragen. Ich war plötzlich fest davon überzeugt, dass es sich um eine Farce handelte. Eine von langer Hand vorbereitete, böswillige Farce. Einige von denen, die ich gerade angerufen hatte, waren daran beteiligt, und nun kugelten sich alle vor Lachen. Ja, sie hatten mich an der Nase herumgeführt, nach allen Regeln der Kunst, und ich musste nun schauen, wie ich aus diesem Schlamassel wieder herausfand. Ich kochte vor Wut.

»Du redest nur Müll«, brüllte er mit vollem Mund.

»Ich rede nicht mehr mit dir, du Schwein!«

»Du brauchst nicht mit mir zu reden, du musst mir bloß zuhören ...«

»Gott, bist du witzig!«

»Das hier im Spülbecken ist nicht mein Haar!«

»Na klar, es ist das Haar meiner Großmutter, Gott sei ihr gnädig!«

»Ich meine es ernst.«

»Meinst du, ich bin blöd? Was soll das?!«

»Komm und schau es dir mal ganz genau an! Habe ich etwa so kurzes Haar?«

»Dann wollte sich wohl ein Außerirdischer in unserem Bad die Zähne putzen. Und dabei hat er seine feinen Kopfantennen in unserem versifften Spülbecken vergessen.«

»Genau, dein Bruder hat uns mal wieder besucht.«

»Natürlich! Immer drischst du auf meinen Bruder ein! Weil du ein Schwein bist!«

»Habe ich etwa gesagt, dass du blöd bist, du blöde Kuh? Wieso bezeichnest du mich dann als Schwein?!«

»Gerade jetzt hast du gesagt, dass ich blöd bin!«

»Weil du mich als Schwein bezeichnet hast.«

»Das bist du ja auch!«

»Also jetzt allen Ernstes: Dein Bruder war gestern hier. Er hatte eine Verabredung und musste sich fein machen.«

»Der soll mir den Buckel runterrutschen mit seinen ganzen Nutten ... Hat der etwa diese Nutte zu uns in die Wohnung geschleppt?«

»Nein, er hat sich in einer Bar mit ihr getroffen ...«

»Der hat sie wohl nicht mehr alle! Statt sich mal um Arbeit zu kümmern, wirft er in irgendeinem stinkigen Loch Geld zum Fenster hinaus. Der hat wohl den Arsch auf!«

»Mir ist das scheißegal, mir geht es bloß um eine Sache: Das Haar im Spülbecken ist nicht von mir. Du hast mich ganz ohne Grund angemacht, du hysterische Kuh!«

»Was heißt hier ohne Grund! Mich widert dieses Haar an, egal ob es von meinem Bruder stammt oder nicht. «

»Jetzt hör mir mal gut zu: Es ist nicht mein Haar, und damit basta!«

»Ich rufe jetzt meinen Bruder an. Und wenn das nicht sein Haar ist, dann kannst du was erleben!«

Das ist der letzte Satz, an den ich mich erinnern kann. Darüber schlief ich ein. Ich schätze, ich habe bis zum nächsten Morgen insgesamt höchstens um die drei Stunden geschlafen. Mehr schlecht als recht. Keine Ahnung, wie die Auseinandersetzung der beiden zu Ende ging, ich kann aber von einem möglichen Finale berichten, das ich in den Morgenstunden geträumt habe. In meinem Traum war Marga gar nicht verschwunden, sie hatte sich bloß verkleidet. Sie hatte die Nachbarin von oben, die blöde Kuh, in einen Käfig in den Keller gesperrt, um sich ihre Kleidung und ihre Stimme anzueignen. Daher war jene, die man durch die Wohnzimmerdecke heftig über die Herkunft der Haare debattieren hörte, keine andere als Marga selbst. Der Nachbar, das Schwein, hatte es gar nicht gecheckt. Vor allem, weil Marga den Gesprächsverlauf schon so gut wie auswendig kannte und auch mit den Familienangelegenheiten der beiden bestens vertraut war. So war es ein Leichtes für sie, ihm etwas vorzumachen. Aber mich, Andi, konnte sie damit nicht reinlegen. Ich hatte dank meines hohen IQs gleich bei den ersten Worten gemerkt, was da abging und dass Marga nun in Wirklichkeit die Stelle der blöden Kuh einnahm.

Ja, genau so sah es aus in meinem Traum. Und noch etwas ist mir sofort aufgefallen: Auf dieses ganze Abenteuer hatte sich Marga nur eingelassen, weil sie mir nachspionieren wollte. Sie hatte jetzt zwar das Versteck im Schrank gegen die Wohnung von oben getauscht, ihre Logik war jedoch die gleiche geblieben. Es war mir sonnenklar, dass sie nun dort oben die Ohren spitzte, um herauszukriegen, ob mein Bett krachte. Nur hatte das Schwein keinen Schimmer, dass sie nicht die blöde Kuh war, und behandelte sie, als wäre sie die blöde Kuh. Er warf ihr die ordinärsten Ausdrücke an den Kopf. Für mich, der den ganzen Schwindel durchschaute, hatte diese verrückte Story einen gewissen Reiz. Ehrlich gesagt, ich genoss es sogar in vollen Zügen, wenn Marga immer wieder mit Wörtern bedacht wurde wie »Schwachkopf«, »dumme Gans«, »hysterische Ziege« und vor allem »blöde Kuh«. Ich hatte noch nie so mit ihr geredet, und ich hatte auch noch nie das Bedürfnis gehabt, es zu tun. Meine Genugtuung kam daher, dass Marga jetzt endlich die Möglichkeit hatte, sich bewusst zu machen, wie gut unsere Beziehung funktionierte, was sie bestimmt dazu veranlassen würde, ihre billige Farce zu bereuen. Ich war nun reichlich entschädigt und ziemlich sicher, dass sie am nächsten Tag vor der Tür stehen würde, von Schuldgefühlen geplagt. Ich sah schon in meinem Traum – Marga hatte inzwischen sogar was auf die Ohren bekommen –, wie sie zerknirscht wieder auftauchte und ich sie mit Freude aufnahm wie der Vater den verlorenen Sohn und dabei die ganze Zeit so tat, als wäre überhaupt nichts passiert. Ich fragte sie, was sie da draußen so alles getan habe, während ich ihr etwas zu essen gab und ihr einen starken Kaffee kochte. Sie antwortete, sie habe die Nacht bei einer Freundin verbracht, und ich lächelte milde und verständnisvoll. Ich tat, als hätte ich ihre blauen Flecken überhaupt nicht bemerkt, und auch die tiefen Augenringe nicht. Doch ehe es so weit war, genoss ich noch die saftigen Ohrfeigen, die sie eine nach der anderen einstecken musste, während sie selbst auch richtig die Sau rausließ und mit einer gehässigen Schimpfkanonade auf den heftigen Angriff antwortete, genau so, wie die blöde Kuh es immer getan hatte. »So geschieht es dir recht«, stammelte ich im Schlaf, »jetzt wird dir ordentlich die Fresse poliert. Jetzt hast du endlich das gefunden, was du gesucht hast, zu Hause war es dir ja nicht mehr gut genug.«

KAPITEL 4

Ein aufmunternder Sonnenstrahl traf Andis Knie. Er blickte aus dem Fenster und entdeckte einen Gemüsegarten. Eine Zwiebel hatte ihre grünen Periskope in die Höhe gereckt, die Tomaten waren gereift, und die Petersilie machte es sich auf zwei Beeten bequem. Vielleicht pflückt sich ja nach dem Gottesdienst jeder, was er braucht. Wenn sie schon nicht auf den Markt gehen, dann essen sie halt das hier, überlegte er. Doch auch wenn er den Gedanken lustig fand, glaubte er diesen Quatsch freilich nicht.

Jenseits des Gemüsegartens erstreckte sich die Stadt mit zahlreichen Biergärten, die mit Sonnenschirmen und bequemen, gepolsterten Korbsesseln ausgestattet waren. Er hätte sich dort wie ein Kater in die Sonne fläzen und ein paar Bier genehmigen können. Doch statt umgehend loszuziehen, saß er zwischen all diesen lächelnden Spinnern. Er war durstig wie ein Schultafelschwamm in den Sommerferien, und an eine Zigarette zu denken wagte er gar nicht erst. Wenn die Atmosphäre wenigstens einigermaßen mystisch, erhaben gewesen wäre, so wie damals, als er mit seinem Großvater in die Kirche ging. Doch davon keine Spur. Sowohl Weihrauchduft als auch Heiligenstatuen mit feiner Patina und Ikonen waren hier absolute Fehlanzeige. Es war nicht einmal zu erkennen, wer hier das Sagen hatte. Der Pfarrer in seiner Kirche trug ein reich besticktes Gewand und handhabte das Weihrauchfass wie ein Schwert. Da wusste man wenigstens, wer der Chef war.

Als Andi gerade im Begriff war, ganz und gar die Geduld zu verlieren, sprach der Mann auf der Bühne ins Mikrophon:

»Meine Lieben, meine Brüder, wir dürfen nicht vergessen, dass unser Platz dort oben ist, im Himmel. Das Leid und die Sorgen hienieden sind nur vorübergehend, und wisset, kein Preis ist zu hoch für das ewige Leben. Jesus hat dort oben Einzimmerwohnungen für uns eingerichtet. Es ist dort Platz für jeden, doch beeilt euch! Es sind wunderbare Wohnungen ohne Schimmelbefall, und die Wasserrohre platzen dort nicht alle Tage ...«

Man hörte einige kichern.

»Soso, der Typ hat also Humor!«, brummte er.

Eigentlich hatte er an diesem Ort nicht mit Witzbolden gerechnet. Wie dem auch sei, zum ersten Mal in seinem Leben war er mit der Formel »wie im Himmel, so auf Erden« völlig einverstanden.

In seiner Hosentasche begann das Handy zu vibrieren. Es war Arthur. Andi unterdrückte wütend den Anruf. Nach allem, was der ihm angetan hatte, verspürte er nicht die geringste Lust, sich seine eventuelle Entschuldigung anzuhören. Allein wenn er an die hämischen Blicke derer dachte, die in der Pressebar herumhingen, wurde er stocksauer.

Just in dem Moment, als Andi beschloss, auf dem Rückweg zu Biancas Wohnung in einen Biergarten mit zivilen Preisen einzukehren, sah er die ersten Regentropfen am Fenster herabrinnen. Er reckte den Hals und entdeckte eine Ballung kobaltblauer Wolken, sie waren in Rage geraten wie eine Herde wildgewordener Stiere. Gleich darauf begann es Bindfäden zu regnen, es peitschte so heftig, dass der ganze Gemüsegarten ordentlich zerwühlt wurde. Er verwünschte den Moment, als er sich zu dieser Reportage entschlossen hatte, dann gab er sich jedoch dem Zauber des Regens hin.

Ein heftiger Donnerschlag ließ die Fensterscheiben der Stadt mit einem polyphon klirrenden Seufzer erzittern. Das Halbdunkel schluckte gierig und wahllos Häuser und Riesenbauten, Straßen und Bäume. Durch einen Spalt in der Wand drang kühle Luft von draußen zu ihm, gemischt mit feinen Wasserpartikeln und herbem Geruch von Eisenstaub. Der herabpeitschende Strom schwoll an und trübte sich, bohrte sich durch die Luft, heulte und dröhnte. Das Wasser schäumte in den Dachrinnen des Nachbarhauses. Das überwältigende Rauschen, das einer gigantischen Seemuschel zu entspringen schien, übertönte despotisch das rhythmische Rattern auf dem Blechdach und auf der Fensterbank. Ein Blitzschlag schoss aus dem Nichts hervor, zackig wie ein Kursdiagramm zu Krisenzeiten, zerriss den tiefblauen Horizont und wurde danach zu Asche. Ein kaum noch wahrnehmbares dumpfes Donnern folgte kurz darauf.

Das Ganze kam Andi vor wie die grandiose Show eines fulminanten Rockkonzerts. Er empfand jetzt auf einmal wieder die tiefe, kindliche Freude, dies alles vom Fenster aus zu bewundern, und zugleich das jugendliche Bedürfnis, sich unter die Zuschauer zu mischen und »Zugabe!« zu rufen.

Nach einiger Zeit ließ der Regen allmählich nach, er lebte nur noch dann und wann auf, mit kaum merklichen Zuckungen. Wie auch immer, es kam trotzdem nicht in Frage, dass er sich mit Sandalen auf die Straße wagen konnte. Der Himmel hellte zwar auf, blieb jedoch undurchsichtig. Die wilden Stiere hatten sich auf die Weiden der

Nachbardörfer verzogen, es nieselte ganz ruhig und gleichmäßig vor sich hin. Ein Wetter, wie für Rentner gemacht.

Auf der Fensterscheibe hatten die Wassertropfen unvorhersehbar gewundene Wege eingeschlagen. Wenn man sie mit halbgeschlossenen Augen betrachtete, hielten sie plötzlich inne. Sie erinnerten dann eher an eine vom Frost gezeichnete Eisblumenlandschaft. Öffnete man die Augen, setzten die winzigen Rinnsale ihr Fließen fort, zierlich und verspielt, mal breiter, mal schmaler. Als ob man ein ganzes Land von hoch oben betrachtete. Hätte er sich damit ausgekannt, wäre es ihm möglich gewesen, anhand dieser Linien die Zukunft zu deuten, wie die kurzsichtige Tante Georgeta im Kaffeesatz. Wenn die Zeichen, die sie dort entdeckte, widersprüchlich oder undeutlich waren, ging sie der Wahrheit auf den Grund, indem sie Karten legte.

Er fragte sich jetzt vor allem, wo er denn heute übernachten würde. Auf einer bequemen Matratze oder in einem spartanisch improvisierten Bett?

Draußen befand sich der Garten in einer Art Dämmerschlaf. Das teilweise unter der Last der hochgespritzten Erde gekrümmte Blattwerk erinnerte an ein modernes Kunstwerk. Die Wasserrinnen am Fenster flossen mit hypnotischer Gleichmäßigkeit. Durch den Regenschleier erblickte er ein Kind am Fenster des Nachbarhauses. Es sah aus wie der Ausschnitt eines pointillistischen Gemäldes. Er hätte ihm gerne zugewunken, doch wurde er von einer Bewegung überrascht, die plötzlich im Saal entstand. Die Leute hatten sich alle erhoben. Der unerwartete Aufbruch entriss ihn seinen Träumereien, und jetzt stellte sich die dringliche Frage, wie er ohne Schirm draußen klarkommen sollte. Er hatte kein Geld für ein Taxi, er war schließlich fast pleite. Doch dann merkte er, dass er sich getäuscht hatte, die Leute brachen gar nicht auf, sie bereiteten sich einfach nur vor, etwas zu singen. Auf der Bühne war ein kräftiger blonder Typ mit einer Gitarre um den Hals erschienen. Mit seinen langen Haaren sah er aus wie ein Minnesänger. Er strich kampfeslustig über den Gitarrenhals. Ein gedrungener brünetter Mann stellte die Leinwand für den Projektor so ein, dass die Liedstrophen gut lesbar waren. Man gab ein Zeichen, und alle begannen im Chor zu singen. Der Blonde hatte alles unter Kontrolle. Andi hatte natürlich etwas Himmlisches, Strahlendes erwartet, etwas, bei dem es einem heiß und kalt den Rücken herunterläuft wie beim Gesang eines orthodoxen Kirchenchors, oder wenigstens eines katholischen. Weit gefehlt, es war ein beschwingtes, Disco-ähnliches Lied mit reichlich naiven Versen:

Jesus klopft an deine Tür,
Heut', ja heut',
Und Er fragt: »Wie geht es dir?«
Heut', ja heut'.

Vor der Tür steht er allein,
Lass Ihn in deine Wohnung ein,
Er ist hier, um zu verzeih'n,
Heut', ja heut'.

Der Reim war banal, der Rhythmus hinkte, doch sie scherten sich einen feuchten Kehricht darum, sie sangen alle aus voller Kehle, strahlend vor Glück. Zwei würdige Damen, die eine im braunen Kostüm, die andere in Rock und Bluse, hielten beide eine Hand hoch wie bei einer Bluttransfusion und sangen, was das Zeug hielt. Mehrere Leute skizzierten Tanzbewegungen. Wieso gehen sie denn nicht in die Disco, wenn ihnen danach ist, herumzuhopsen!, dachte er. Es fehlt nur noch das rhythmische Händeklatschen, und schon sind wir in einem Dokumentarfilm über Afrika. Für ein solches Affentheater hätte sich die orthodoxe Kirche nie und nimmer hergegeben, überlegte er weiter und dachte mit Wehmut an seinen Großvater. Und die katholische Kirche würde dergleichen auch nicht zulassen. Der Eindruck, er befände sich in einem Irrenhaus, verschärfte sich rasant. Es hätte ihn überhaupt nicht gewundert, wenn sich zu guter Letzt alle ausgezogen hätten und die womöglich darunter versteckten Schlafanzüge zum Vorschein gekommen wären.

Die Tatsache, dass er als Einziger sitzen geblieben war, wurde ihm langsam peinlich. Andi stöhnte und stand ebenfalls auf. Er hatte ihnen ein Zugeständnis gemacht, doch keiner schaute ihn dankbar an. Diese Idioten!

Sein linkes Bein fühlte sich taub an, sodass er das Gewicht auf das rechte Bein verlagerte. Nach kurzer Zeit folgte er dem Bedürfnis, sich an die Wand zu lehnen. Das Handy fing abermals an zu vibrieren, doch er unterdrückte den Anruf gerade noch rechtzeitig, bevor die Klingeltöne mit dem Lied, das gerade gesungen wurde, in Konkurrenz treten konnten. Es war wahrscheinlich wieder Arthur, weiterhin von Gewissensbissen geplagt. Es geschieht ihm nur recht, dachte Andi, und ließ ihn schmoren, um ihm zu zeigen, dass er beleidigt war. Und das war er ja in der Tat!

Eine regennasse Ameise war auf die Innenseite der Fensterscheibe geraten. Er wollte sie einfangen, doch aus Versehen zerquetschte er sie. Er spürte, wie es zwischen seinen Fingern leicht knarzte. Er hatte ja bloß sehen wollen, wie eine nasse Ameise aussah. Sie tat ihm irgendwie leid. Sie war dem Regen entkommen, die Ärmste, und nun war sie an einen Rüpel wie ihn geraten. Sie tat ihm wirklich leid. Er steckte sie in die Tasche, ohne zu wissen warum. Die Leute hatten mit einem zweiten Lied begonnen. Das ging wirklich zu weit. Andi sah sich langsam gezwungen, seine letzten Piepen für ein Taxi zu verschwenden. Dann bemerkte er etwas, was ihm schon zu Anfang hätte auffallen müssen. Er, der Enthüllungsjournalist sozusagen, hatte bisher gar nicht registriert, dass die Frauen, bis auf zwei, drei Ausnahmen, kein Kopftuch trugen. »Baptistinnen ohne Kopftuch« – ziemlich merkwürdig. Es war so, als spräche man von einem viereckigen Kreis oder von eisernem Holz. In dem Viertel, wo er seine Kindheit verbracht hatte, lebten ebenfalls ein paar Baptistenfamilien. Sie wohnten etwas außerhalb, und ihre Häuser lagen dicht beieinander. Allzu viel wusste er nicht über sie, weil er nie mit ihren Kindern spielen durfte, er konnte sich jedoch deutlich erinnern, wie die Frauen zur »Versammlung« gingen, schon dieses Wort hatte für sie, die Kinder, immer recht merkwürdig geklungen. Ihre Köpfe waren dabei immer bedeckt gewesen.

Es wurde ihm nun immer klarer, dass er unter lauter Verrückte geraten war. Sie hatten sich ziemlich geschickt verkleidet, doch das Kopftuch hatten sie dabei leider vergessen. Nun, er glaubte nicht ernsthaft an das, was er sich da gerade ausmalte, doch er fand es sehr unterhaltsam. Irgendwie musste er ja die Zeit rumkriegen. Und wenn es vielleicht doch stimmte, dann würde er mit seiner Reportage für großes Aufsehen sorgen.

Aber vielleicht waren sie doch nicht ganz reif für die Zwangsjacke, selbst wenn sie seiner Meinung nach jede Menge ernsthafter Denk- und Verhaltensstörungen aufwiesen. Allein schon die Episode mit Balaams sprechender Eselin hätte ausgereicht, sie antreten und im Gänsemarsch ins Irrenhaus marschieren zu lassen.

KAPITEL 5

Noch mit Schlaf in den Augen begann ich nach dem Kaffeekocher und dem braunen Zucker zu suchen. Zum Glück konnte ich beides sogar blind finden, nach dem Zucker brauchte ich bloß die Hand auszustrecken. Als ich die Kaffeepackung öffnete und das wohltuende Aroma einatmete, wurde ich einigermaßen wach.

Ein mieser Tag kündigte sich an.

Es war bereits acht Uhr, die Sonne war längst aufgegangen, aber Marga war noch immer nicht aufgetaucht, weder von Gewissensbissen geplagt noch sonst wie. Überdies hatte ich heute ein Treffen mit dem Chefredakteur. Ob ich ihm an den Kragen gehen sollte oder nicht, war mir noch nicht ganz klar. Ich hätte mich gerne mit Marga darüber beraten, denn sie arbeitete schon länger bei der Zeitung und kannte sich mit solchen Dingen besser aus. Aber sie hatte sich ja in Nichts aufgelöst!

Vor ungefähr einem Jahr hatte ich in der Abteilung *Investigativer Journalismus* angefangen. Vorher war ich bloß Nachrichtensammler gewesen, für »Gesellschaftsthemen«, wie man bei uns sagt, und jetzt hatte ich plötzlich einen Job, nach dem jeder schielte. Er war relativ gut bezahlt und gefährlich. Hierarchisch gesehen kam ich unmittelbar nach denen, die das ganz große Sagen hatten. Ich war den

Leitartikelschreibern gleichgesetzt, genauer, ich saß in der »Secret-Service«-Abteilung des Blattes.

Marga arbeitete bereits seit drei Jahren bei der Zeitung, für die Wochenendbeilage. Sie sammelte im Internet die letzten Nachrichten über Stars, Katzen, Hunde, Goldfische im Aquarium, neue Make-up-Trends und Sensationelles im Kosmetikbereich. Sie interviewte Lokalgrößen, mit anderen Worten geschmacklos gekleidete Zicken, die freilich den Anspruch hatten, in unerreichbaren Sphären zu schweben. Sie hatten nichts anderes in der Birne, als sich rund um die Uhr ablichten zu lassen mit ihren kläglichen Klamotten und ihrem XXL-Lächeln. Sie fletschten immer fleißig die Zähne, damit die Zuschauer das gesamte Keramikgebiss bewundern können, wozu sonst hatten sie denn so viel Kohle beim Zahnarzt hingeblättert?

Hin und wieder tauchte auch ein mit Vitaminen vollgepumptes männliches Wesen auf, von Beruf Muskelträger, es war ein Leichtes, einem solchen Hinterwäldler sofort anzusehen, dass er bis vor kurzem nichts anderes getan hatte, als sich auf dem Lande im Dreck zu suhlen und zwischendurch die Kaninchen zu füttern. Und wenn man diese Typen anrief, dann waren sie aufgebracht, weil man sie bei ihrer einzigen intellektuellen Tätigkeit störte, und zwar beim Zähneputzen just in dem überaus wichtigen Moment, wo sie sich den Weisheitszahn vorgenommen hatten.

Mir platzte jedesmal der Kragen, wenn ich nur daran dachte, mit welch unsäglichem Müll sich Marga bei der Zeitung auseinandersetzen musste und dass dieses Käseblatt erst dank ihrer Artikel wegging wie warme Semmeln. Und bei welch hirnamputierten Typen sie sich dazu auch noch anbiedern musste, um ihnen einen Satz mit Subjekt und Prädikat zu entlocken. Ich wurde stocksauer, wenn ich merkte, wie leidenschaftlich Marga sich in diesen Sumpf reinkniete. Ich machte es ihr natürlich nicht direkt zum Vorwurf. Ich zog es vor, darüber ziemlich böse Witze zu reißen. Worüber sie aus vollem Hals lachte, was mich automatisch entwaffnete. Ihre Taktik schlug nie fehl. Sie kapierte überhaupt nicht, was ich gegen diese armen, schönen Mädchen hatte und gegen diese unschuldigen Jungs. Die *Dummerchen*, wie sie sie liebevoll nannte. Ihrer Meinung nach waren sie alle nur naive Geschöpfe, die sich wie kleine Kinder freuten, wenn sie sich selbst in der Zeitung sahen. Sie sprachen sich sogar gegenseitig großes Lob aus, kauften ganze Tagesauflagen auf, um sie an den gesamten Bekanntenkreis zu verteilen. Sie taten wirklich alles, um ihre Visage gedruckt zu sehen, am besten auf der Titelseite.

Marga gab vor, sie nett zu finden und zu verstehen. Sie seien eben stolz auf das, was ihrer Meinung nach das Beste an ihnen war – ihre Schönheit bzw. ihre Muskeln –, genau wie kleine Jungs stolz sind wie Oskar, wenn sie freihändig mit dem Fahrrad durch die Gegend fahren. »Eigentlich sind diese Leute völlig harmlos, Andi! Sie beißen nicht und tun keinem weh.« »Ja, aber sie dienen vielen als Vorbild!« »Die Eltern sind als Vorbild genauso wichtig.« »Sie gehen mir auf den Wecker!« »Sie sind bloß sympathische Spinner mit Schönheitswahn.« »Muss man sie wirklich in die Zeitung bringen? Das Irrenhaus platzt aus allen Nähten vor lauter Verrückten, und die sind auch alle ganz nett.« »Warum soll man so etwas nicht veröffentlichen? Sollen nur noch Politiker und Serienmörder in der Zeitung erscheinen?« »Das habe ich nicht gesagt!« »Oder vielleicht sollte man ja nur noch berühmte Visagen drucken: Eminescu, Sokrates, Kant, Tolstojewski, um zwei auf einen Streich zu nennen ...« »Du übertreibst!« »Es geht hier doch bloß um Unterhaltung, Andi! Man will dadurch weder die Regierung bloßstellen noch der Korruption den Kampf ansagen …« »Ja, man will bloß die Zeitung verkaufen.« »Das natürlich auch, aber ich wollte sagen, dass die Schönen und die Spinner auch das Recht haben, glücklich zu sein, oder? Warum willst du ihnen das Recht absprechen, ihr Foto veröffentlicht zu sehen?« »Oh Gott, wir fangen ja wieder von vorne an!« »Du nimmst die Dinge zu ernst, Andi, deswegen kapierst du es nicht. Du musst langsam lernen, dich zu amüsieren … Dich über kleine Dinge zu freuen …«

Die Gespräche dauerten immer ziemlich lange, keine Ahnung, wieso, aber nach ungefähr einer Stunde stellten wir fest, dass wir uns im Kreis drehten. Ich glaube, es ist mir nie richtig gelungen, ihr einleuchtend zu erklären, weshalb ich so ein Riesenproblem mit der Förderung solch schmieriger Zeitgenossen hatte. Wahrscheinlich, weil ich selbst nicht hundertprozentig überzeugt war, dass ich Recht hatte. Weil ich bisweilen erschrocken feststellen musste, dass junge Leute mich manchmal für übertrieben ernsthaft und altmodisch hielten. »Fallen die vier Jahre Altersunterschied zwischen Marga und mir wirklich derart ins Gewicht?«, fragte ich mich.

Aber auch mein Job, der mir anfangs so viel Spaß gemacht hatte, war beileibe kein Honigschlecken. Es gab eine Menge Probleme, die Außenstehenden völlig verborgen blieben, sich jedoch mit der Zeit häuften und mir erhebliches Kopfzerbrechen bereiteten.

Ja, das ungefähr war die Situation, als Marga mir, wie ich vermutete, diesen geschmacklosen Streich spielte. Ich war ein Nervenbündel und hätte dieses Miststück von Bodo, unseren Chefredakteur, am liebsten am Kragen gepackt und dann seine breite Ochsenfroschvisage nach allen Regeln der Kunst zu feinem Brei verarbeitet. Doch ohne Margas Zustimmung tat ich es dann leider doch nicht, zumal ich ihre Stelle bei der Wochenendbeilage nicht gefährden wollte. Um mich machte ich mir keine Sorgen, ich hätte gleich am nächsten Tag den Job quittieren können, denn mit all den nützlichen Dingen, die ich inzwischen gelernt hatte, hätte ich jederzeit eine neue Arbeit gefunden. Aber Marga wäre es ziemlich schwergefallen, auf ihr klägliches Heer von Dummen und Schönen zu verzichten.

Beim Vorstellungsgespräch hatte mir dieser Fettwanst versichert, es werde alles völlig okay sein. Er flüsterte mir verschwörerisch zu, bei diesem Job basiere alles auf gegenseitigem Vertrauen, die Vertragsbedingungen seien in Wirklichkeit einen Scheißdreck wert und die wahren Aufgaben und Pflichten würden nicht schriftlich festgehalten, sondern unter Männern per Handschlag bei einem Bier besiegelt, zumal wir uns gerade in einer Brauerei befanden. Nun, der Dicke hatte mich schwer beeindruckt! Damals war er sogar noch aufgedunsener als heute, er hatte gerade seinen höchsten Fettsuchtsgipfel erklommen. Seine Augen waren wie zwei Fliegen, die auf etwas verweilten, das ihnen sehr gut schmeckte. Und als ich unter dem hochgerutschten T-Shirt zufällig seinen Nabel sah, war ich baff: Eine Schwalbe hätte sich dort ohne weiteres ein tolles Nest bauen können. Das sage ich aber erst heute, denn damals kamen mir seine Maße sogar sympathisch vor, sie passten zu seiner direkten, offenherzigen Art. Bodo war sozusagen ein liebenswürdiger Bud Spencer der Presse, voller Humor und mit einem großartigen Charakter.

Ich habe meine Arbeit mit Leidenschaft und Herzblut begonnen, sozusagen. Ich hatte Großes vor und konnte kaum erwarten, meine Pläne umzusetzen, ich brannte vor

Ungeduld. Mein Hirn rackerte Tag und Nacht, es summte in meinem Schädel wie in einem Kraftwerk. Ich träumte davon, dubiose Deals aufzudecken, verdächtige Politiker und Milliardäre zu demontieren. Die Scharlatane und Schwindler sollten gesenkten Hauptes auf der Titelseite erscheinen, den Betrügern sollte das Lachen im Halse stecken bleiben, den Oberbossen mit weißem Kragen sollte der Spaß ordentlich versaut werden, in Handschellen sollte man sie abführen. Meine gesammelten nächtlichen Fantasien hätten locker gereicht, um eine lange, erfolgreiche TV-Serie mit dem Titel »Die große Säuberung« zu produzieren. Hätte ich Bodo meine Pläne verraten, hätte er mich sofort gefeuert, in hohem Bogen. Aber das wurde mir erst im Nachhinein klar. Obwohl es gar nicht so lange her ist, kann ich mich heute nur wundern, wie sehr ich mich im Namen der sozialen Gerechtigkeit ins Zeug legen wollte, einer Gerechtigkeit, unter der ich mir überhaupt nichts Konkretes vorstellen konnte bis auf ein paar langweilige Dinge, die mir in der Schule beigebracht worden waren. Für mich ging es eher um ein Gefühl als um ein Konzept. Ich hätte den Feind eigenhändig erwürgt! Den Feind, den ich bisher noch nie persönlich getroffen hatte, aber abgrundtief verabscheute. Erst jetzt, wo ich nüchtern darüber nachdenke, wird mir klar, dass ich so ähnlich empfunden habe, als ich vor vielen Jahren als Kind vor dem Fernseher saß. Ich kletterte auf die Sessellehne, und mein Herz schlug bis zum Hals, wenn ich die Abenteuer der Haiduken verfolgte, diese bärenstarken Robin Hoods, diese bewundernswerten Wegelagerer, die die Reichen ausraubten, um deren Taler an die Armen zu verteilen. Ich schäumte vor Wut, wenn ich sah, wie die Türken unser Land überfielen und plünderten, und war danach restlos glücklich, wenn ich erlebte, wie man sie durch List und Tücke besiegte, mit Scham und Schande in die Flucht jagte und schließlich niederwalzte. Ich fieberte eifrig mit, wenn die im Untergrund kämpfenden Kommunisten, mutig und clever, die Produktionspläne der bösen Kapitalisten sabotierten oder den Nazis im Zweiten Weltkrieg einen Strich durch die Rechnung machten. Nichts war erhebender und beeindruckender als der Moment, wo die Gerechtigkeit siegte, dem Schwächeren das zuteil wurde, was ihm gehörte, und die Bösen unterlagen. Darin, denke ich, lag der Grund, weshalb ich schon beim Wort Gerechtigkeit vor Wut zu kochen begann, die Beherrschung verlor und so etwas wie Hass verspürte.

Ich erzählte dies alles meinem Freund Radu, dem Psychologen, der ziemlich nachdenklich wurde. Er gehört zu meiner Generation, er ist kaum älter als ich. So wie ich war auch er früher ein überzeugter Anhänger des unbeugsamen Mannes gewesen, der zielstrebig und unfehlbar seinen Prinzipien treu blieb und stets bereit war, für die Gerechtigkeit sein Leben zu opfern. Mit all diesen Eigenschaften wurden in den Schulbüchern und Kinofilmen meiner Kindheit, nacheinander, versteht sich, folgende Menschen ausgestattet: unsere Urahnen, die Daker, die Soldaten, die unter Stefan dem Großen kämpften, die Haiduken, die Soldaten, die in die beiden Weltkriege zogen, die Kommunisten im Untergrund, die Bürger der Sowjetunion, die kommunistischen Parteifunktionäre und natürlich auch der Hornochse von Ceauşescu. Die Kommunisten, behauptete mein Freund, hätten durch ihre bescheuerte Propaganda einer Generation den Weg bereitet, welcher der Gerechtigkeitswahn eingeimpft worden war und die sich bereit erklärte, für die Gerechtigkeit mit dem Kopf durch die Wand zu gehen, sozusagen. Diese Generation wuchs allmählich heran und gelangte ins Alter der

Jugendsünden, wo die Hormone verrückt spielen und man sich einen feuchten Kehricht um mögliche Konsequenzen seines Handelns schert. Nun ja, und auf einmal entdeckte diese Generation, wie tief die Heimat eigentlich im Dreck steckte, sie merkte allmählich, welche Schleimer und Galgenvögel in Wirklichkeit auf den Paradetribünen saßen, sie wurde sich langsam bewusst, dass die Analphabeten und Vollidioten obenauf waren und lebten wie die Maden im Speck, während die vernünftigen Menschen kein Bein mehr auf den Boden bekamen, und damit war die Revolution so gut wie vorbereitet. Eben diese waren selbst die Bojaren, Türken, Nazis, Ausbeuter, sie verkauften einen für dumm mit ihren Fernsehprogrammen, sie lallten auf Tribünen herum, sie schlugen sich in der Parteikantine den Bauch voll mit Orangen und zartem Fleisch, kurvten mit ihren Dacias durch die Gegend, reisten in die DDR, verfügten über mit Maitressen ausgestattete Luxuswohnungen und hassten Rockmusik und alle, die langes Haar hatten. Sie, die Kommunisten, denen jegliche Ideale und Skrupel abgingen, waren völlig abgestumpft, gierig, spießig, niveaulos, sie hatten noch nicht einmal Karl Marx gelesen. Und so gingen die jungen Leute auf die Straße, um gegen sie zu protestieren, kämpferisch und naiv, vom Freiheitsdrang getrieben, um sie vom Sockel zu reißen, so wie man es in unserem idiotischen Propagandafernsehen, das zwei Stunden täglich sendete, erlebt hatte. »Ohne sich im Klaren zu sein, was sie da anrichteten, durch ihre einfältige, aber sture Propaganda haben die Kommunisten die Generation großgezogen, die sie verschlingen sollte«, schloss mein Freund seinen Vortrag, der mich nachdenklich stimmte. Das Finale war für meinen Geschmack ein bisschen zu lehrreich ausgefallen, obwohl Radu völlig in Ordnung und ein ziemlich lockerer Typ war.

Ich glaube, es ist wirklich etwas dran an all dem, was er sagte, doch damals kam ich mit einer Sache nicht klar: Wenn ich durch meine Zeitungsartikel um jeden Preis Gerechtigkeit schaffen wollte, hieß das, ich war Kommunist? Oder wenigstens ein Opfer der kommunistischen Propaganda?

Als ich anfing, mich mit diesen Fragen herumzuschlagen, lag unser Gespräch bereits ein paar Tage zurück, und so schickte ich ihm eine E-Mail. Er antwortete ungefähr so: Gerechtigkeit schaffen zu wollen sei nicht typisch kommunistisch, diese Idee sei bloß von der kommunistischen Propaganda missbraucht worden. Daher könne ich all die Sorgen, die in meiner ersten Frage steckten, vergessen. Und er fügte hinzu, man sei nur dann ein Propagandaopfer, wenn man den Akzent auf dieses »um jeden Preis« setze. Denn nicht Gerechtigkeit schaffen zu wollen sei das Problem, sondern wie man es tue. Andere fertigzumachen habe gewiss nichts Demokratisches an sich, und vor Wut zu kochen sei keineswegs eine Garantie für den Gerechtigkeitsdrang. Doch die Propaganda unterdrücke genau diese Erkenntnis; sie sage einem nicht, wie man seine Idee konkret ausführen solle, sondern lediglich, dass man es »um jeden Preis« machen müsse.

Nun, ich habe seine Worte hier bloß ungefähr zusammengefasst. Als ich die Antwort erhielt, war ich sowieso schon längst geheilt. Bodo hatte es geschafft, mir die Naivität auszutreiben. Mit einer guten Salbe, die man täglich auftragen muss: einer wirkungsvollen Mixtur aus Zynismus, Verarschung, Alkohol und indirekten Drohungen, die mich nur ganz nebenbei irritierten.

Gebrauchsanweisung: Man trägt das Ganze an der sensiblen Stelle auf. Manchmal führt das zu einer Vernarbung, doch gelegentlich entwickelt sich danach eine dicke, gelbliche Hautschicht, die man im Volksmund *dickes Fell* nennt. Das dicke Fell wächst nicht automatisch. Man muss die Salbe dafür extrem sorgfältig auftragen, doch wenn es einmal da ist, dann hält es ein Leben lang. Man kann es sogar den Nachkommen vererben.

KAPITEL 6

Andi dankte Gott, dass die Baptisten nun endlich mit dem Singen aufgehört hatten, und setzte sich ziemlich erleichtert wie ein Schüler, der gerade geprüft wurde und jetzt wieder Platz nehmen darf.

Das Erlebte erinnerte ihn an drei ehemalige Mitschülerinnen auf dem Gymnasium, die Baptistinnen waren. Die eine, Georgiana, war sogar mit ihm in der Grundschule gewesen. Die drei Grazien liefen immer schüchtern Hand in Hand herum, und wenn sie lachten, so immer mit großer Zurückhaltung, als hätten sie Angst gehabt, dadurch zu sündigen. Wenn man sie etwas noch so Harmloses fragte, schauten sie zu Boden und antworteten einsilbig, im Flüsterton. Sie rannten nie über den Schulhof, schrien niemals in den Pausen herum, prügelten sich mit keinem und warfen nie mit Kreide. Das schloss sie automatisch aus der Gruppe aus. Jetzt wurde ihm klar, dass die Ärmsten eine langweilige, wenn nicht gar unglückliche Kindheit gehabt hatten. Das Wort *Fröhlichkeit* passte einfach nicht zu ihnen. Sie, die anderen Kinder, hatten erfahren, dass Baptistinnen kein Schweinefleisch aßen und sich niemals von einem Jungen küssen ließen. Was natürlich sehr schade war, denn zumindest über Elisa waren sich alle Jungen einig. Sie war schön wie eine Prinzessin. Und Esther war in ihrer körperlichen Entwicklung weit voraus, ihre großen Brüste zogen die Blicke der Jungen wie extrastarke Magnete an. Was Georgiana betraf, gab es ebenfalls kaum Grund zur Klage, sie unterschied sich durch nichts von den anderen Mädchen, die hin und wieder zuließen, dass man ihnen einen flüchtigen Kuss gab.

Keine von ihnen glänzte durch besondere schulische Leistungen, und ihre Eltern machten keinen Aufstand, wenn sie mit mittelmäßigen Noten nach Hause kamen. Beneidenswert. Die Bibel war für sie wichtiger als alle Schulbücher zusammen. Die Beziehung der Mädchen zur Schule war stets ziemlich angespannt. Sie bekamen im Betragen immer schlechte Noten, und man drohte ihnen mit Rausschmiss.

Hatte ein Klassenlehrer zufällig Sektenmitglieder in seiner Klasse, so hatte er automatisch schlechte Karten. Obwohl sie sich ruhig und diszipliniert verhielten und mit dem Unterricht relativ gut klarkamen, konnte man diese Schüler ums Verrecken nicht überreden, auch samstags zur Schule zu kommen. Vergeblich knöpfte man sie sich in der Klasse vor oder machte sie bei Schulversammlungen öffentlich zur Schnecke. Es war sinnlos, ihnen die Leviten zu lesen, denn sie starrten nur hartnäckig schweigend zu Boden um danach mit dem samstäglichen Schwänzen fortzufahren.

Andi erinnerte sich daran, dass sie samstags immer Sport hatten. Der Sportlehrer, ein ziemlich schmieriger Typ, ließ die drei Problemschülerinnen wissen, dass er sich gezwungen sehe, sie durchfallen zu lassen, wenn sie nicht umgehend zu seinem Unterricht auftauchten. Alle verfolgten gespannt diese Auseinandersetzung und vermuteten, die Mädchen würden schließlich nachgeben, doch dem war nicht so.

Der notgeile Sportlehrer war dafür bekannt, dass er beim Anblick eines weiblichen Wesens sofort seine Stielaugen ausfuhr und seine Schülerinnen bei der Kerze oder bei den Rollübungen überaus eifrig unterstützte, und es lag nicht daran, dass er die Mädchen wegen permanenter Abwesenheit nicht benoten konnte. Er war lediglich schwer frustriert, weil er einem prächtigen Frischfleischexemplar wie Esther nicht mit seinen perversen Händen ein klein wenig bei den Turnübungen nachhelfen konnte. Zum Entsetzen aller Mädchen legte er beim Begrapschen unsägliche Verwegenheit und außerordentliche Fingerfertigkeit an den Tag, wobei Hintern und Oberschenkel offensichtlich zu seinen Schwächen zählten. Ein paar Jahre nach der Revolution kam es dadurch eines Tages zu einem Riesenskandal, der die ganze Stadt erschütterte und durch eine lächerliche Sanktion seitens der Schulbehörde sein Ende fand. Man kürzte sein Gehalt für einige Monate um zehn Prozent. Soviel ich weiß, ist der Sportlehrer heute Alkoholiker und bietet in verschiedenen Kneipen seine Dienste als Rausschmeißer an.

Draußen nieselte es inzwischen weiter. Vorne sprach ein Typ in nüchternen Worten von der Anwesenheit des Heiligen Geistes bei allen unseren Alltagshandlungen.

Georgiana durfte als Letzte den Pionieren beitreten, was eine Riesenschande war. So wie ihr erging es nur noch zwei kleinen Zigeunerjungen. Diese Zwillinge spielten beim Fußball absolut jeden ins Aus und tauchten nur alle Jubeljahre in der Schule auf. Eigentlich nur dann, wenn es draußen sehr kalt war. In der siebten Klasse kam eines Tages ein eleganter, streng dreinblickender Genosse zu Besuch. Er wurde vom Klassenlehrer begleitet. Der fremde Mann wurde ihnen nicht vorgestellt, man teilte ihnen lediglich mit, dass er überaus Wichtiges mit ihnen zu besprechen habe. Der Klassenlehrer griff sich die drei Mädchen und verließ mit ihnen den Raum. Der elegante Genosse zwang sich zu lächeln, wie Erwachsene es oft tun, wenn sie sich mit fremden Kindern unterhalten. Am Anfang sprach er über die Heimat und den Patriotismus, den jeder Staatsbürger zu empfinden hat, schon als Kleinkind. Die Klasse konnte ihr Glück kaum fassen, denn auf dem Stundenplan stand Mathe.

Danach setzte sich der Mann in einem ziemlich wirren Vortrag mit der kommunistischen Moral auseinander, mit der nationalen Sicherheit, der staatlichen Souveränität und betonte, dass sich niemand von außen in die inneren Angelegenheiten unseres Landes einmischen dürfe. Dann kam er auf die Gefahren zu sprechen, die von Sektenmitgliedern ausgingen: Diese Menschen trügen nicht nur zur Verbreitung des Obskurantismus bei, sondern seien auch Werkzeuge in den Händen staatsfeindlicher Kräfte aus dem Ausland. Danach wechselte er zu einem etwas praktischeren Thema und fragte die Klasse, ob eine der drei Mitschülerinnen vielleicht versucht habe, mit ihnen über Gott zu reden, oder ob ihnen die drei womöglich Flugblätter, Broschüren oder Bücher religiösen Inhalts angeboten hätten. Er ermutigte sie, ehrlich und offen zu sein, es würde niemandem etwas passieren. Man habe festgestellt, erklärte der Mann weiter, dass die Verbreitung von solchem propagandistischen Material in der ganzen Stadt stark zugenommen habe. Und deswegen hätten sie sie sich vorgenommen – er erläuterte nicht, wen er mit *sie* meinte –, alles von dieser Sorte, was sich in der Stadt im Umlauf befinde, als wiederverwertbares Altpapier einzusammeln, es wäre wirklich schade, wenn man stattdessen einen Wald nach dem anderen abholzen müsse. Als er feststellte, dass er ihnen keinen einzigen Ton entlocken konnte – es gab auch nichts zu entlocken –, bat er sie, sollten sie künftig in den Besitz solcher Dinge geraten, sie im Lehrerzimmer abzuliefern, direkt bei der Genossin Direktorin. Von diesem Tag an mussten die drei Mädchen in den vorderen Bänken sitzen.

Das war ungefähr alles, was Andi zum Thema Baptisten einfiel. Oder doch nicht. Es fiel ihm noch ein, dass sie nicht trinken, nicht rauchen und nicht fluchen, und wenn doch, dann nur im Verborgenen, sodass es andere nicht mitbekommen. Wenn von ihnen die Rede war, brummte sein Großvater geheimnisvoll: »Halunken!« Nie auch nur ein einziges weiteres Wort. Und er erinnerte sich auch noch an Pilu, seinen Kindheits- und Jugendfreund. Als seine Clique einmal völlig lustlos herumhing und sie mit einem Grashalm zwischen den Zähnen herumpalaverten, sagte Pilu: »Hey, ich weiß irgendwo so ein Gebetshaus. Lasst uns mal hingehen und denen die Fenster einschlagen!«

Doch keiner hatte Lust, seinen Hintern dorthin zu bewegen, sie zogen es vor, dem Ball hinterherzujagen. Daraufhin begann Pilu sie zu ködern. Er offenbarte ihnen im Flüsterton, dass die da, die Baptisten, sich nachts versammelten, das Licht ausknipsten und sich nackt auszogen, um sich übereinander herzumachen. »Wir schauen uns das ganze Programm so ’ne halbe Stunde an, danach schlagen wir ihnen die Fenster ein, okay?«

Schließlich zogen sie los, um Kirschen zu klauen, doch der Besitzer hetzte die Hunde auf sie und warf mit Steinen. Um die Ecke verschnauften sie zu Tode erschrocken und Pilu meinte: »Na? Wäre es nicht besser gewesen, den Baptisten die Fenster einzuschlagen?«

In dieser Nacht träumte Andi nur von Kirschen. Von Kirschen, die von Würmern befallen waren.

Der vorne sprechende Typ hatte den uninteressanten Teil seiner Predigt gerade beendet und kam zu einem Punkt, der Andi aufhorchen ließ:

»Ich denke, er ist euch allen bekannt ... In unserer Stadt zieht ein merkwürdiger Wanderprediger umher. Sein Aussehen ist zum Davonlaufen, er leistet jedoch beste Arbeit. Er hat eine kräftige Stimme und ist äußerst unhöflich. Er steckt überall seine Nase hinein und niemand hat vor ihm Ruhe. Er zieht durch Krankenhäuser, Kneipen, Altersheime und schrickt nicht davor zurück, in fremde Häuser einzudringen. Ein dreister Zeitgenosse, werden Sie jetzt wohl sagen!«

Das klang gar nicht schlecht, dachte er. Ein solch dreister Prediger wäre genau das richtige Thema für eine prima Zeitungsreportage. Er war diesem Prediger noch nie begegnet, doch es wäre ein Leichtes, herauszukriegen, wo er sich jetzt herumtrieb. Die Redakteure der Religionsseite mussten es wissen.

»Dort, wo sich ein Unfall ereignet, taucht auch er urplötzlich auf, um den Anwesenden mit seiner schrillen Stimme auf die Nerven zu gehen. Er predigt vor Reichen und Armen, vor Kranken und Gesunden, vor Arbeitslosen und Geschäftsleuten. Er lässt die anständigen Leute nicht zur Ruhe kommen. Er besucht Plattenbauten in der Vorstadt, doch er lässt auch die Luxusvillen nicht aus. Er läuft auf der Straße herum, aber er dringt auch ins Rathaus und in die Präfektur ein. Keiner kann ihm aus dem Weg gehen, keiner kann ihn rauswerfen.«

Andi spürte, dass sich seine Geduld endlich bezahlt machte, dass er seinen Hintern nicht vergeblich in die

Kirche bewegt hatte. Ein solches Thema würde bestimmt auch Bodo interessieren.

»Ich bin mir sicher, dass ihr ihn auch schon häufig gehört habt und dass es euch dabei kalt den Rücken hinuntergelaufen ist. Sein Name ist natürlich TOD.«

»Sein Name ist natürlich REINFALL«, brummte der enttäuschte und verärgerte Journalist.

»Wie es auch in der Bibel, Römer 6,23, heißt: ›Der Tod ist der Sünde Sold‹«, fuhr der ernsthafte Typ fort, doch Andi hörte ihm bereits nicht mehr zu.

Er hatte gedacht, dieser Mann wäre vernünftig, doch nun beliebte er wohl zu scherzen. Wenn der Tod der beste Prediger war, dann waren die Fünfuhrnachrichten die beste christliche TV-Sendung.

Als die im Saal Anwesenden sich abermals erhoben, um ein neues Lied zu singen, schlich er die Wand entlang und verzog sich Richtung Eingangshalle. Das war alles zu viel des Guten gewesen, die Warnleuchte seiner Geduldsreserve blinkte rot. Er streckte die Hand aus, um den Regen zu testen, und es sah gar nicht gut aus. Auch die kleinen Sturzbäche, die sich durch die Dachrinnen auf die Straße ergossen, sahen nicht sehr ermutigend aus. Und der nächstliegende Sündenpfuhl mit überschäumenden Bierhumpen und undurchdringlichem Zigarettenrauch befand sich leider nicht gerade um die Ecke. Er lief Gefahr, sich eine böse Erkältung einzufangen, und das war nun wirklich der falsche Moment dafür. Er hatte noch nicht einmal ein eigenes Bett, in dem er hätte leiden können.

Er drehte eine Runde durch die mit Papieren tapezierte Eingangshalle und schaute sich flüchtig ein paar Dinge an. Er blätterte in Broschüren, las den ein oder anderen Abschnitt. Nichts als kitschige, pastellfarbene Fotos, naive

Geschichtchen, die vor Moralin strotzten, blumenumrankte Bibelzitate, aufmunternde Sprüche und Appelle zum Aufbruch. Ein Artikelchen forderte ihn mit Nachdruck auf, sein Leben in Jesu Hände zu legen, jetzt, auf der Stelle, morgen sei es bereits zu spät dafür. Grundsätzlich hatte er nichts gegen die, die dergleichen bereits getan hatten, er selbst jedoch verspürte nicht das geringste Bedürfnis nach einer solchen Geste, und das umso weniger, als er sich gerade in einer Eingangshalle befand und seine Ohren ihm vor Kälte fast schon abgefallen waren. Und auch wenn er es hätte tun wollen, hätte er kaum gewusst, wie man so etwas anstellt. Er fand Leute, die solche Artikel verfassten, völlig realitätsfremd und darüber hinaus paradoxerweise fern jeglicher Fantasie. Was stellten die sich eigentlich vor, wie die Menschen auf diese Aufforderung reagieren würden? Vielleicht mit einem Kniefall, ungeachtet der Situation, in der sie sich gerade befanden? Oder sollten sie sich womöglich die Haare raufen oder in herzzerreißendes Weinen ausbrechen? Wenn die das wirklich annahmen, dann hatten sie viel zu viele schlechte Filme gesehen.

Er entschloss sich, eine Broschüre mit einem prächtigen Regenbogen auf dem Umschlag mitzunehmen, in der moralische Geschichten aus dem Leben ganz normaler Kinder erzählt wurden. Der einigermaßen vernünftige Erzählton hatte ihn dazu motiviert oder womöglich der Regenbogen, der wie ein geheimes Versprechen anmutete, dass der Regen bald aufhören würde.

Jemand packte ihn fest am Arm. Überrascht wandte er sich um und sah in ein lächelndes Gesicht:

»Hallooo! Wie geht's? Ich habe dich seit Jahren nicht mehr gesehen!«

Das Gesicht kam Andi bekannt vor, er konnte es aber

überhaupt nicht einordnen, obwohl er blitzschnell sämtliche Schubladen seines Gedächtnisses aufzog.

»Nun ja, ich wollte mal kurz reinschauen«, versuchte er es mit einer Floskel.

Dann fiel es ihm ein. Es war ein Typ aus dem Studentenwohnheim, er studierte damals Literaturwissenschaft. Sie hatten einige Male Karten gespielt, doch der Mann hatte vom Kartenspiel keine Ahnung, was ziemlich frustrierend war. Er schrieb Gedichte. Diejenigen, die sich mit Poesie auskannten, meinten, sie kämen gut an.

»Freut mich, dich wiederzusehen!«, behauptete der Typ begeistert.

»Ich wollte mir die natürlich nicht unter den Nagel reißen!«, sagte Andi und hielt die Regenbogenbroschüre hoch.

»Kein Problem, die Dinge sind ja zum Mitnehmen da!«

Nun wusste er, dass der hier nicht fremd war. Es fiel ihm ein, dass er Stefan hieß. Danach reimte er:

»Regenbogen, nimmst du Drogen?«

Stefan klopfte ihm auf die Schulter und sagte gut gelaunt:

»Du bist derselbe geblieben!«

»Du hast dich jedoch verändert.«

»Ja, sehr, sehr!«

Er hätte ihn gerne auf ein Bier eingeladen, doch er wollte nicht über die Stränge schlagen.

»Aber sag mal, bist du absichtlich hier reingekommen oder nur wegen des Regens?«

»Sowohl als auch«, wich Andi der Frage aus, ohne dass er gelogen hätte.

»Und wie hat es dir bei uns gefallen?«

»Na ja – was soll ich dazu sagen. Ihr singt, fühlt euch wohl … Auch wenn manche Reime ein wenig hinken.«

Die Leute verließen das Gebäude, manche buchstäblich mit einem Lied auf den Lippen.

»Ja, kommt schon mal vor, ich werde es natürlich weitergeben.«

»So schlimm ist es nun auch wieder nicht ... Am Jüngsten Tag wird es wohl niemanden stören.«

Aus den Augenwinkeln gewahrte er zwei hübsche junge Frauen, die sich gerade bogen vor Lachen. Der Minnesänger mit der Gitarre auf dem Rücken suchte jemanden.

»Uns wird es nicht stören, aber vielleicht dich ...«

»Bei mir ist sowieso Hopfen und Malz verloren, *mon cher.*«

Ein kleiner Dunkelhaariger machte Stefan ein Zeichen, dass er ihn sprechen wolle, und Andis alter Bekannter versprach, sofort zu kommen. Er suchte nach einem Stift:

»Hier, ich schreibe dir meine Rufnummer auf diesen Zettel. Wenn ich dir vielleicht mal helfen kann ...«

Er steckte den Zettel aus Höflichkeit ein, ohne dabei das Gefühl zu haben, ebenfalls seine Nummer aufschreiben zu müssen. Der Prediger kam dazu. Der, der ihn gerade reingelegt hatte. Stefan machte sie miteinander bekannt, und Andi erfuhr, dass dieser Presbyter war. Sie tauschten ein paar Höflichkeitsfloskeln aus. Der Presbyter lächelte. Sie lächelten alle. Im Vorraum hatten sich nun kleine Gruppen gebildet, und man unterhielt sich lebhaft. Es summte, als wäre ein Hochspannungstransformator am Werk. Keiner machte Anstalten aufzubrechen. Als Stefan merkte, dass Andi keinen Schirm hatte, bot er ihm an, ihn nach Hause zu fahren. Da Andi sah, dass es inzwischen wieder aus Kübeln schüttete, nahm er das Angebot an. Weil es ihm ziemlich peinlich war, nannte er Stefan nicht die Kneipe, sondern gab vor, in einem benachbarten Kopierladen zu tun zu haben. Bevor er ausstieg, bückte sich Stefan und hob einen Zettel auf.

»Behalt ihn trotzdem.«

Es war die Telefonnummer. Er hatte gar nicht gemerkt, dass sie hinuntergefallen war.

KAPITEL 7

Kurz nachdem ich in der Abteilung *Investigativer Journalismus* angefangen hatte, begann ich abends mit meinen Chefs Bier trinken zu gehn. Dabei erfuhr ich eine Menge über das Konzept und die Zielsetzungen einer Tageszeitung, und zwar aus erster Hand. Ich brannte vor Ungeduld, einen Blick hinter die Kulissen des Journalismus zu werfen und mir das Handwerk schnellstmöglich anzueignen, sodass ich die Augen offen hielt und die Ohren spitzte.

Die ersten Gespräche drehten sich um den *Bison*, um einen bei den Kollegen gängigen Begriff zu verwenden. Ich denke, sie hatten gerade durch eine interne Statistik erfahren, dass es Probleme mit der Auflage gab, und waren entschlossen, sie zu lösen.

Der Bison ist niemand anders als der Durchschnittsleser. Ihm haftet stets ein Paradox an, das die Gespräche, in denen es um seine Bedürfnisse geht, ungemein erschwert, sodass die Debattierenden sich in mindestens zwei gegnerische Lager aufspalten. Im Klartext: Einerseits möchte der Bison nichts als hochwertiges Futter in Form von korrekten, sachlichen Informationen konsumieren, andererseits darf man ihm, wenn man die Zeitung gut verkaufen möchte, nur das vorsetzen, was ihm schmeckt. Das führt zu einer Menge unterschiedlicher, subtiler Verwicklungen.

Bodo mit seiner rostigen Reibeisenstimme setzte sich dafür ein, dem Bison eine gesunde Mischung anzubieten, einerseits aus schmackhaftem Futter, damit der Bison nach dem Fressen zufrieden rülpst, andererseits aus Futter, das dazu geeignet ist, die Kuh vom Eis zu holen. *Die Kuh vom Eis holen*, das ist wieder so ein Ausdruck, der auf den ersten Blick leicht verständlich erscheint, aber voller hintergründiger Anspielungen steckt, und ich brauchte Monate, um seinen wahren Sinn zu verstehen.

Willi, der Leitartikelschreiber, ein ziemlich komplizierter Mensch, war der Meinung, gedruckte Information habe sich im Idealfall einerseits korrekt und sachlich zu präsentieren und andererseits so gestaltet zu sein, dass sie dem Bison wohl bekomme. Willis Theorie besagte, der Bison fresse sowieso Formen und nicht Inhalte und ihm sei das Heu, das den Magen füllt, wichtiger ist als das saftig-nahrhafte Gras. Er sehe ein, dass es in manchen Fällen schier unmöglich sei, beide Aspekte gleichermaßen zu berücksichtigen, doch dann habe man es, fügte er hinzu, mit ganz besonderen Ausnahmen zu tun.

Antonio, der sich für einen besonders cleveren und weitsichtigen Teilhaber hielt, sich aber trotzdem immer wieder mit uns armseligen Versagern einließ, um ein kaltes Bier zu zischen, war der Verfechter eines abrupten Stils. »Lasst uns dem Bison geben, was des Bisons ist!«, sagte er und blickte danach aufmerksam in die Runde, um herauszufinden, wer den tiefen Sinn seiner Worte kapiert hatte und wer nicht. Er wollte damit ausdrücken, soweit ich es damals überriss, lediglich der Publikumsgeschmack habe zu gelten, der allein garantiere Massenauflagen. »Und erst solche Riesenauflagen ermöglichen das Jonglieren ...« Hier lächelte er und ließ den Satz nachklingen. Ich verstand gar nichts. Aber ich tat so, als wäre mir alles klar.

Wenn mich Antonio anschaute, führte ich schnell den Bierkrug zum Mund, damit er meine Augen nicht sehen konnte. Denn mein Blick war trüb und leer, ich schaute ganz schön dumm aus der Wäsche. Langer Rede kurzer Sinn, ich spürte, dass ich selber der Bison war, und suchte es instinktiv zu verheimlichen.

Was mich bei unseren ersten Treffen im Zeichen des Bier-Bacchus am meisten überraschte, war, dass keiner auch nur ein Wörtchen über die Notwendigkeit verlor, die Wahrheit aufzudecken und darüber zu berichten. Es fiel auch kein einziges Wort zum Thema Gerechtigkeit. Oder über die Pflicht zur Sachlichkeit. Es lief alles etwas anders, als ich es in der Schule gelernt hatte. Aber ich sagte mir, es dürfte ihnen inzwischen zu dumm geworden sein, immer wieder über diese Begriffe zu faseln. Zumal sich das ja alles von selbst verstand, hatten sie es nicht nötig, diese Vokabeln bis zum Exzess wiederzukäuen, sie waren ja keine Anfänger mehr. Und so genoss ich in vollen Zügen ihre späte, raffinierte Weisheit, die lediglich auf ganz praktische Details gerichtet war.

Da der Bison in ihrem Denksystem den Mittelpunkt einnahm, fußte ihre Gesamtlehre auf dem Sakral-Animalischen.

So habe ich nach und nach gelernt, je mehr Bisons es sich an unserem Futtertrog schmecken lassen, desto mehr Kohle fließt in unsere Taschen.

Dass man dem Bison lediglich Futter zuführen muss, das gründlich vorgekaut ist, da sein durch keinerlei Windungen gefurchtes Gehirn sich durch unendliche Denkfaulheit auszeichnet.

Dass wir kein kleines Blatt darstellen, dessen Gesamtauflage in eine mickrige Einkaufstüte passen würde, sondern eine große und starke Zeitung sind. Wir brauchen es bloß zu wollen, und schon machen wir Hackfleisch aus der Konkurrenz.

Wenn sich eine Riesenherde von Bisons an unserem Futtertrog satt frisst, dann haben wir alle etwas davon. Es geht hier nicht so sehr um das Bisonfell, aus dem bereits unsere Urahnen Mäntel und Mützen machten, als um den großen Einfluss dieser zufriedenen, satten Bisons auf die Gesamtbevölkerung und auch um die wunderbaren Auswirkungen, die die Zeitungswerbung haben kann.

Daher und nur daher lechzten alle Politiker und Unternehmer danach, sich immer wieder in unserer Zeitung gedruckt zu sehen: Sie wünschen sich nichts sehnlicher, als ihre Ware an die Bisons zu verkaufen.

Und wenn eine Firma mal nicht den Wunsch verspüren sollte, ihre Produkte in unserem Blatt zu rühmen, dann können wir da ganz sanft nachhelfen.

So kann zum Beispiel jemand von der Abteilung *Investigativer Journalismus* herausbekommen, dass der betreffende Firmeninhaber vor einigen Jahren ziemlich fahrlässig gehandelt hat, als er auf einem Fußgängerüberweg eine sich völlig korrekt verhaltende alte Dame überfuhr. Oder dass er aus bedauerlichem Versehen eine wildfremde Wohnung betreten hat, wo sich rein zufällig eine halbnackte junge Frau aufhielt, die ihm schöne Augen machte. Und weil er sich nun in dieser Lage befand, nutzte der besagte Firmeninhaber ganz gegen seinen Willen die Situation, und zwar bis sieben Uhr morgens, als er dabei beobachtet worden war, wie er die wie aus dem Nichts aufgetauchte junge Dame verließ.

Oder es gehen hochinteressante Informationen bei der Zeitung ein, und zwar von lieben, entgegenkommenden

Personen, die wesentlich besser informiert sind als die Jungs, die mit Enthüllungsstorys ihre Brötchen verdienen. Es geht darin um die ein oder andere einflussreiche Person aus der Kreisregierung. Die Informationen sind gespickt mit schönen Details, wie man sie gerne in der Zeitung lesen möchte, bei einem guten Kaffee und mit genüsslichem Staunen, zu welch unsäglichen Sauereien eine derart einflussreiche Person fähig ist.

Oh Gott, es wäre freilich eine Schande, böswilligem Gerede nachzugehen, ohne vorher seinen Wahrheitsgehalt eingehend geprüft zu haben! Und so tut man es dann eben, meist ist es sogar einfacher als gedacht, denn der Absender hat seinem Bericht auch diverse Kopien von Beweisunterlagen beigelegt, sodass man sofort weiß, wo die Originaldokumente aufzutreiben sind.

Nun es ist ganz und gar selbstverständlich, dass man mit der betroffenen Person zivilisiert und in aller Ruhe redet, bevor man solch abscheulichen Dreck an die Öffentlichkeit bringt. Und bei diesem Gespräch legt diese Person einem dann ein Dementi vor die Füße, und zwar derart überzeugend, dass man sich entschließt, dem Bison vorläufig die ganze Geschichte vorzuenthalten.

Unter dem Strich muss man sich also Folgendes merken: Wichtig ist nicht nur das, was man dem Bison vors Maul schaufelt, man muss auch genauestens darauf achten, wie man das Futter dosiert, damit man am Ende nicht das Nachsehen hat.

Manchmal macht es sich auch bezahlt, das Futter einzufrieren, so hat man es bei Bedarf sofort parat.

So wurde ich in die Geheimnisse des Metiers eingeweiht. Heute darf ich sagen: Um den Journalismus richtig zu verstehen, zumindest wie er bei der Zeitung praktiziert wurde, für die ich tätig war, reicht es vollkommen, wenn man sich eine Broschüre über den Umgang mit Bisons zu Gemüte führt. Besonders wichtig ist das Kapitel über den Nutzen, den der Mensch für sich und seine Familie erzielt, wenn es ihm gelingt, ein solches Tier, das unter normalen Umständen besonders wild ist, zu zähmen.

KAPITEL 8

Die Preise in der fast leeren Bar waren unmenschlich. Missmutig bestellte Andi sich ein Bier zu einem Preis, für den er sich woanders mindestens hätte zwei leisten können. Als er sich dessen bewusst wurde, verlangsamte er das Trinktempo auf die Hälfte und begann zum Ausgleich doppelt so schnell zu rauchen.

Ein Typ mit gestyltem Haar brüllte verzweifelt etwas ins Handy. Der hat wohl Probleme mit seiner Tussi, überlegte er. Diese gegelten Typen haben eine ganz eigene Art zu sprechen. Sie sind eitel wie sonst was und machen ganz flache Witze. Er hatte keine Beweise, aber er war sich ziemlich sicher, dass sie außerdem impotent waren. Sie sahen alle gleich aus und hatten allesamt Ähnlichkeit mit einer kalten Stahlkugel, die jemand in ein Glas ranziges Fett geworfen hat.

Außerdem hingen noch zwei Muskelprotze im T-Shirt an der Theke herum, sie waren offensichtlich mit dem Barkeeper befreundet. Andi hätte gewettet, dass sie ihre Drinks nicht bei ihm bestellten, sondern irgend so einen billigen Fusel in sich hineinkippten, den sie vom Supermarkt gebracht hatten. Plötzlich hatte er eine Geschäftsidee. Er könnte ja eine Bar eröffnen, wo die Gäste nicht bloß ihre Zigaretten mitbringen durften, sondern auch den Kaffee, die Getränke und alles andere. So müssten sie nur noch einen geringen Eintritt für die Atmosphäre zahlen, überlegte er. Doch je mehr er über diese Idee nachdachte, desto dämlicher kam sie ihm vor. Seine Gäste wären dann wohl ausschließlich klägliche Geizhälse und Pfennigfuchser, die sich um den Verstand saufen würden. Damit wäre die Atmosphäre natürlich im Eimer. Und spätestens dann würde kein Schwein mehr seine Bar betreten. Also nicht einmal mehr die Geizhälse, die sich vorher dort um den Verstand gesoffen hätten. Ja, aber dann wäre die Atmosphäre in der Bar ja wieder klasse! Dann jedoch hätten plötzlich wieder all die Pfennigfuchser das Lokal gestürmt. Tja, überlegte er schließlich, Geschäfte machen ist wohl nicht mein Ding!

Er winkte den Mann, der Rubbellose und warme Brezeln verkaufte, zu sich. Von Einstein hatte er gelernt, dass der liebe Gott nicht würfelte und sich also auch für Rubbellose nicht interessierte, sodass er dem Mann lediglich zwei Mohnbrezeln abkaufte. Die eine hängte er um den Flaschenhals, in die andere biss er. Sie war butterweich und duftete wie eine ganze Brotfabrik. Sein Magen signalisierte ihm großen Dank.

Er sah, dass der Regen aufgehört hatte. Andi streifte die andere Brezel wie einen Armreif um das Handgelenk, trank das Bier aus und verließ die Bar. Er lief die Hauptstraße hinunter, wich dabei wie ein erfahrener Slalomläufer den zahlreichen Pfützen aus und fragte sich, wieso die Baptisten eigentlich rund um die Uhr lächelten, wenn sie doch der Überzeugung waren, dass die Welt von erbärmlichen Sündern beherrscht werde. Trotz seines geschickten Slalomlaufs kam er mit nassen Füßen vor Biancas Wohnblock an, ohne eine Antwort auf seine Frage gefunden zu haben.

In Biancas Tür steckte ein zusammengefaltetes Blatt Papier. Seit einiger Zeit versetzten ihn schriftliche Nachrichten ebenso wie Anrufe nach Mitternacht automatisch in Panik. Der Text, den er nun las, war kurz und bündig: Bianca hatte in einer dringenden Angelegenheit plötzlich verreisen müssen, sodass seine bei ihr hinterlassenen Koffer jetzt in der Wohnung Nummer 5 auf ihn warteten. Es gab eigentlich keinen Grund, Bianca böse zu sein, sie hatte sich korrekt verhalten.

Andi steckte das Blatt zurück in den Türspalt, ging eine Etage tiefer und schellte.

Ein redseliger Alter bat ihn wiederholt in die Wohnung, doch er blieb hartnäckig in der Tür stehen. Ein Schwätzchen mit dem Alten war das Letzte, das ihn jetzt interessierte. Wahrscheinlich angeregt durch den hölzernen Soldatenkoffer, sagte ihm der Alte, dass er im Zweiten Weltkrieg zweimal verletzt worden sei, und lud ihn erneut in die Wohnung ein, diesmal zu einer Tasse Tee. Fast hätte er dem Mann gesagt, es wäre besser gewesen, er hätte am Ersten Weltkrieg teilgenommen, dann wäre er vielleicht nur einmal verletzt worden, aber dann verkniff er sich doch noch diese Bemerkung. Die Aussicht auf Tee war verlockend, Geschichten aus dem Krieg wollte er jetzt aber bestimmt keine hören.

Er lehnte die Einladung ab. Er war schlecht drauf.

Nachdem er die beiden Koffer auf die Türmatte gestellt hatte, meinte der Alte:

»Ach ja, das Fräulein hat mich beauftragt, Ihnen diesen Umschlag hier zu geben. Es ist etwas Geld drin …«

Leider konnte er es sich jetzt nicht leisten, das Angebot abzulehnen. Also nahm er den Umschlag ganz lässig entgegen, als handelte es sich um die Rückzahlung alter Schulden. Mit einer spontanen Geste nahm er die Brezel, die er am Handgelenk trug, und hielt sie dem Alten entgegen.

»Geben Sie die bitte Bianca!«

Der Mann sah ihn überrascht an.

»Sie ist ofenfrisch!«, sagte er.

»Ja, aber wenn das Fräulein zurückkommt, wird sie nicht mehr so frisch sein.«

»Dann essen Sie sie doch selbst!«

»Ich habe leider keine Zähne.«

Andi zuckte die Schultern und biss demonstrativ in die Brezel, um dem Alten zu zeigen, wie weich sie war. Der Alte begann hektisch zu blinzeln, dann schloss er ganz sachte die Tür. Andi beeilte sich aber nicht. Er blieb vor der Tür stehen, aß sein Mittagessen zu Ende und betrachtete währenddessen den runden Klingelknopf, der wie eine vollgefressene Spinne aussah. Dann schleppte er die Koffer ins Erdgeschoss und setzte sich unter die Briefkästen am Eingang. Bis zum Einbruch der Dunkelheit blieben noch ein paar Stunden, und in dieser Zeit musste er unbedingt eine Lösung finden. Es gab nicht viele Möglichkeiten. Entweder er ging in die Redaktion, und dafür konnte er sich kaum begeistern, oder er biss die Zähne zusammen und rief Arthur an, so peinlich es auch sein mochte. Ich könnte Arthur ja sagen, als er mich kürzlich angerufen hat, sei ich nicht drangegangen, weil ich gerade ein superwichtiges Interview geführt habe, überlegte er. Er zählte das Geld aus dem Umschlag. Es war nicht viel, doch zurzeit war ihm jeder rote Heller willkommen.

Arthur legte sofort auf. Er versuchte es noch einmal, und es geschah das Gleiche. Andi schloss daraus, dass der Mann stinksauer auf ihn war, und überlegte weiter. Er war schwer enttäuscht. In die Redaktion zu gehen, gesenkten Hauptes und mit nassen Strümpfen, war ein Gedanke, bei dem ihm ziemlich übel wurde. Einen Augenblick lang hatte er die abwegige Idee, Biancas Tür aufzubrechen und die Wohnung bis zu ihrer Rückkehr zu benutzen. Aber so hundsgemein wollte er dann doch nicht vorgehen. Er steckte sich eine Zigarette an und verfolgte eine Weile den Rauch, der in wirren, durchsichtigen Schwaden davonzog. Seine Füße fühlten sich wie Eisklumpen an. Er zog seine Strümpfe aus und steckte sie in die Gesäßtasche der Jeans. Er war jetzt zu faul, einen Koffer zu öffnen.

Er erinnerte sich an Luana, die immer die Krise bekam, wenn er Sandalen mit Socken trug. Er konnte sich wie eine Vogelscheuche oder wie ein Totengräber zurechtmachen, das war ihr völlig egal, Hauptsache, er zog keine Sandalen mit Socken an. Angeblich erinnert sie das an den Vollidioten, wie sie ihren Vater nannte.

Stefans Zettel war feucht geworden. An Stefan hatte er bisher keinen Gedanken verschwendet, und er fand diese Variante, ehrlich gesagt, auch ziemlich abwegig. Auch wenn sie irgendwann miteinander Karten gespielt hatten, hieß das noch lange nicht, dass Stefan nun in der eigenen Wohnung seine schlechte Laune ertragen musste. Und auf Stefans Ratschläge konnte er im Augenblick gut verzichten. Davon hatte er bereits genug, sie reichten ihm für einige Jahre.

Ein Typ mit der miesen Visage eines *Securitate*-Spitzels fragte ihn, ob er in diesem Block wohne. Er antwortete, er sei gerade dabei, einzuziehen.

»In welche Wohnung denn?«

»Dienstgeheimnis, wenn Sie nichts dagegen haben.«

Der Mann starrte ihn mit stechendem Blick an, danach lief er weiter. Der Mülleimer in seiner Hand stank erbärmlich nach verdorbenen Zwiebeln. Als er nach einigen Minuten wieder vorbeikam, brummte er:

»Von einem wie dir lasse ich mich bestimmt nicht verarschen, kapiert?«

Dies war wirklich nicht der Zeitpunkt, dem Mann mal zu zeigen, wo der Hammer hing, obwohl er klar die Meinung vertrat, dass man solchen Fieslingen jederzeit und bedingungslos eine Lektion erteilen müsse.

»Wo geht's nun hin? In die Redaktion oder zu Stefan?«, hörte er sich plötzlich laut sagen.

Er befand sich in einer verdammt schwierigen Lage. Er dachte eine Weile nach, und da er zu keinem Ergebnis kam, entschied er sich für die einzig wahre Lösung. Die hochgeworfene Münze fiel zu Stefans Gunsten. Er seufzte und rief ihn an. Das monotone Klingeln verpuffte. Es blieb ihm also nichts anderes übrig, als einen schönen Abend in einem Redaktionsbüro zu verbringen. Daher war es dringend nötig, sich ein neues Päckchen Zigaretten und etwas zu trinken zu beschaffen.

Er war völlig durchnässt, fror jämmerlich, und die Koffer schienen jeweils mindestens tausend Kilo zu wiegen. Er versuchte sich, wie schon so oft, Mut zu machen, indem er ein apokalyptisches Drehbuch entwarf. Dieser Trick hatte bisher meist funktioniert. Er stellte sich vor, dass Bianca ihm keinen Heller zurückgelassen hätte, dass es immer noch aus Kübeln schütten würde und dass er sich jetzt auch noch mit einem akuten Durchfall herumschlagen müsste, so etwas war ihm schon öfter passiert. Da aber plötzlich das Handy klingelte, schaffte er es nicht, sein düsteres Szenario zu Ende zu bringen. Was ziemlich schade war, denn zum Schwarzmalen hatte er großes Talent.

Es war Stefan. Andi erklärte ihm seine Lage. Ohne dabei pathetisch zu werden, ohne verzweifelten Unterton. Es missfiel ihm grundsätzlich, andere mit seinen Problemen zu belästigen. Sein ehemaliger Spielpartner bat ihn um Verständnis, er könne ihm leider nicht entgegenkommen, da er gerade Ärger mit seiner Wohnung habe. Dann fügte er jedoch hinzu, er wolle bei seinen Brüdern und Schwestern nachfragen.

»In einer Viertelstunde melde ich mich wieder«, meinte Stefan.

»Nein, nein!«, hätte er am liebsten gerufen, aber weil das unhöflich gewesen wäre, sagte er kein Wort.

Geknickt stellte er fest, dass sein Pech kein Ende zu nehmen schien. Er sah sich bereits in einem fremden Haus sitzen. Er war umgeben von einem Haufen Predigern, alle dort waren Prediger: die Mutter, der Vater, das Kind, und außerdem waren auch noch um die tausend Glaubensbrüder anwesend, versteckt in der Abstellkammer, in den Schränken und in den großen und kleinen Schubladen. Mit Engelslächeln reckten sie immer wieder ihre Köpfe aus ihren Verstecken, wie ein Kuckuck aus seiner Kuckucksuhr, und riefen: »Leg dein Leben in Jesu Hände, jetzt sofort, in diesem Augenblick!«

Er kaufte sich ein Päckchen Zigaretten. Er würde demnächst wieder heimlich rauchen müssen, wie in der Pubertät, überlegte er. Und statt Alkohol zu trinken, müsse er sich mit einem heißen Tee zufriedengeben. Nun trauerte er schon fast der Atmosphäre aus der Redaktion nach, die er gar nicht mehr so schlecht fand. Wenn sich die Kollegen dauernd gegenseitig reinlegten und auf den Arm nahmen, war das, wenn er recht überlegte, nichts anderes als eine prima Bereicherung des Scheißalltags. Wenn er in der Redaktion übernachtete, könnte er eventuell auf Zeitungspapier schlafen. Das hielt warm, und man lag darauf wie auf einer weichen Matratze. Plötzlich fiel ihm auf, dass er sich wie ein Frischvermählter verhielt, der dem Junggesellendasein heftig nachtrauerte.

Stefan rief ihn an, um ihm mitzuteilen, alles sei okay und er werde mit dem Auto vorbeikommen, um ihn abzuholen. Er solle ihm nur sagen, wann und wo er auf ihn warten werde. Bis zum letzten Augenblick hatte er gehofft, Stefan würde keine Lösung finden. Jetzt stellte er sich auf einen langweiligen Abend ein und versuchte sich ein wenig aufzumuntern, indem er an ein heißes Bad dachte.

»So schnell kann es gehen! Ich hätte wirklich nicht erwartet, dich schon heute Abend wiederzusehen«, meinte Stefan fröhlich.

Im Auto erfuhr er, dass er bei einem verwitweten Presbyter wohnen werde, Mathe-Lehrer von Beruf.

Also bei einem neurotischen Opa, der einen Putzfimmel hat, übersetzte er Stefans Worte im Stillen.

»Ein strenggläubiger Mann, mit Charisma.«

»Vorsicht, ein Taliban!«, übersetzte er weiter.

»Mit einem interessanten Leben ...«

»Besserwisserisch, erschlägt einen mit lebenswichtigen Ratschlägen.«

»Er wird dir gefallen.«

»Das will ich aber auch schwer hoffen, Alter!«

Der Prediger wohnte nicht weit, sie waren schnell dort. Der Mann war kein anderer als der Lokal-Jesus, der in die Jahre gekommene Hippie, den er in der Kirche gesehen hatte. Er war so um die 45. Kein fröhlicher Typ, er wirkte eher schlaff und müde. Er hatte einen merkwürdigen Namen: Seth.

Die Wohnung war überaus bescheiden eingerichtet, mit alten Möbeln, die nicht zueinander passten. Sie nahmen alle drei im Esszimmer Platz, Andis Koffer standen im Flur, neben der Garderobe aus Tanne. Vor dem Sofa lag ein leicht abgenutzter Teppich. Auf einem kleinen Tisch stand ein Schwarz-Weiß-Fernseher, an der Wand hingen einige Regale mit Büchern, deren Titel er nicht entziffern konnte.

Er bat den Gastgeber um einen Pfefferminztee. Die heißen Tassen in den Händen, sprachen sie über das launische Wetter und den Sturzregen am Vormittag. Keiner brachte das Gespräch auf die unmögliche Situation, in der er sich gerade befand, es war, als hätte man ihn dort schon lange erwartet. Über seinen Besuch im Gottesdienst fiel auch kein einziges Wort, was ihn wieder einigermaßen aufrichtete. Zu seiner Überraschung sprachen die beiden anderen über ein Fußballspiel. Dann meinte Stefan, es sei für ihn an der Zeit, aufzubrechen. Im Flur tuschelte er kurz mit dem Gastgeber und verschwand. Die versteckten Prediger blieben weiterhin alle ganz brav im Schrank, keiner reckte plötzlich den Kopf.

»Du wirst im Raum nebenan wohnen, dort ist es ruhiger. Wir können uns doch duzen, oder?«

Das war ihm nur recht, er hatte schon immer große Schwierigkeiten damit gehabt, das Wort *Sie* auszusprechen.

Der Raum nebenan war genauso bescheiden eingerichtet. Ein Bett, ein Schrank, ein Schreibtisch, ein Stuhl und ein Nachtkästchen. Das Fenster führte nach hinten, man sah andere Wohnblocks. Er öffnete einen Koffer und packte aus, was er dringend brauchte. Er zog trockene Strümpfe an. Also, bis jetzt ist es hier angenehmer als in der Redaktion, dachte er. Nach kurzer Zeit wurde er zum Essen gerufen.

»Es ist nichts Besonderes, nur Nudeln mit Käse. Ich bin kein Meisterkoch!«

Ein angenehmer Duft stand im Raum. Sie setzten sich an einen lackierten Tisch aus Tannenholz, die Teller dampften. Er betrachtete die winzigen Käsestücke, die auf den Nudeln schmolzen, und begann zu spachteln. Nach einigen Sekunden sah er den Prediger, wie er mit halbgeschlossenen Augen die Hand an die Stirn führte. Er betete im Flüsterton. Andi sah ihn verlegen an und schluckte.

»Guten Appetit! Hau rein, worauf wartest du!«, ermunterte ihn der Gastgeber.

»Ich sah dich beten und ...«

»Ja, normalerweise bedanke ich mich laut bei Gott, aber diesmal wollte ich dich halt nicht stören. Hau rein, wenn die Nudeln kalt werden, schmecken sie nicht mehr!«

Nach einem ausgiebigen, heißen Bad schlief Andi sofort ein.

In der Nacht hörte er jemanden seufzen und weinen, vielleicht träumte er es auch nur.

KAPITEL 9

Ich saß schon seit Stunden in Gedanken vor meinem Kaffee, obwohl das gar nicht meine Art ist. Ich pflege den Kaffee hinunterzukippen, um mich gleich an die Arbeit zu machen. Meine Gedanken sprangen hin und her, Erinnerungsbilder blitzten vor mir auf, und ich ließ immer wieder Gesten und Dialoge Revue passieren, um sie akribisch zu untersuchen und zu gewichten. Glücksmomente, in denen ich mich der leichtfüßigen Träumerei hingab und meine Gedanken ganz schwerelos schwebten, wechselten mit qualvollen Momenten der plötzlichen Ernüchterung und der Selbstvorwürfe. Ich hätte alles gegeben, um darüber hinwegzukommen.

Ich war hin- und hergerissen zwischen einer Traumwelt, in der ich mich wohl und geborgen fühlte, und einer Realität des fortwährenden Scheiterns und der realen und imaginären Verdächtigungen. Es gelang mir einfach nicht, mein Gleichgewicht zu finden, meine Ruhe, meine Vernunft. Meine Gefühle waren durcheinandergeraten, ich erlebte ein Gedächtnisbeben, das ich nicht kontrollieren konnte. Es war kein heftiges Beben, doch es hielt lange an. Die leichten Erschütterungen ließen keine Wände einstürzen, sie ließen lediglich den Sand rieseln und zerstörten die feinen Strukturen.

Die Vibrationen hatten eingesetzt, als ich über Bodo, den Chefredakteur, nachzudenken begann. Rachefantasien kamen in mir auf. Er hatte mir eine Menge unsauberer Berufstricks beigebracht, aber ich hätte nie vermutet, dass er zu solch extremen Sauereien imstande war. Der Pakt, den wir bei meinem Jobantritt per Handschlag in der Kneipe geschlossen hatten, war für mich anfangs bloß eine faire, unkonventionelle Abmachung gewesen, »unter Männern«, wie Bodo damals gesagt hatte. Doch mit der Zeit bekam dieser Vertrag eine ganz andere Dimension. Denn wir mussten ja auch von etwas leben, wie Antonio zu sagen pflegte. Wir heckten also zusammen immer mehr Schweinereien aus, und zwar so diskret wie möglich, damit wir ja keinen beschämenden Gesichtsverlust riskierten. Und jeder von uns bekam danach seinen Anteil. Da wir in einem Team spielten, war gegenseitiges Foulspiel ausgeschlossen. Aber es gab natürlich zwischendurch auch Probleme. Ich verdächtigte ihn, dass er wesentlich mehr bekam, als er mit mir und den anderen zu teilen bereit war, er wiederum verdächtigte mich, dass ich meine Informationen an einen Dritten weitergab oder dass ich ihm einen Teil der Wahrheit verschwieg und mich dafür fürstlich entlohnen ließ. Wenn man dieses einfache Beziehungsschema genauer betrachtet, dann weiß man auch, wieso wir uns immer wieder gegenseitig auf die Finger schauten.

Einmal fuhr ich in eine kleine Provinzstadt, um eine Reportage zu machen. Mit anderen Worten, um Informationen über mein künftiges Opfer zu sammeln. Ich hatte keinen blassen Schimmer, auf welche Art man meine Recherche-Ergebnisse einsetzen würde, doch einer Sache war ich mir sicher: Der Herr Direktor, Objekt meiner Recherche, würde sehr bald ganz tief in die Tasche greifen müssen. Dabei konnten sowohl er als auch wir von Glück reden: In seinem Portemonnaie befanden sich jede Menge Geldscheine. Und wenn alles wie geplant lief, fielen auch für mich einige Krümel dabei ab, um einen Ausdruck von Ghighi, meinem Teamkollegen, zu benutzen.

Diese *Krümel*, die mir, dem Journalisten am Anfang meiner Karriere, ziemlich gut schmeckten, nährten mich jedoch nur kurzfristig, denn ich litt an chronischer Geldnot, meine Vorfahren hatten mir diese schwere Krankheit vererbt. Geld war bei mir schon immer Mangelware. Nicht selten in meinem Leben lernte ich allerdings Leute kennen, die wesentlich mehr Kohle hatten als ich, sich jedoch über ihre Armut beschwerten. Anfangs glaubte ich, sie machten mir etwas vor, doch mit der Zeit merkte ich, dass ihr Jammern und Klagen echt war. Sie waren es nämlich einfach nicht gewöhnt, mit Entbehrungen umzugehen. Oder anders, sie entbehrten ganz andere Dinge als ich. Ich träumte von einer mickrigen Einzimmerwohnung, sie von einer Luxuswohnung oder einem Ferienhaus, sie gelüstete es nach luftgetrocknetem, fein gewürztem Schaf- oder gar Rindfleisch, mich lediglich nach einer spottbilligen Salami. Sooft ich an sie denke, bin ich froh, nicht so zu sein wie sie.

Die Recherche in der Provinzstadt war unter dem Strich ganz gut gelaufen. Der Herr Direktor hatte so viel Dreck am Stecken, dass es meilenweit in seinem Umkreis stank. Er leitete eine Fabrik für Elektrogeräte, die zu Ceauşescus Zeiten hoch im Kurs gewesen war, mit der es jetzt aber bergab ging. Der Herr Direktor hatte bereits die Privatisierung geplant, für einen Apfel und ein Ei. Zuvor leitete er eine Werkzeugmaschinenfabrik, die ebenfalls privatisiert worden war. Wenn es um programmierte Pleiten ging, hatte er das erforderliche Know-how und auch die richtigen Kontakte in der Politik.

Zum Zeitpunkt meiner Recherchen erschienen in der Lokalpresse Beweise dafür, dass der Herr Direktor sowohl den Rohstoffeinkauf als auch den Absatz von Fertigprodukten über zwei Subunternehmen laufen ließ, die sich rein zufällig im Besitz seiner Verwandten befanden. Juristisch sah jedoch alles völlig korrekt aus, und die Politiker hatten überhaupt keine Lust, im Dreck zu wühlen, umso weniger, als der Herr Direktor sich im Wahlkampf besonders großzügig gezeigt hatte: Er hatte den hohen Tieren nicht bloß nett zugelächelt, sondern sogar ermöglicht, seinen Betrieb zweimal aufzusuchen und dabei den Mitarbeitern vor laufender Kamera die Hand zu schütteln. Zusätzlich hatte er ihnen das Werkzeug zum Anbringen der Wahlplakate an hohen Litfaßsäulen geschenkt und ihnen sogar Leute zum Plakatekleben geschickt. Dazu schaltete er immerzu große Inserate in der Zeitung.

Vor ein paar Jahren waren in seinem Betrieb einige Waggons mit Heizöl spurlos verschwunden, und kürzlich hatte er eine Menge Stromzähler gekauft, etliche tausend, was völlig absurd war, weil er diese Stromzähler eigentlich hätte verkaufen müssen.

Ein anderer Informant, ein Lokaljournalist, den ich noch von der Uni kannte und mit dem ich hin und wieder ein Bier trank, um mit ihm über die alten Zeiten zu quatschen, erzählte mir von einer Prachtvilla, die der Herr Direktor gerade heimlich in einer abgelegenen, idyllischen Gegend errichten ließ. Mein Freund vermutete, dass es sich um ein nettes Domizil für die Geliebte des Herrn Direktors handelte, eine Schulleiterin mit blonden Locken und Silikonpolstern in der Bluse. Diese Polster waren derart riesig, dass man dauernd von einem heftigen Zusammenstoß mit ihr träumte. Wenn mich ihr Vor- und Nachname interessieren sollte, dann koste das einen Kasten Bier, so mein Freund. Ich sagte, ich könne meine Neugier bezüglich ihres Namens vorläufig noch zügeln, wäre ihm aber sehr dankbar, wenn er mich künftig über den Fortschritt der Bauarbeiten auf dem Laufenden hielte.

Rundum zufrieden kehrte ich in die Redaktion zurück. Ich ging mit meinen Teamkollegen in die Kneipe, und dort machten wir Kassensturz. Auch wenn ich für einige Sauereien keine eindeutigen Beweise hatte, wusste ich genau, wo der Hund begraben lag. Man musste bloß auf einige juristische Feinheiten achten, um nicht wegen »Rufmords« und »Verleumdung« belangt zu werden, doch mit etwas sprachlichem Geschick ließ sich das locker hinkriegen, also stand zumindest einer Teilveröffentlichung des Materials nichts mehr im Wege. Die Einzelheiten über nicht nachweisbare Schurkenstücke stammten aus einer sozusagen sicheren Quelle, die sich »im unmittelbaren Arbeitsumfeld des Direktors« befand und selbstverständlich Wert auf Anonymität legte. Der Aktionsplan stand bereits fest: Man würde mit einer kleinen Notiz in der untersten Ecke der Skandalnachrichten anfangen. Das wäre der erste Schritt, ein Warnschuss sozusagen. Der Herr Direktor hätte sodann eine, höchstens zwei Wochen Zeit, zu signalisieren, dass er sich gerne mit uns unterhalten wolle. Währenddessen würden unsere Recherchearbeiten natürlich weiterlaufen. Wenn er sich dann immer noch nicht aufraffen und bei uns melden sollte, um uns wie ein braver, wohlerzogener Junge »Guten Tag« zu sagen, würden zwei weitere Schüsse folgen, knapp an ihm vorbei. Sollte er sich hiernach auch weiterhin dumm anstellen, müsste man als Nächstes direkt auf seine Beine zielen, um von da aus immer höher gelegene Ziele anzuvisieren und sich so in Richtung Kopf hochzuarbeiten. Die Spannung sollte kaum wahrnehmbar steigen. Falls der Mann die Friedensfahne schnell hisste, sollte ihn der Deal weniger kosten, weil wir ja weniger zu rackern hätten. Wenn man diese Vorgehensweise betrachtet, weiß man ziemlich genau, wie die ungeschriebenen Gesetze bei der Zeitung lauteten. Ich habe sie mir in langwieriger Schwerstarbeit angeeignet. Dabei bin ich oft mit dem Kopf auf dem Tisch eingeschlafen, umgeben von stinkenden, überquellenden Aschenbechern und einem ganzen Regiment leerer Bierflaschen.

Ich war daher ziemlich überrascht, als Bodo mich aufforderte, umgehend eine Coverstory über den Direktor zu verfassen. Aber ich stellte kaum Fragen und machte mich an die Arbeit. Wir griffen also direkt an, ohne Warnschüsse. Ich sagte mir, dass Bodo einiges mehr über den Direktor wusste als ich und dass es sich hier um eine geheime Abmachung handeln musste. Obwohl ich über genügend Material verfügte, fiel mir das Schreiben des Artikels nicht leicht. Die Beweise waren oft nicht stichhaltig, manchmal fehlten sie ganz. Also wich ich nach Möglichkeit aus und gab mir stattdessen Mühe, den Text mit möglichst vielen Anspielungen zu spicken. Ich benutzte eine Menge abgegriffener Metaphern, so etwas hatte ich seit meiner Schulzeit nicht mehr getan. Ich erfand sogar eine rätselhafte Gestalt, die mir überallhin wie ein Schatten folgte, weil sie scharf darauf war, mir Schauergeschichten zu erzählen über die Dreckskerle, die die Stadt ins Unglück gestürzt hatten. Damit wollte mir die rätselhafte Gestalt unbedingt helfen, diese finsteren Gesellen bloßzustellen. Ich versprach dem Leser eine Art Krimireihe, wo die Enthüllungen Schlag auf Schlag stattfinden würden, sobald der Missetäter zu reden bereit wäre. In der ersten Folge war der Herr Direktor die Hauptperson, so hatte mich die rätselhafte Gestalt angewiesen. Ich versprach weitere Episoden voller Spannung. Selbstverständlich konnte der Informant, sobald ich ihn nicht mehr brauchte, verschwinden. Spurlos. Ohne jede Erklärung. Deswegen war er ja rätselhaft, nicht wahr? Allein schon um ihn vorzustellen, benötigte ich um die zweihundert Wörter. Irgendwie musste ich das Blatt ja voll kriegen. Ich ließ auch noch zwei Riesenfotos in meinen Artikel einblenden, auch wenn der Direktor mit diesen Bildern gar nichts zu tun hatte: Auf dem einen war eine Straße voller Schlaglöcher zu bewundern, auf dem anderen ein paar heftig qualmende Fabrikschornsteine. Ich glaube, die Fotos stammten aus einer ganz anderen Stadt. Doch sie eigneten sich wunderbar, den Direktor bei den Autofahrern zum Buhmann zu machen und bei den Naturschützern aus der Gegend zu diskreditieren. Einfach so zum Spaß! Ich verriet in meinem Artikel freilich nur die Initialen meines merkwürdigen Informanten. Ich nannte ihn S.H. Das war abgeleitet von Sherlock Holmes, aber das wusste nur ich, für die anderen sollte es ein Rätsel bleiben. Wenn der Direktor demnächst nachts nicht schlafen kann, dachte ich, dann kann er ja in aller Ruhe versuchen, dieses Rätsel zu lösen. Er wird dann wohl bis zum Tagesanbruch all seine Feinde Revue passieren lassen, denn Feinde hat er ja mehr als genug. Und tagsüber wird er die Leute in seiner Nähe unentwegt mustern und denken: Ist das nicht vielleicht S.H.? S.H. hätte natürlich jeder sein können: sein Stellvertreter, der Mann seiner Geliebten, ein Geschäftsrivale oder gar die eigene Ehefrau, sofern sie von den Trost spendenden Silikonpolstern Wind bekommen haben sollte.

Ich beendete den Artikel spät in der Nacht, ungefähr eine Stunde vor Andruck der Zeitung. »Gute Nacht, Herr Direktor!«, sagte ich erschöpft, aber auch zufrieden, zumal ich jede Menge flotter Stilpirouetten aufs Parkett gelegt hatte.

Die große Überraschung folgte am nächsten Tag, als ich die Zeitung aufschlug. Es war just der Tag, an dem Marga verschwunden war. Mein Artikel war kaum wiederzuerkennen. In der einen Stunde bis zum Andruck hatte Bodo fast alles umgeschrieben. Die Zwischentitel waren wesentlich aggressiver geworden. Und aus meinen feinsinnigen Stilpirouetten hatte Bodo einen primitiven Tanz gemacht. »Er hat sich anscheinend bedient«, ersetzte er durch »er kriegte den Hals nicht voll«, statt »man munkelt von einer möglichen Liaison«, stand nun im Blatt »Affäre mit blonder Sexbombe in aller Munde«. Ich fragte mich, was für Folgen diese Stiländerung haben könnte, es ging mir freilich nicht um ästhetische, sondern eher um juristische Konsequenzen.

Unter dem Text stand lediglich mein Name, Bodo wurde nicht als Mitautor erwähnt. Natürlich kenne ich diese Sprüche auswendig: Die Zeitung übernimmt die volle Verantwortung für das, was hier behauptet wird, usw. Aber vorläufig hätte man mir erst mal den Prozess gemacht, und ich hatte nicht die geringste Lust, vor den Richter zu treten. Es war noch früh am Morgen, und ich schäumte vor Wut. Wäre Bodo nicht gerade verreist gewesen, hätte er sein eigenes Grab schaufeln können.

Dann beruhigte ich mich jedoch. Bevor ich etwas Unvernünftiges unternahm, wollte ich erst mal mit Marga sprechen. Vielleicht war ja alles gar nicht so schlimm, wie ich es mir vorstellte. Womöglich machte ich aus einer Mücke einen Elefanten. Es lohnte wirklich nicht, Theater zu machen, dadurch wären nur Komplikationen entstanden. Ich wäre womöglich hochkant rausgeflogen und Marga direkt hinterher. Dann hätte ich schauen müssen, wo ich demnächst die Kohle hernahm. Ich will jetzt nicht sagen, dass Marga mit dem doppelt geheimen Doppelstipendium, das sie von ihren Eltern bekam, nicht gut über die Runden kam, aber ohne ihre lächerliche Klatschspalte hätte sie es bestimmt kaum ausgehalten. Zu allem Überfluss war ich seit drei Monaten mit der Miete im Rückstand, sodass die beim Vermieter hinterlegte Kaution nun langsam zur Neige ging. Somit hatte ich vermintes Gelände betreten, man hätte mich jederzeit vor die Tür setzen können, was mir sehr weh getan hätte. Der Vermieter, ein kleiner, hagerer Typ mit Spitzbart, hatte immer einen Haselzweig als Wünschelrute dabei, wenn er uns besuchte, die setzte er ein, um uns zu zeigen, wie sich die positiven und negativen Energien in der Wohnung verteilten. Daraufhin zwang er uns jedes Mal, wenn er kam, die Möbel, die ihm gehörten, neu anzuordnen. Letztens hatte er uns mit einer Verbannung in den Park nebenan angedroht. Und das, nachdem wir so lange Zeit geduldig und demütig seinen Anweisungen gefolgt waren. Wir hatten seine wackligen Sperrmüllmöbel dutzende Male hin und her geschoben und sogar seinen komischen Unkräutertee immer wieder geschluckt, zur körperlichen und seelischen Läuterung. Trotzdem mussten wir nun befürchten, dass er seine Haselrute künftig ganz anders als bisher einsetzen würde: Statt Energieflüsse zu erkunden, würde er uns damit den Rücken bläuen.

Doch Spaß beiseite, das war die Zeit, als Marga, wie ich damals dachte, Prinzessin auf der Erbse spielte. Ich brauchte sie wie die Luft zum Atmen, und sie war unauffindbar.

Ich wollte gerade ins Bad gehen, als etwas geschah, was mich aus meinen Gedanken, Vermutungen, Verdächtigungen, Rachegelüsten usw. riss. Die Nachbarn oben waren gerade erwacht und genau so streitlustig wie vor dem Einschlafen. Das Thema war nun nicht mehr das Haar im Spülbecken, sondern ein ganz anderes, das genauso wichtig war für das harmonische Zusammenleben: Wer geht denn an diesem Morgen Kaffee kaufen? Ich war eigentlich auch der Meinung, dass es sich hier um ein unendlich wichtiges Thema handelte, denn mir gelang es ja auch nie, die Augen offen zu halten, ohne die gnadenreiche Unterstützung des himmlischen Koffeins in Anspruch zu nehmen. Was mich jedoch verblüffte, war die Riesenenergie, die sie beim gegenseitigen Beschimpfen freisetzten, obwohl sie noch gar keinen Kaffee getrunken hatten.

»Ich habe gestern das Mineralwasser gekauft, das ist dir wohl klar! Also müsstest du deinen Hintern nach unten bewegen und den Kaffee holen!«, schrie sie lauthals.

»Wenn du noch kein Alzheimer hast, dann wirst du dich vielleicht noch erinnern, dass ich gestern das Brot gekauft habe!«, antwortete er.

»Brot kaufen ist sowieso deine Aufgabe!«

»Was du nicht sagst! Seit wann denn?«

»Immer schon!«

»Echt?! Und wann ist dieser Beschluss gefasst worden?«

»Da haben wir's wieder! Wer hat Alzheimer, ich oder du?«

»So ein Abkommen hat es nie gegeben. Nur dein kranker Kopf kann sich so etwas ausdenken!«

»Das sieht dir ähnlich! Du bist ein richtiges Schwein!«

»Statt hier Schrott zu reden, geh lieber nach unten und hol Kaffee! Gestern hat sich dein Bruder ja den letzten Kaffee hinter die Binde gekippt.«

»Und du hast ihm dabei zugeschaut, was?«

»Er hat den letzten Rest getrunken, nicht ich.«

Ich weiß nicht wieso, aber ich begann mich bei dieser Auseinandersetzung richtig wohl zu fühlen. Also machte ich es mir auf dem Sofa schön bequem und fuhr fort ganz aufmerksam zuzuhören.

KAPITEL 10

Andi erwachte frisch und munter. Ein Blick auf die Uhr zeigte, dass es noch ziemlich früh war. Ein neuer Tag begann, doch er konnte kaum etwas damit anfangen. Er hatte überhaupt keine Lust, in der Redaktion vorbeizuschauen, daher entschloss er sich, noch ein wenig zu faulenzen. Er hörte Stimmen im Nebenraum und spitzte die Ohren. Eine Frauenstimme ... Nein, er täuschte sich nicht, es war in der Tat eine Frauenstimme.

»Sieh einer an, unser Presbyter hat Nachtschicht geschoben!«, amüsierte er sich und zwinkerte einem unsichtbaren Dritten zu.

Andi drehte sich auf die andere Seite und steckte die Nase tief ins Kissen.

Es roch nach billigem Putzmittel.

Plötzlich klang es, als weinte die Frau, und so fuhr er abermals seine Antennen aus. Ja, sie weinte tatsächlich. Das gefiel ihm ganz und gar nicht. Er vermochte nicht, sich in fremde Angelegenheiten einzumischen, denn er wusste, dass so etwas immer mit Ärger verbunden war, aber es wollte nicht in seinen Kopf, dass Hochwürden imstande wäre, Frauen psychisch zu quälen. Seinetwegen mochte der ehrwürdige Seelsorger sich sein bitteres Witwerdasein ruhig Tag für Tag mit einer anderen Frau versüßen, aber musste er sich dabei wie ein Rüpel benehmen?

»Eine kleine Predigt könnte dem Schuft nicht schaden!«, murmelte er zufrieden, bevor er abermals einschlief.

Als er nach einer zweiten Runde Schlaf gegen halb neun aus dem Bau kroch, roch es auf dem Flur nach Spiegeleiern. Die Tür zum Esszimmer stand offen, sodass er mitbekam, wie Seth sagte: »Das ändert rein gar nichts an der Situation.« Die Frau saß an einem Tisch, der am vorigen Abend noch nicht dort gestanden hatte, und der hinter ihr stehende Presbyter hatte die Hände tröstend auf ihre Schultern gelegt. Sie hatte einen Morgenmantel an. Ihr Haar war zerzaust, ihre Nase vom Weinen gerötet, und unter ihrem linken Auge entdeckte er einen blauen Fleck, der aussah wie ein tiefer, dunkler Augenring. Seth war blass und erschöpft, er erinnerte an ein zerknülltes Blatt Papier. Auf dem Tisch vor ihnen lag eine Bibel.

»Ich hoffe, wir haben dich letzte Nacht nicht geweckt!«, sagte Seth statt einer morgendlichen Begrüßung.

Andi schüttelte verneinend den Kopf und überlegte, womit Seth sie geschlagen haben konnte.

Die Frau lächelte ihn gequält an.

Wie ein Pandabär, der gehört ja auch zu den bedrohten Arten, ging ihm durch den Kopf.

Während er stumm frühstückte, gelang es ihm kaum, die leisen Stimmen aus dem Nebenraum zu ignorieren. Das alles war traurig, bedrückend und empörend zugleich. Es kam ihm vor, als schaute er einem Kind dabei zu, wie es hartnäckig versuchte, eine kleine, runde Handgranate zu schälen, weil es sie für eine Orange hielt, ohne dass er hätte einschreiten können.

Als er gerufen wurde, ging er langsam in den anderen Raum. Seth sah besorgt aus.

»Marlena hatte eine Auseinandersetzung mit ihrem Mann … Ich muss mit ihm reden … Und ich möchte sie nicht allein lassen, verstehst du? ... Hast du heute Morgen viel zu tun? Könntest du dich ein bisschen um sie kümmern?«

Andi nickte.

»Nein, nein, ich komme mit! Es wäre besser, wenn ...«, warf die in Panik geratene Frau ein. »Er kann schnell gewalttätig werden.«

»Ich gehe nicht allein hin, ich werde einen Bruder mitnehmen.«

»Ich muss wissen, wie es meinem Sohn Radu geht.«

»Ich rufe dich an, wenn ich dort bin.«

Marlena gab nach, und bald waren sie allein. Andi war solche Situationen überhaupt nicht gewohnt und hatte keine Ahnung, was er jetzt tun sollte. Er sah sie an, wie sie das Taschentuch mit den Eiswürfeln an ihre Wange drückte, versuchte ihr aufmunternd zuzulächeln, doch wahrscheinlich kam nichts anderes dabei heraus als eine Grimasse. Der blaue Fleck breitete sich aus und wurde immer dunkler. Bei der Zeitung hatte er viele Fotos von misshandelten Frauen mit schrecklichen Wunden gesehen, sogar von Leichen. Man gab oft sarkastische Kommentare dazu ab, doch dies hier war es etwas ganz anderes. Es ging nicht mehr nur um ein Foto, sondern um einen Menschen aus Fleisch und Blut. Er hätte ihr irgendetwas sagen müssen, aber was?

»Tut es weh?«, versuchte er das Schweigen zu brechen.

»Wenn ich draufdrücke, ja.«

Dann schwiegen sie wieder.

Er fühlte sich schuldig, weil er nicht die richtigen Worte fand, etwas Tröstendes. Er nahm einen Schluck Kaffee. »Geht bald vorbei!« kam ihm peinlich vor, »Ihr Mann muss wohl ein richtiger Schuft sein!« klang dämlich, und etwas anderes fiel ihm nicht ein. Sozialberater war wohl nicht so sein Ding. Er tröstete sich mit dem Gedanken, dass andere ein Studium dafür absolvieren mussten. Es war nicht sein Beruf, er war Journalist und kein Seelenklempner.

Sie begann leise zu weinen, herzzerreißend, und er spürte, wie sich sein Magen zusammenkrampfte. Ihr Gesicht verzerrte sich und ihre Lippen zitterten, als sie versuchte, ihre Tränen zu unterdrücken. Er hätte sie am liebsten gebeten, damit aufzuhören und ihn nicht weiter zu quälen.

»Weinen Sie bitte nicht ...«, stammelte er.

»Das hat er nicht zum ersten Mal getan«, meinte sie und fuhr sich mit dem Ärmel über die Nase.

»Verstehe ...«

Seine Antwort kam ihm künstlich vor, hölzern, unangemessen. Was hieß das eigentlich, er verstehe? Na und? Was hatte sie davon?

»Es war aber noch nie so schlimm wie diesmal ...«

»...«

»Ich weiß nicht, wo das hinführen soll ... Wir hatten Krach, so etwas kam öfter vor, aber dies war das erste ... das erste Mal, dass er mich so geschlagen hat. Ich schäme mich so, glauben Sie mir bitte ... Er ist mir hinterhergerannt ... Mein Gott, ich kann es noch gar nicht fassen! ... Und was für Dinge er mir an den Kopf warf! ›Gehen wir in die Küche, wenn du jetzt Lust hast zu streiten‹, habe ich gesagt, ›der Kleine schläft schon.‹ Da ging es erst richtig los. Er hat die Flasche am Heizkörper zerschlagen, um mir damit das Gesicht zu zerschneiden. Der kleine Radu schlief. ›Gehen wir in die Küche!‹, habe ich gesagt. Denn wir wohnen in einer Einzimmerwohnung und schlafen zu dritt in einem Raum. Er war außer Rand und Band. ›Lass ihn ruhig hören, was er für eine tolle Mutter hat!‹, brüllte er. Also war wieder ich die Böse.«

Er ließ sie erzählen, sich die Last von der Seele reden. Er hatte gehört, dass so etwas guttun soll.

»Ich habe den Kleinen zugedeckt, also seine Beine … Dann bin ich in die Küche gelaufen. Da ist er durchgedreht. ›Komm sofort zurück!‹, hat er geschrien. Aber ich, ich bin in der Küche geblieben. Ich wollte ihm einen Kaffee machen, damit er wieder einigermaßen nüchtern wird. ›Du hörst also nicht auf deinen Mann, was?‹, hat er gebrüllt. ›Das werde ich dir schon noch beibringen, warte nur!‹, hat er geschrien. Sollten wir denn vor dem Kind streiten? Ich habe also gar nichts gesagt, ich wollte ihn nicht noch mehr reizen … Das habe ich schon als Kind gelernt, mein Vater war ja genauso. ›Weil ich kein Geld mehr habe, hörst du jetzt nicht mehr auf mich, ich bin dir wohl scheißegal!‹, hat er gebrüllt. ›Sei bitte leise, du weckst das Kind!‹, habe ich ihn zu beschwichtigen versucht. Ich bin zur Küchentür gegangen, um ihm gut zuzureden … Er ist schon seit Monaten arbeitslos. Er hatte einen prima Job, aber sie haben ihn rausgeschmissen, er wollte mir nicht sagen, wieso. Seither hackt er dauernd auf mir herum. ›Woher soll ich dir denn Geld geben, ich habe gar nichts, ich kann ja kaum noch das Essen und die Raten bezahlen.‹ Als er noch arbeitete, hat er den Schnaps, den er trank, selbst bezahlt. Nein, er hat noch nie Geld nach Hause gebracht. Ein einziges Mal hat er für Radu etwas gekauft, einen Ball … In der Arbeit fing er dann an zu trinken … Die gingen zusammen in die Kneipe … Seit er ohne Job ist, leidet er wie ein Hund. ›Du denkst wohl, ich bin einen Dreck wert, weil ich nichts mehr verdiene‹, sagt er immer. Aber ich habe so etwas noch nie gesagt, Gott behüte. Er ist ja mein Mann …«

Marlena weinte jetzt nicht mehr und rang nervös die Hände. Er schenkte ihr Kaffee nach, und sie sah ihn dankend an. Endlich eine passende Geste, gratulierte er sich für seine Fortschritte als Sozialberater.

»Wer hätte das gedacht ... Mein Gott, wie schnell das Unglück über einen kommt! Ich kann es gar nicht fassen ... Wie sollen wir uns denn jetzt noch in die Augen schauen? Wie sollen wir denn über all das reden? Bevor ich Radu von der Schule abholte, wollte ich ihm eine Überraschung bereiten ... In der Schule kriegt er ja allerhand mit. ›Mama, ich möchte auch mal Danonino‹, sagte er eines Tages. Ich wusste gar nicht, wie teuer so was ist, also versprach ich, es ihm zu kaufen. Ich will jetzt nicht sagen, dass ich es nachher bereut habe, aber es hat ganz schön viel gekostet. Es hat ihm geschmeckt, vor allem der Himbeerjoghurt. ›Lecker, aber viel zu wenig‹, hat er sich beschwert. Ich habe gar nichts dazu gesagt. Man soll ein Kind ja nicht mit den eigenen Problemen belasten. Aber gestern sagte ich mir: Ich werde ihm mal so viel Danonino zubereiten, wie er möchte. Ich habe einen Liter Buttermilch gekauft, schöne, dicke Buttermilch, und ein Glas Brombeerkonfitüre. Habe alles mit dem Mixer gequirlt, es ist eine absolute Köstlichkeit geworden. Es schmeckte fast noch besser als das richtige Danonino, glauben Sie mir. Dann stellte ich das Gefäß in den Kühlschrank und beeilte mich, Radu abzuholen, weil es schon ziemlich spät war. Ich ahnte ja nicht, was am Abend passieren würde. Zu Hause ist Radu vor Freude fast ausgeflippt ... Er hat sofort alles bis zum letzten Löffel aufgegessen. ›Zeig mir bitte den Becher, wo es drin war!‹, sagte er danach neugierig. ›Ich glaube ... Den habe ich leider weggeworfen‹, habe ich dann gesagt. Dabei sagte ich mir, dass ich nicht vergessen dürfe zu beten, damit Gott mir diese Lüge verzeiht. Dann ging Radu an seine Hausaufgaben, er ist sehr fleißig. Ich habe angefangen zu nähen. Ich bin Schneiderin und arbeite auch zu

Hause ... Es war schon reichlich spät, doch mein Mann war noch nicht da. Vielleicht ist er ja zu seinem Bruder gegangen, um zu fragen, ob der vielleicht eine Arbeit für ihn gefunden hat, überlegte ich. Sein Bruder ist ein vernünftiger Mensch, kein Hitzkopf, so war auch mein Mann einmal ... Jetzt glaubt mein Mann nicht mal mehr an Gott, seine Religion ist die Flasche. Ich bin ganz verzweifelt ...«

»...«

»Wie gesagt. Ich hatte seit einigen Tagen Riesenärger in der Arbeit. Ich wartete also auf ihn, um ihm mein Herz auszuschütten. Aus unserer Werkstatt war ein Stoffballen verschwunden, keiner wusste, wieso. Wir alle dort sind Christen, also kam es gar nicht in Frage, dass jemand von uns es geklaut haben könnte. Ich erinnerte mich, den Stoff ein paar Tagen zuvor mitgenommen zu haben, um ihn zu Hause zu bearbeiten, doch war ich mir da nicht mehr ganz sicher. Vielleicht wollte ich ihn auch nur mitnehmen, habe ich gedacht. Oder vielleicht habe ich ihn tatsächlich mitgenommen und, mit den Gedanken woanders, in der Straßenbahn liegenlassen oder so. Ich habe täglich gebetet, dass Gott mir hilft, mich zu erinnern ... Es wurde immer später. Mein Mann kam und kam nicht. Die Lust zum Nähen war mir längst vergangen. Ich brachte den Kleinen ins Bett, weil er am nächsten Tag, also heute, in die Schule gehen musste. Es war elf oder zwölf Uhr nachts, als ich Geräusche an der Tür hörte. Er schaffte es nicht, das Schlüsselloch zu treffen, und schimpfte und fluchte, dabei war die Tür gar nicht abgeschlossen. Ich half ihm herein. Er brabbelte etwas vor sich hin, er stank nach Alkohol. Er lief schnurstracks ins Zimmer und brüllte von dort: ›Hier! Ich habe jetzt auch Geld, nicht nur du!‹ Gott, wie er dabei lachte! Da habe ich sofort begriffen, dass *er* den Stoff genommen hatte, um ihn zu verkaufen. Ich konnte mich nun deutlich erinnern, dass ich damit nach Hause gekommen war und ihn unter die Tischlampe gelegt hatte. ›Komm, gehen wir in die Küche, wenn du Lust hast zu streiten‹, sagte ich, ›Radu schläft schon.‹ Und ich ging aus dem Zimmer. Er rief etwas hinter mir her, dann kam er mir nach. Er drängte mich in eine Ecke und zerrte an meinem Schlafrock. ›Komm, ich zeige dir jetzt mal, dass ich doch noch gut zu gebrauchen bin‹, keuchte er. Gott, wie er dabei lachte. Ich wich ihm aus, so gut ich konnte, und dann gab es Krach. Er zerschlug die Flasche am Heizkörper, um damit mein Gesicht zu zerschneiden.«

Sie begann erneut zu weinen, diesmal gedämpft. Ihre rinnenden Tränen glitzerten wie Tautropfen im Spinnennetz.

»Verstehe«, hörte Andi sich unsinnigerweise zum zweiten Mal sagen.

»Ich weiß, ich weiß, dass mir Gott jetzt eine Prüfung auferlegt hat ... Mein Mann war nicht immer so, alles hat sich verändert, seit ich mich taufen ließ ... Er war damit zwar nicht einverstanden, aber auch nicht ganz dagegen ... ›Na schön, dann mach eben auf Baptistin, vielleicht fällt so auch für uns bald etwas ab, von den Amerikanern‹, witzelte er. Doch er glaubte nicht wirklich, dass ich es tun würde. Als ich klein war, wohnte eine Baptistenfamilie in der Nachbarschaft, zwei Häuser weiter. Da waren so um die sieben Kinder, die meist miteinander spielten. ›Die vermehren sich ja wie die Karnickel!‹, sagte mein Vater. ›Sie und die Zigeuner! In fünfzig Jahren werden sie uns regieren.‹ Mein Vater soff wie ein Loch und fluchte, so laut er konnte, wenn er sich im Hof zu schaffen machte, damit die von drüben ihn gut hörten. Ich war mit zwei der Baptistenkinder befreundet. Heimlich besuchte ich sie hin und wieder. Ich glaube, Mutter wusste es, doch sie tat, als würde sie es nicht bemerken. Hätte mein Vater es spitzgekriegt, er hätte mich grün und blau geschlagen. Bei ihnen fühlte ich mich wohl, dort gab es nie Krach, und sie saßen immer alle zusammen bei Tisch, als wäre täglich ein Feiertag. Wenn ich groß bin, dachte ich damals, werde ich es auch so machen. Ich habe dort, natürlich im Geheimen, auch schneidern gelernt, sie hatten eine kleine Schneiderwerkstatt. Deswegen ließ ich mich taufen, um ein Leben wie sie zu führen, voller Verständnis füreinander … Aber Gott scheint ganz andere Dinge mit mir vorzuhaben … Er wird schon wissen, was er tut. Mein Mann war ein paarmal mit mir in der Kirche, und es hat ihm überhaupt nicht gefallen. ›Du mit deinen Brüdern, ich mit meinen!‹, meinte er. Und dann begann er, sich unmöglich aufzuführen. Seit er ohne Arbeit ist, sagt er immer wieder: ›Du und deine Baptisten, ihr habt bloß Unheil über uns gebracht …‹

Als Andi die Eingangstür hörte, spürte er eine Riesenerleichterung, schon fast ein tiefes Glücksgefühl. Erst jetzt wurde ihm bewusst, wie gebannt er die ganze Zeit zugehört hatte. Die Frau zuckte leicht zusammen und stand auf.

»Gelobt sei der Herr!«, sagte Seth und schritt dynamisch und selbstsicher durch den Raum.

Sie sah ihn an mit Augen, groß wie die eines Pandabären.

»Ich habe Radu in die Schule gebracht. Alles ist in Ordnung. Wir können zu dir nach Hause, wann immer du willst. Ich bring dich mit meinem Auto hin. Und? Wie war's? Seid ihr beiden klargekommen?«

Andi nickte zustimmend und spürte, dass er jetzt sofort sterben würde, wenn er sich nicht umgehend eine Zigarette anzündete.

»Gehen wir!«, sagte sie entschlossen zu Seth.

»Sofort?«

»Ja, sofort!«

Auf dem Kinderspielplatz rauchte er vier Zigaretten hintereinander. Bei der letzten befand er sich bereits im Schwebezustand. Die Seile der Schaukel waren verdreht, der Sitz war ramponiert und schief. Der eine Arm der Wippe steckte tief im Schlamm. Mehrere herumliegende Zweiliterbierflaschen glänzten in der Sonne. Es sah aus, als hätte eine Gruppe Riesen kürzlich dort eine Orgie gefeiert, um mal ein bisschen die Sau rauszulassen. Er lehnte sich an den Maschendrahtzaun, schlug die Zeitung auf und sah die Wohnungsanzeigen durch. Nichts Interessantes. Er musste sich also noch eine Zeitlang gedulden. Die guten Mietangebote gab es in der Regel erst nach Semesterschluss an der Uni. Er hatte Seth nicht gefragt, wie lange er bei ihm wohnen durfte, war aber entschlossen, schnellstens auszuziehen. Vor allem hatte er nicht die geringste Lust, abermals den Sozialberater zu markieren mit irgendwelchen Opfern, die aus heiterem Himmel dort hätten aufkreuzen können. Die Prediger hielten sich zwar auch weiterhin brav in den Schubladen versteckt, aber man konnte ja nicht wissen, wann sie plötzlich die Lust packte, ihn zu bekehren.

Er wäre gerne zu Luana gegangen, andererseits fand er, dass an diesem Tag bereits genug passiert war.

Er setzte sich in einen Biergarten, verschlang eine Pizza und trank zwei Flaschen Bier. Und schon war das Leben wieder schön.

Wo er schon in der Nähe des Friedhofs war, drehte er dort eine Runde. Einige Kinder, die wahrscheinlich in den Blocks nebenan wohnten, spielten Verstecken zwischen den Gruften. Wehmütig sah er ihnen eine Weile zu. Ein lebhaftes rothaariges Mädchen versteckte sich unter der Bank, auf der er gerade saß, und bat ihn, die Beine nicht zu bewegen.

Am späten Nachmittag ging er nach Hause.

Seth saß in ärmlicher Kleidung auf einem Stuhl und machte sich an einem alten Paar Schuhe mit Klebstoff zu schaffen.

»Ich war bei einem Bruder, ich habe ihm geholfen, einen Zaun zu ziehen. Dabei hatte ich leider die falschen Schuhe an. Aber das lässt sich zum Glück reparieren«, erklärte der Presbyter. »Wie ist es dir heute ergangen?«

»Ich habe eine Wohnung gesucht. Nichts zu finden«, antwortete er und fügte hinzu: »Ungefähr wie lange könnte ich denn hier wohnen bleiben, ohne zu stören? Ich würde dir eventuell auch etwas dafür zahlen.«

»Ach, hör doch auf! Bleib einfach, solange du möchtest«, sagte Seth.

»Okay, dann bleibe ich, sagen wir, so um die fünf Jahre!«

»Wenn das mein Schicksal sein soll, dann muss ich mich halt damit abfinden«, lächelte Seth, dann setzte Andi noch einen drauf: »Das Problem dabei ist bloß, dass ich nicht allein bin. Ich habe noch eine Frau und fünf Kinder.«

»Dann muss ich halt zu einem Bruder ziehen«, meinte er.

Sie lachten beide.

»Du bist schwer in Ordnung, Seth! Danke!«

»Nicht mir musst du danken, sondern Gott.«

»Ach so! Ihr seid vielleicht komisch!«

Seth ging ins Bad und duschte, während Andi sich nach einem Buch umschaute, um ein wenig zu lesen und sich zu entspannen. Zwischen verschiedenen Bänden mit Mathematikübungen und Büchern mit religiösem Inhalt entdeckte er einen Roman, von dem Autor hatte er noch nie etwas gehört. Er begann zu lesen. Er hörte das Rauschen der Dusche, dann machte er eine Melodie aus. Der Presbyter sang fröhlich etwas Religiöses unter der Dusche. Wer weiß, vielleicht tanzt er ja auch noch dazu, dachte er amüsiert.

Der kitschige Ton der Geschichte machte ihm schwer zu schaffen. Zuckersüße Sätze reihten sich aneinander, und die schwülstigen Worte ertranken eins nach dem anderen in einem überdimensionalen Siruptopf. Schließlich gab er es auf und ging in die Küche, um sich ein Glas Wasser zu holen. Am Esszimmertisch saß Seth auf dem Stuhl, wo Marlena vorher gesessen hatte. Er hatte eine Brille aufgesetzt und machte sich irgendwelche Notizen, vor ihm lag die Bibel. Als er Andis Gegenwart spürte, blickte er auf und sagte:

»Wenn du fernsehen möchtest, dann sag es, ich ziehe dann in die Küche.«

»Nein, nein, ich habe diesen TV-Schwachsinn satt, vielleicht ein andermal. Was machst du da?«

»Ich bereite eine Predigt vor, für Sonntag«, meinte Seth.

Andi bereute sofort seine Frage.

»Es ist die Geschichte einer Prostituierten ... Oder einer Hure, wie die Bibel sagt«, fuhr Seth fort.

Klingt gar nicht so schlecht, dachte Andi und meinte:

»Hure! Ihr seid wirklich komisch, ich hab's ja gesagt.«

»Im Vergleich zu Jesus sind wir gar nichts. Der war noch viel komischer als wir.«

»Apropos komisch! Ich wollte dich fragen, woher dieser komische Name kommt, Seth. Haben deine Eltern sich ihn etwa ausgedacht?«

Der Presbyter lachte.

»Quatsch! Es ist ein Name aus dem Alten Testament. Seth war eines der Kinder von Adam und Eva.«

»Echt?!«

»Ein Bruder von Kain und Abel.«

»Aha! Tut mir leid, aber ich habe null Ahnung von Religion. Ich habe bloß zwei, drei Jesusfilme gesehen.«

»Ist doch egal, das Wesentliche weißt du ja bereits, es ist tief in dir drin.«

»Du unterstellst mir ja Dinge!«

»Ich tue halt, was ich kann.«

»Wie lief das mit dem Typ heute?«

»Mit welchem Typ?«

»Marlenas Mann.«

Seth wurde nachdenklich und sagte:

»Er ist ein guter Mensch. Wir müssen für sie beide beten.«

»Also auch für sie?«

»Vor allem für sie«, sagte Seth, dann schwieg er.

Das Wasser war warm und roch stark nach Chlor.

Am nächsten Tag meinte Seth strahlend:

»Wenn du rauchen möchtest, dann kannst du es auf dem Küchenbalkon tun.«

Andi sagte gar nichts. Der Presbyter steckte voller Überraschungen.

KAPITEL 11

»Wer hat denn gestern das Mineralwasser gekauft? Ich! Wieso geht das nicht endlich in deine Birne? Dazu war auch noch der Aufzug kaputt, und ich musste das Wasser zu Fuß hochschleppen. Das muss man mir doppelt anrechnen.«

»Ist mir doch egal! Dein Bruder hat gestern den letzten Kaffee weggesoffen, also holst du heute den Kaffee!«

»Und woher bitte weiß ich, dass du nicht lügst? Hast du Beweise?«

»Beweise! Beweise! Beweg doch mal deinen Hintern zum Telefon und ruf deinen Bruder an! Der liefert dir Beweise!«

»Ha! Und was soll ich ihm denn bitte schön sagen? ›Hallo, Bruder! Stimmt es, dass du gestern bei uns warst und dich über unseren letzten Kaffee hergemacht hast?‹ Soll ich ihm das etwa sagen?«

»Und wie weiß ich denn, ob der Aufzug gestern kaputt war?«

»Ich schwöre es! Und wenn du *mir* nicht glaubst, dann frag doch den Aufzug!«

»Also, wie du mir nicht glaubst, dass dein Bruder den letzten Kaffee weggetrunken hat, so glaub ich dir nicht, dass der Aufzug gestern kaputt war.«

»Wie?! Du machst mich ganz irre. Das habe ich jetzt nicht kapiert.«

»Ich meine, du sollst endlich deinen Hintern nach unten bewegen und Kaffee holen.«

»Hallo? Redest du etwa mit mir?!«

»Nein, mit meiner linken Socke.«

»Weißt du was? Ich habe eine Idee: Wenn du zugibst, dass du ein Schwein bist, dann gehe ich sofort Kaffee holen.«

»Was?!«

»Also, wenn du jetzt ganz offen zugibst, dass ...«

»Ach so! Kein Problem! Ich geb's zu. Mir ist doch schon längst klar, dass ich ein Schwein bin, wieso sollte ich es nicht zugeben?!«

»Na also! Und jetzt gehe ich Kaffee holen!«

Daraufhin hörte ich eine Zeitlang verschiedene Knutschgeräusche und lautes Stöhnen, wonach die Tür ins Schloss fiel. Darauf rief mein Nachbar, ziemlich entspannt: »Und du bist saublöd!«

Nach diesem willkommenen Hörspiel-Intermezzo, das mich auf erfrischende Weise von meinen schweren Problemen abgelenkt hatte, lief ich ein bisschen auf und ab, um mir die eingeschlafenen Füße zu vertreten. Das rechte Bein konnte ich kaum noch bewegen. Der Zigarettenrauch hing über mir wie eine düstere Wolke. Hinkend flüchtete ich ins Bad. Hier war die Luft frisch und rein. Wie in den Bergen. Aus dem Spiegel sah mir eine ziemlich zerknitterte Visage entgegen. Die Ringe unter den Augen waren tellergroß, das Haar arg zerzaust. Ich sah aus, als hätte ich vor drei Tagen ins Gras gebissen und wäre nun höchstpersönlich im Autopsieraum vorstellig geworden. Ich bleckte die Zähne, wie Gorillas es manchmal bei *Discovery Channel* tun. Ich weiß zwar auch nicht wieso, aber ich wollte jetzt unbedingt meine Zähne betrachten. Sie waren groß und schief, aber das wusste ich schon. Ich schnitt eine Grimasse, dann schürzte ich die Lippen, schob sie immer weiter nach vorne, bis meine Ähnlichkeit mit einem Gorilla den absoluten Höhepunkt erreichte. Aber witzig fand ich das nicht. Ich streckte die Zunge heraus, ihre Farbe changierte zwischen Gelb und Orange. Tja, der Tabak war ein miserabler Maler. Meine Zunge glich dem sandigen Boden im Dorf meiner Großeltern. Ich kratzte mit dem Nagel des Zeigefingers so lange an der starren Zunge, bis sich dünne, rötliche Streifen darauf bildeten. Danach wusch ich meinen Nagel unter dem Wasserhahn, der pausenlos tropfte, seit wir hier eingezogen waren. Plötzlich ging mir auf, dass ich über das ideale Gesicht für ein Antiraucherplakat verfügte, und ich lächelte müde. Ich legte die rechte Handfläche aufs Kinn und zog die Unterlippe nach unten, während ich mit den Fingern an den unteren Augenlidern zerrte, bis das rote Fleisch am Rand der Augäpfel zum Vorschein kam. Als Kinder nannten wir das »den alten Mann machen«. Wir gaben uns damals richtig Mühe, uns gegenseitig einen Schreck einzujagen. »Schau mal, so wirst du später aussehen!«, riefen wir uns zu und grinsten. Ich sagte mir, dass ich Eugène Ionesco erschreckend ähnlich sah. »Sei bloß kein Schwein!«, rief ich mich zur Ordnung. Ich hörte auf, meine Wangen zu bearbeiten, und spuckte ins Spülbecken. Unter den malträtierten Augenlidern hatten sich winzige Luftbläschen gebildet, was mir ein leichtes Brennen verursachte. Meine Spucke, die sich wie ein kleiner Fallschirm aufgebläht hatte, rann durch die feinen, bläulichen Risse im Spülbecken davon. Auf der Fallschirmkuppel gingen hauchdünne Blutfäden und kaum wahrnehmbare braune Äderchen kreuz und quer durcheinander, das Ganze ließ an eine zum Leben erweckte Handzeichnung denken. Oder an den schleimig glitzernden Eingang eines Schneckenhauses. Oder an eine tätowierte Nacktschnecke, die ohne den geringsten Widerstand langsam vom Maul des Ausgusses verschlungen wird.

Ich blickte in den arg ramponierten Spiegel: Meinem Spiegelbild fehlte ein Auge, aber ich denke, es konnte mich trotzdem gut wahrnehmen. Meinem Spiegelbild fehlte auch ein Ohr, aber es konnte mich dennoch perfekt hören, da bin ich mir ziemlich sicher. Gut, dass wenigstens meine großen und schief geratenen Zähne noch alle da waren! Das Zahnfleisch blutete leicht wie damals, als ich, um sie zu testen, in die auf dem Tisch vergessene Brotrinde gebissen hatte. Im Regal vor mir fehlten die Schminktiegelchen. Die ganze Kosmetik hatte sich in Nichts aufgelöst. Nun konnte man die feinen dunklen Risse, die sich wie ein Spinnennetz über das Regalbrett zogen, in ihrer ganzen Pracht bewundern. Nichts, keine Fliege und kein Elefant hing in diesem Spinnennetz.

»Was glotzt du wie ein Idiot? Hau ab hier!«, fauchte ich mich an. Dann drehte ich den Wasserhahn voll auf und steckte den Kopf unter den milchigen Wasserstrahl.

Obwohl ich es nicht zugeben wollte, wusste ich mit einem Mal, dass Marga schlicht und einfach weggegangen war, daß sie sich nicht bloß einen schlechten Scherz mit mir erlaubte.

Ich kehrte zurück ins Wohnzimmer, ziemlich betäubt vom kalten Wasser, und nippte weiter an meinem Kaffee. Ich rauchte ein paar Zigaretten. Das Fenster machte ich dabei nicht auf. Ich wollte allein sein, ich konnte niemanden brauchen. Der Boden der Kaffeetasse begann leicht zu vibrieren. Eine riesige Heuschreckenwolke bewegte sich auf mich zu, geräuschlos, aber in Windeseile. Trotz meiner verzweifelten inneren Ruhe nahm das Vibrieren rasend schnell zu. Da ich dringend eine stichhaltige Erklärung für meinen Zustand brauchte, schob ich alles aufs Koffein. Ich weigerte mich nach Kräften, einzusehen, dass Marga ihre Schminksachen gepackt hatte und für immer verduftet war. Nein, hier ging es leider nicht um ein Versteckspiel. Je mehr ich gezwungen war, diese Tatsache zu akzeptieren, desto kläglicher und inkohärenter wurden meine Gegenargumente. Ich durchforschte mein Gedächtnis nach Beweismaterial in der Vergangenheit, um mir zu demonstrieren, dass ich kein Vollidiot war, dass ich gestern richtig gelegen hatte mit meiner Ansicht, es handle sich hier um eine Farce. Doch leider verweigerte mein Gedächtnis mir die Hilfe. Es lieferte mir stattdessen immerfort Szenen aus dem falschen Film. Es gehorchte mir nicht mehr. Aus den staubigsten Erinnerungswinkeln, aus einem versteckten Geheimarchiv förderte es Schlag auf Schlag Bilder zu Tage, die mit der versteckten Kamera gefilmt zu sein schienen. An einige konnte ich mich noch gut erinnern, andere wiederum machten auf mich den Eindruck einer plumpen Fälschung. Ich erkannte zwar die Personen wieder, sogar den Schauplatz, doch die Gesten und Dialoge kamen mir völlig fremd vor. Besser gesagt, ich hatte beschlossen, dass sie mir fremd vorkommen mussten. Natürlich hatten sich in diesen Film auch einige mir wohl vertraute Dinge eingeschlichen. Aber nicht viele, das muss ich zugeben.

Außerdem sah ich das ganze Geschehen aus einer eigenartigen Perspektive, in ein merkwürdiges Licht getaucht. Alles deutete darauf hin, dass Marga nun nicht mehr Marga war und ich nicht mehr ich. Dass wir erst jetzt unser wahres Gesicht enthüllten.

Die große Frage, die es jetzt zu beantworten galt, war, ob ich diese neue Interpretation unserer Beziehung zulassen wollte oder nicht. Ob es hier tatsächlich um eine Realität ging, die ich bisher ignoriert hatte, oder bloß um einen

Trick meines Gedächtnisses, das mich schützen wollte. Unter normalen Umständen wäre ich dieser Frage verbissen nachgegangen, doch nun gab ich ziemlich schnell auf, mich damit herumzuschlagen, denn ich stellte plötzlich fest, dass ich zitterte wie Espenlaub und meine Zähne ziemlich laut klapperten. Ich stand mühsam auf und machte mich auf die Suche nach einer Kalziumtablette.

Und auf einmal fiel mir eine Szene aus der Vergangenheit ein.

Als ich Gymnasiast war, tauchten in der versifften Schultoilette regelmäßig Nacktschnecken auf. Wir suchten die Toilette meist nicht auf, weil uns irgendwelche Notdurft dorthin getrieben hätte, sondern um dort heimlich zu rauchen, obgleich der umwerfend starke Chlorgestank im Verbund mit den umherkriechenden *Glatzschnecken*, wie wir sie nannten, kein besonders einladendes Ambiente bot. Aber was tat man damals nicht alles, um eine zu paffen! Ich versuchte mich immer mit dem Rücken zu den von Nacktschnecken wimmelnden Wandfliesen zu platzieren. Ich zog es vor, deren bedrohliche, stumme Anwesenheit pausenlos hinter mir zu spüren, statt ihrem Anblick standhalten zu müssen und dabei, angewidert bis zum Erbrechen, die Zähne zusammenzubeißen und die feuchtschwere, stinkende Luft einzuatmen, die dem apokalyptischen Zusammentreffen der Fäkalien mit dem Chloramin entsprungen war.

Das alles machte uns damals in der Schule schwer zu schaffen, dennoch hätte keiner von uns zugegeben, dass er unter diesen Umständen mit dem Gedanken spielte, das Rauchen aufzugeben.

Ich spürte noch Jahre danach den Terror der feuchtglitzernden, kleinen Glatzschnecken. Umso mehr, als einer meiner Mitschüler eine abscheuliche Geschichte über diese Schnecken erfunden oder vielleicht auch nur kolportiert hatte. Die besagte, dass diese merkwürdigen Lebewesen, die auf den Toilettenfliesen des Gymnasiums dahinkrochen, nichts anderes seien als von den Mädchen abgetriebene Föten. Föten, die sich aus der Mädchentoilette über die Wasserleitungen in unsere Klos gewunden hätten.

Als ich diese Geschichte gehört hatte, gesellte sich zu meinem Ekel ein überbordendes Mitleid, es war derart intensiv, dass ich fast in Ohnmacht gefallen wäre, als es mich überkam. Es brach mir das Herz, an die ungeborenen Kinder zu denken, die dazu verurteilt waren, die verseuchten Klowände hinabzurinnen. Darum hasste ich meine Mitschüler wie die Pest, die, um mit ihrem Mut anzugeben und sich zu beweisen, dass sie ihren Ekel unter Kontrolle hatten, die Nacktschnecken höhnisch bespuckten.

Man hatte diese abscheuliche Schneckengeschichte schon fast vergessen, als plötzlich eine Nachricht bei uns Rauchern für Wirbel sorgte. Ein cleverer Flegel aus der zehnten Klasse, der vom Lande gekommen war, gab groß damit an, dass er wisse, wie man den Schnecken den Garaus macht. Es gebe dafür einen ganz einfachen Trick: Man müsse bloß eine Handvoll Salz aus der Schulkantine nehmen und es über die kriechenden Glatzen streuen. Sie würden sich in nichts auflösen.

Wir älteren Schüler, die wir uns für besonders tolle Hechte hielten, weil wir rauchten wie die Schlote und jede Menge schweinische Sprüche klopften, wollten nun diesen Trick auf seine Tauglichkeit prüfen. Wir versammelten uns also alle in der Toilette, wo es wegen der Bullenhitze stank wie die Pest, um zu beobachten, wie sich der Flegel lächerlich machte. Die Wichtigsten unter uns standen ganz vorne, jene, die nicht zur Clique gehörten, hatten gerade noch einen Platz an der Eingangstür erwischt. An diesem Tag krochen lediglich um die fünfzehn Schnecken in der Toilette herum, was im Vergleich zu anderen Tagen ziemlich wenig war. Andererseits reichte es, um den angeberischen Flegel lächerlich zu machen.

Er nahm eine Handvoll Salz und verstreute sie mit weit ausholenden Armbewegungen, als ob er Weizen säte. Es herrschte absolute Stille und eine Riesenspannung. Die hinteren reckten die Hälse und sahen schon fast wie Giraffen aus. Die Nacktschnecken begannen wie Wachs zu schmelzen. Zwei von ihnen plumpsten ins Pissoir, wo sie sich weiter auflösten, andere flossen wie Rotz an den Wänden herab. Man hörte verblüffte Rufe. Der Flegel hatte einen niederschmetternden Sieg errungen.

Das alles blitzte in meinem Gedächtnis auf, einen Tag nachdem Marga verschwunden war, am frühen Morgen. Als liefe ein Schwarzweißfilm aus meinem persönlichen Archiv vor mir ab. Regisseur unbekannt.

Ich war gerade aufgewacht, völlig gerädert, mein Blick war trüb, mein Gehirn wie gelähmt.

Dort, unter meiner Schädeldecke, hatte es früher statt zahlreicher Gedankenknäuel eine fette, kahle Schnecke gegeben.

Und Marga hatte eine Handvoll Salz darüber gestreut.

KAPITEL 12

Nachdem Seth sich auf den Weg ins Nachbardorf gemacht hatte, um dort, wie er sagte, zwei christliche Familien zu besuchen, rauchte Andi zwei Zigaretten. Danach tätigte er einige Anrufe, um herauszukriegen, ob Luana immer noch in der Klinik war. Als man es ihm bestätigte, machte er sich auf den Weg, sie zu besuchen. Er kaufte Orangen und eine Flasche Limonade. Er wusste nicht, was er ihr sonst hätte mitbringen können.

Die Nervenklinik befand sich außerhalb der Stadt, es gab jedoch einen Bus, der bis vor die Eingangspforte fuhr. Um diese Zeit war der Bus nicht überfüllt. Er legte seine Tasche auf den Sitz neben sich und sah hinaus. Die schüchterne Sonne wärmte nur ganz zögerlich seine Nase und seine Wangen. Obwohl der Bus fast leer war, setzte sich der alte Mann dicht vor ihn. Ein verdächtiger Geruch ging von ihm aus. Besser gesagt, ein heftiger Gestank. Es bestand kein Zweifel, dass er sich schon ewig nicht mehr gewaschen hatte. Und bis zur Klinik waren es noch einige Haltestellen.

Verstohlen betrachtete er den Alten aus den Augenwinkeln. Das aschgraue, schüttere Haar hing ihm strähnig bis zu den Schultern herab. Die Schuppen hatten sich in seine Jacke eingearbeitet. An den Speiseresten, die sich in seinem Bart verfangen hatten, hätte sich ein ganzer Schwalbenschwarm satt fressen können. Verschreckt suchten die Hände des Mannes pausenlos nach einem Versteck. Sein dickes Hemd war steif vor Dreck und bildete eine Art Hornpanzer um den spindeldürren Brustkorb. Andi fand, dass er wie ein Mutant aussah, etwas zwischen einem überdimensionalen Käfer und einem Affen. Er verspürte Ekel. Einen tiefen, organischen Ekel, er war drauf und dran, sich zu übergeben. Der Alte lächelte ihm sabbernd zu, danach begann er sich mit dem rechten Fuß am linken Oberschenkel zu kratzen. In diesem Augenblick sah Andi seine Sandalen. Sie waren fast neu und dasselbe Modell wie seine. Das verdarb ihm nun endgültig die Laune, er verließ seinen Platz, ging zur Vordertür und hielt sich dort an der Querstange fest, als wollte er gleich aussteigen. Der Busfahrer fiel darauf herein und hielt an der leeren Haltestelle, was er sonst nur auf Wunsch tat. Andi rührte sich nicht. Der Fahrer wartete noch eine Weile, schaute ihn im Rückspiegel irritiert an und fluchte. Das war Andi jedoch egal, er wollte bloß das unerträgliche Gefühl loswerden, dass der Alte sein Aussehen in der Zukunft verkörperte.

Die reine Luft tat ihm gut. Der Garten, der die Klinik umgab, war unendlich groß, mit Riesenbäumen und asphaltierten Wegen. Von der Straße wirkten die weißen Pavillons winzig, wie auf dem Boden kauernde Ärzte. Andi steckte sich eine Zigarette an, er war sich nicht sicher, ob Rauchen drinnen erlaubt war. Es herrschte eine ruhige, entspannte und vertraute Atmosphäre. Wie friedliche Hühner liefen die Kranken durch das hohe Gras. Eine Amsel sang sorglos in einem Baum, und die schräg durch das Blattwerk einfallenden Sonnenstrahlen malten Lichtflecken auf den Boden. Er sinnierte, dass man an einem solchen Ort keine Uhren brauchte. Dass das Paradies so ähnlich aussehen müsste.

Der Pförtner spielte sich auf und wiederholte immer wieder wichtigtuerisch, dass heute kein Besuchstag sei und er ganz bestimmt nicht als Attrappe am Eingangstor stehe.

Andi war zu faul, bei der Zeitung anzurufen, damit jemand aus der Redaktion mit dem Krankenhausleiter telefonierte, also steckte er dem Pförtner einen Geldschein zu und lief weiter.

»Machen Sie mir bloß keinen Ärger!«, rief ihm der Pförtner mit der Stimme eines besorgten Gastgebers nach.

Bis zu den Krankenhauspavillons war es ziemlich weit. Je näher er ihnen kam, desto größer wurden sie, sie ähnelten nun einer Industrieanlage, in deren riesigen Werkhallen die Verrückten zu tauglichen Bürgern verarbeitet wurden. Man presste sie dort zusammen, hackte und knetete sie, man mischte ihnen übel riechende Stoffe bei und verarbeitete sie so zu angeblich nützlichen, zuverlässigen und ehrbaren Bürgern. Aber wehe, man geriet als Besucher versehentlich mit dem Fuß zwischen die gigantischen Zahnräder! Man wurde dann wie ein Lappen vom Räderwerk verschlungen und etwas später am anderen Ende der Werkhalle als sorgfältig gefaltetes Taschentuch wieder ausgespuckt. Daran hatte er nicht den geringsten Zweifel, er musste gut aufpassen, wo er hintrat.

»Hey, du! Wann zahlst du mir endlich deine Schulden?«, rief plötzlich jemand.

Er hätte nie gedacht, dass sich psychisch Kranke gegenseitig Geld liehen.

»Ich rede mit dir, bist du taub?«, beharrte die Stimme.

Er drehte sich um und sah einen rothaarigen Mann in einem Kittel, der ihn entrüstet fixierte. Er zuckte zusammen.

»Oder willst du, dass ich mich bei deiner Frau über dich beschwere?«, drohte der Rothaarige.

Plötzlich verstand er, wie es um den Mann bestellt war, und sagte:

»Ich gebe dir das Geld morgen zurück, okay?«

»Aber keinen Tag später. Gestern hast du mir ja dasselbe versprochen«, bemerkte der Mann im Kittel nun schon etwas ruhiger.

»Gestern war ich gar nicht hier«, sagte Andi automatisch.

»Wie, du warst gar nicht hier?!«, herrschte ihn der Rothaarige wütend an. »Du treibst dich doch schon seit Tagen hier herum, wie ein streunender Kater. Pass gut auf, eines Tages werden sie dich noch kastrieren!«

Er begann schneller zu laufen, doch der Mann im Kittel folgte ihm auf dem Fuß.

»Warum willst du denn nicht zugeben, dass du gestern hier warst? Jetzt mal ehrlich!«

»Vielleicht war ich ja hier, aber ich hab's inzwischen vergessen«, lenkte er ein.

»So.« Der Rothaarige beruhigte sich auf der Stelle und lächelte ihn freundlich an. Andi erkannte, dass der Mann völlig harmlos war, es ging ihm einzig und allein darum, dass man ihm nicht widersprach.

»Jetzt aber an die Arbeit! Ich muss ihnen schnell den Kaffee bringen. Na ja, du weißt schon ...«, sagte der Mann und kicherte zweideutig, als handelte es sich um ein obskures Geheimnis.

Nach dieser ersten Erfahrung begann Andis Eindruck, dass er sich an einem paradiesischen Ort befinde, allmählich zu schwinden.

Man wies ihn an, sich in den Wartesaal im Hauptpavillon zu begeben, man würde das Fräulein benachrichtigen. Auf den Sofas aus Lederimitat saßen mehrere Kranke und unterhielten sich mit ihren Verwandten. Es waren zahlreiche Besucher da, obgleich gar kein Besuchstag war. Er dachte an den Pförtner, nein, der stand in der Tat nicht nur als Attrappe am Eingangstor. Aus Langeweile überschlug er dessen Zusatzverdienste. Hätte er den Job des Pförtners, dann wäre er fein raus, er könnte allein mit dem Trinkgeld seine Miete bezahlen. Es war wohl sehr lukrativ, am Eingang der Nervenklinik zu stehen und verrückt zu spielen.

Eine Frau stieß plötzlich einen schrillen, durchdringenden Schrei aus.

Schlagartig wurde es still und es tauchten unvermittelt zwei Männer in weißen Kitteln auf, als wären sie aus der Wand getreten. Sie sprachen kurz mit den Verwandten der Frau, dann führten sie sie behutsam hinaus, trotz ihres Widerstands.

Die Verwandten winkten ihr nach.

Da erst merkte er, dass die dort herrschende Ruhe äußerst zerbrechlich war. Unter der dünnen Decke der Normalität wimmelte es von Ungeheuern.

Er schauderte.

Sein Blick fiel auf ein hageres altes Männlein, das einsam in einer Ecke saß. Seine welken Wangen sahen wie verrunzelte Äpfel aus. Er machte sich pausenlos Notizen auf einem Blatt Papier. Er saß ganz harmlos da, als ob er sich irgendwo in der Stadt auf einer Parkbank niedergelassen hätte. Als er sich beobachtet fühlte, sah er von seinem Blatt auf. Er hatte tieftraurige, wehmütige Augen. Nein, der Mann war nicht geistig umnachtet, da war sich Andi ganz sicher. Sein Blick ging nicht ins Leere, er war weder trüb noch starr. Ganz im Gegenteil, er war melancholisch und intensiv, wie eine tiefe, schwere Wunde, die unendlich schmerzt. Wenn man diesen Schmerz nicht mehr aushalten kann, greift man zur Pistole und pustet sich das Hirn weg.

Die Ambulanzsirene zerstörte plötzlich das fragile Gleichgewicht.

Das hagere Männlein hielt sich die Ohren zu. Viele blickten zum Fenster. Neugier und Angst. Die Kranken im Hof waren unruhig geworden. Vier Hünen kamen im Laufschritt aus dem Nebenpavillon und rannten um das Gebäude herum. Jemand brüllte.

Es dauerte nicht lange, und die Decke der Normalität hatte sich wieder gelegt. Die Ungeheuer waren nun wieder weggesperrt. Man hätte geradezu denken können, man habe soeben Halluzinationen gehabt.

Es verstrich noch ziemlich viel Zeit, bis Luana endlich erschien. Sie befand sich noch auf der Parkallee, da bemerkte er schon, dass sie geschminkt war.

Als sie ihn wahrnahm, lief ihr Gesicht purpurrot an. Sie schaute ihn feindselig an und fauchte: »Wenn du nicht jetzt sofort deine Socken ausziehst, gehe ich wieder.«

Er tat, was sie ihm befohlen hatte, und verwünschte es insgeheim, dass er gekommen war. Während er den zweiten Klettverschluss öffnete, lief es ihm kalt den Rücken runter: Sicher beobachteten ihn nun die weißen Männer aus einem Schrank. Und falls sie seine Gesten falsch interpretierten ... Ein Besucher, der aus heiterem Himmel seine Socken auszieht ... Zack! Und schon verarbeitet dich das Räderwerk zu einem Taschentuch. Zögerlich brachte er zu Ende, was er begonnen hatte.

Zufrieden setzte sich Luana neben ihn.

»Seinetwegen ist es so weit gekommen ...«

Sie meinte wohl ihren Vater. Es klang wie eine Rechtfertigung für ihre Reaktion.

»Es ist ja nur auf Zeit«, versuchte Andi einen optimistischen Ton anzuschlagen.

Luana schwieg.

Sie war dünner geworden und hatte schwarze Ringe unter den Augen. Ihre Finger zitterten. Ihre Haut schien rauer geworden zu sein.

Die Sekunden tropften eintönig in eine Blechkanne.

»Ich habe keine Wohnung mehr, weißt du? Und jetzt wohne ich bei einem Baptisten«, sagte er unvermittelt.

Es kam ihm jetzt sowieso alles zusammenhanglos vor, die Dinge passten überhaupt nicht mehr zueinander.

Luana hob endlich den Blick vom Boden, sagte jedoch auch weiterhin kein Wort. Ihre Augen waren leblos, wie zwei ausgebrannte Glühbirnen. Ihr feindseliger Blick lag jetzt viele lange Sekunden zurück. Das war wie das Zucken einer Leiche gewesen, die man mit einem Stromstoß behandelt.

Eine Frau, der man ihre einstige Schönheit immer noch ansah, lief quer durch den Raum, schlang ihren Krankenkittel krampfhaft enger um sich und murmelte: »Wenn ich nicht hingehe, werden sie sagen, dass ich nicht hingegangen bin. Wenn ich nicht hingehe, werden sie sagen, dass ich nicht hingegangen bin. Wenn …«

Der Gedanke, dass die Frau Recht hatte, erschien ihm beängstigend.

Er streichelte Luanas willenlose Hand, ihre Nägel waren ungepflegt. Als er sie betrachtete, wurde ihm klar, dass sie sich nur für ihn geschminkt hatte. Hätte sie es regelmäßig getan, dann wären auch ihre Nägel so gut wie sicher lackiert gewesen. Das bedeutete, dass irgendwo in der Tiefe ihrer Seele die Gefühle immer noch leicht flackerten; sie war noch keine Ruine.

»Du siehst gut aus, wenn du hier rauskommst, gehen wir eine Pizza essen.«

Luana lächelte schwach. Und trotzdem fließt immer noch Strom durch die Leitungen, stellte er zufrieden fest.

»Also? Was sagst du dazu?«, redete er weiter auf sie ein.

Sie fiel jedoch abermals in einen lethargischen Zustand.

Eine Frau mit bleichem Gesicht und leerem Blick blieb neben ihnen stehen. Es wäre übertrieben zu sagen, dass sie sie ansah. Doch sie befanden sich auf jeden Fall in ihrem Blickfeld, wahrscheinlich wie zwei ferne schwarze Punkte. Wäre es ihm möglich gewesen, durch die Augen der Frau wie durch ein Schlüsselloch zu spähen, dann hätte er bestimmt das Nichts gesehen.

Ruhigen Schrittes kam die Frau näher, dann hockte sie sich vor sie hin, als wollte sie bei einer Schachpartie kiebitzen. Nichts Aufdringliches, nichts Aggressives. Sie erinnerte an einen großen Vogel mit nassen Flügeln.

Eine Zeitlang schwiegen sie zu dritt.

Dann sagte Luana:

»Komm, Andi! Gehen wir!«

Sie gingen in den Park, wo sie eine einsame Seitenallee entlang spazierten. Er nahm tröstend ihre Hand, aber sie reagierte nicht.

»Ich muss jetzt eine Reportage machen, aber ich habe überhaupt keine Lust dazu«, berichtete er ohne jeden Zusammenhang.

Ihre Finger waren wie aus Holz.

Nach längerer Zeit meinte Luana:

»Dieser widerliche Typ ist ja schon wieder da!«

Und sie zog Andi hinter sich her, durch das hohe Gras, sie liefen zwischen den Bäumen durch.

Er hatte gerade noch Zeit, die Gestalt eines hochgewachsenen Mannes, der von weitem die Allee hochkam, flüchtig wahrzunehmen.

Sie landeten in einem Distelfeld und brauchten danach eine Weile, bis sie die Stacheln von ihrer Kleidung entfernt hatten.

Als sie schließlich eine andere Allee erreichten, wartete der große Mann bereits auf sie. Er hatte ein distinguiertes Aussehen, trug lange, buschige Koteletten und hielt sich kerzengerade.

»Guten Tag, meine Herren!«, begrüßte er sie in offiziellem Tonfall. »Haben Sie benutztes Klopapier in den Taschen oder im Koffer? Ich bin von der Grenzpolizei.«

Luana verneinte mit dem Finger.

»Und der Herr?«

»Äääh … auch nicht!«, stammelte Andi.

»Heute habe ich also kein Glück. Ich wünsche Ihnen eine gute Reise!«, bemerkte der Mann höflich, dann ging er weiter.

Andi war nun so weit, dass ihn überhaupt nichts mehr wunderte.

Er versuchte das Ausgangstor zu orten und meinte:

»Also, ich muss jetzt langsam gehen … Möchtest du, dass ich dich nach oben begleite, oder kommst du mit zum Ausgang?«

Luana zuckte die Schultern.

Ungefähr fünfzig Meter vor dem Ausgang blieb sie stehen und sagte:

»Also …«

Auch er hielt inne, sie sahen sich in die Augen.

»Tja, was kann ich schon sagen … Auf Wiedersehen! Wir treffen uns bald auf eine Pizza, okay?«

Er bemühte sich, fröhlich zu klingen.

»Gibst du mir keinen Kuss?!«

Er näherte seine Lippen ihrem Gesicht, sie aber packte plötzlich seinen Kopf mit beiden Händen, küsste ihn lang und fest auf den Mund und lief davon.

Als er am Pförtner vorbeiging, sagte er sich, dass Luana sich buchstäblich wie eine Schülerin benommen hatte. Der

Pförtner erwiderte seinen Gruß nicht und würdigte ihn keines Blickes. Offensichtlich interessierten ihn die Besucher, die das Gelände verließen, einen feuchten Kehricht.

Während er auf den Bus wartete, zündete er sich eine Zigarette an.

Von außen betrachtet, wirkte der Park wieder ganz ruhig und friedlich. Es schoss ihm durch den Kopf, dass auch die Hölle, aus der Ferne betrachtet, womöglich wie das Paradies aussah.

»Du bist ja die Weisheit in Person!«, brummte er selbstironisch.

Aus rätselhaften Gründen dachte er auf dem ganzen Rückweg an nichts anderes als an Marga.

KAPITEL 13

Was mich an Marga wohl am meisten irritierte, war die Art, wie sie ihre Zukunft plante. Kurz nach ihrem Verschwinden fand ich ein Stück Teer, in dem sie ihren Gebissabdruck hinterlassen hatte, man konnte darin die Form ihrer Zähne deutlich wahrnehmen. Ich spreche hier, wohlgemerkt, von Margas *Zähnen*, weil ich inzwischen etwas Abstand gewonnen und mich nun ziemlich unter Kontrolle habe. Damals, als ich das kleine Teer-Souvenir in der Hand hielt und seine unregelmäßigen Konturen wütend abtastete, nannte ich ihre Zähne *Fänge*.

Ich erinnere mich aber auch an einen zweitägigen Ausflug in die Bukowina, als ich das Wort *Zähnchen* für ihr Gebiss verwendete. Das war die schönste Zeit, die wir zusammen verbrachten, danach haben wir stumm beschlossen, eine Dauerbeziehung einzugehen. Als wir diesen Kurztrip in die Bukowina machten, lebten wir schon seit etwa einem halben Jahr wie die Turteltäubchen zusammen. Ein halbes Jahr ist eine ziemlich lange Zeit, wenn man bedenkt, dass ich ein Phlegmatiker bin, wie er im Buche steht. Was nun nicht heißen soll, dass wir uns rund um die Uhr tief in die Augen sahen und wild knutschten. Aber wir fühlten uns wohl miteinander. Wir plauderten über dies und jenes. Wir alberten herum und hatten eine Menge Spaß. Wir vögelten, was das Zeug hielt, ohne ein gymnastisches Pflichtprogramm daraus zu machen.

Eines Tages kaufte sich Marga eine Eiswaffel. Wir waren in Voroneț, glaube ich. Ich war ziemlich kaputt, aber ich bemühte mich nach Kräften, die Schönheit der Landschaft zu bewundern und die reine Bergluft einzuatmen, die meine tabakverseuchten Atemwege wieder befreite, wie die Saugglocke den verstopften Abfluss wieder frei macht. Fröhlich wie nie zuvor begann Marga über ihre Zukunftspläne zu zwitschern. So kam es mir damals wirklich vor: Sie zwitscherte. Heute würde ich eher sagen, sie *redete*, und als ich dieses Stück Teer fand, hätte ich wohl eher gesagt, sie quatschte drauflos wie im Delirium.

Normalerweise sprachen wir nicht über die Zukunft. Nicht etwa, weil es ein heikles Thema gewesen wäre, es interessierte uns einfach nicht. Doch an diesem Tag begann Marga, während sie vollauf mit der Eiswaffel in ihrer Hand beschäftigt war, sich lang und breit über ihre Zukunftswünsche auszulassen. Sie betonte jedes einzelne Wort mit Nachdruck, und auch wenn sie immer wieder »ich möchte gerne« sagte, war völlig klar, dass es sich hier nicht bloß um Wünsche handelte. Sie war ziemlich überzeugt, dass alles genau so eintreten würde, wie sie es sich wünschte, als wäre das Eis in ihrer Hand nicht etwas Süßes zum Naschen gewesen, sondern ein Instrument zur Zukunftsdeutung. Sie redete in einem fort wie ein überdrehtes Kind und war dabei vollends mit den milchigen kleinen Eistropfen beschäftigt, die just, wenn man es am wenigsten erwartete, rebellisch am oberen Waffelrand auftauchten, um an ihren klebrigen Fingern hinabzugleiten. Diese Tropfen sammelte Marga sofort ein, mit der Zungenspitze. Doch kaum hatte sie die Rebellion am oberen Rand niedergeschlagen, gab es schon eine schwere Panne am unteren

Ende, zumal die Waffelspitze inzwischen aufgeweicht war und cremige Flüssigkeit austreten ließ. Nach und nach wurde die simultane Überwachung der beiden Problemstellen derart schwierig, dass der strapaziöse Einsatz eine tiefe Falte zwischen Margas Augenbrauen kerbte und sie zwang, den Vortrag, den sie mir gerade hielt, vorübergehend zu unterbrechen.

Nachdem sie auch dem letzten Rest Eis den Garaus gemacht hatte, bat sie mich, ihr ein Papiertaschentuch aus der hinteren Tasche ihrer Jeans zu reichen. Ich wollte ihr zwar empfehlen, sich noch ein zweites Eis zu kaufen, wenn sie so verrückt danach war, aber dann ließ ich es sein. Sie verbrauchte alle Taschentücher, die sich im Päckchen befanden, es waren mindestens fünf, um sich jeden einzelnen Finger anmutig abzuwischen. Dabei faszinierte mich sowohl ihre Verschwendungssucht als auch die selbstverständliche Sorgfalt, mit der sie die Taschentücher faltete, um sich mit den Ecken sanft unter die Nägel zu fahren.

Ich werde kein Wort über ihre konkreten Zukunftspläne verlieren, sie spielen in diesem Zusammenhang überhaupt keine Rolle. Es geht hier nur darum, dass ich damals erkannte, dass es mich in ihrer Zukunft gar nicht gab. Sie war allein auf der Welt, in dieser Rolle fand sie sich einfach klasse. Genauso wie sie sich als Einzelkind ganz prima gefühlt und es ihr kein einziges Mal leid getan hatte, dass sie keine Geschwister hatte. Die Sätze, die von langfristigen Plänen handelten, formulierte Marga in der ersten Person Singular. Und das ist längst nicht alles! Ich hatte nicht einmal in ihrer nächsten Zukunft einen Platz. Als sie an diesem Tag beispielsweise mit mir vor der Eisdiele stand, plante sie sozusagen kurzfristig, das ganze Eis aufzuessen, noch bevor es ihr wegschmolz, und damit basta. Ich selbst war bloß Luft für sie, ihr Gesichtsausdruck verriet es ganz deutlich, ebenso ihre glasklare Stimme. Es ging ihr einzig und allein um den tollen Geschmack des schmelzenden Waldfrüchteeises, das zu probieren sie mir gar nicht erst anbot, geschweige denn, dass ich den Genuss mit ihr hätte teilen können.

Das soll jetzt nicht etwa heißen, ich hätte deswegen gelitten. Ihr anmutiger Egoismus machte mir kaum etwas aus, ich deutete ihn als eine natürliche Erscheinungsform des Ewig-Weiblichen. Ich nahm ihn lediglich zur Kenntnis, das war alles. Okay, manchmal fand ich ihren Egoismus sogar bewundernswert, aber nur manchmal. Oh ja, Marga war vielleicht eine Nummer! Weiblich bis in die Haarspitzen!

Wenn jemand aber *aggressiv* egoistisch ist, reagiere ich natürlich ganz anders, mit aggressiv egoistischen Typen habe ich mich schon als Kind herumschlagen müssen, zumal ich drei Brüder hatte. Wir waren alle vier stur wie die Maulesel, und jeder hielt sich selbstverständlich für etwas Besseres. Wenn einer von uns einen Apfel in die Finger bekam, hätte er nicht ums Verrecken auch einen anderen hineinbeißen lassen. Er zog es vor, aufs Hausdach zu steigen, um von dort oben groß mit seinem Apfel anzugeben. Er hielt ihn demonstrativ hoch, mit den Fingerspitzen, und ließ seinen Arm rotieren, damit auch jeder mitkriegte, was für einen Superapfel er jetzt besaß. Dann verspeiste er ihn in aller Ruhe, mit Stumpf und Stiel, und schmatzte genüsslich dabei. Die restlichen drei bewarfen ihn währenddessen mit Maiskolben, mit Bällen, mit Stöcken. Um ihm in die Parade zu fahren und ihm den Appetit zu verderben. Mit Steinen durften wir leider nicht werfen, weil wir damit das Blechdach beschädigt hätten und Vater uns dann windelweich geschlagen hätte, alle vier zusammen.

Zuweilen schmiedeten wir unten Geheimpläne, wie wir den da oben dazu bringen könnten, herabzusteigen, um ihn dann nach allen Regeln der Kunst zu vermöbeln. Hin und wieder funkte Mutter dazwischen und flehte uns an, uns wie Brüder zu vertragen. Brüderlich den Apfel miteinander zu teilen. Doch wir kümmerten uns einen feuchten Kehricht um Brüderlichkeit, wir sannen bloß auf Rache. Befriedigen konnte uns jetzt einzig und allein, dass wir diesen Idioten auf dem Dach auf ganz brüderliche Art verdroschen.

Beim Fußballspielen in unserem Viertel lief das gleiche Programm ab. Keiner gab den Ball weiter. Jeder wollte nur das eine: ruck, zuck, an allen Gegenspielern vorbeidribbeln, mit dem Ball jonglieren, allein bis zum Torwart vordringen, Katz und Maus mit ihm spielen und schließlich ganz souverän ein Tor schießen. Man konnte brüllen: »Ball weitergeben!«, solange man wollte. Wer den Ball gerade hatte, der war taub, es gab auf der Welt nur ihn und diesen Ball, sonst gar nichts. In der Regel endete das Ganze mit einer schönen Keilerei. Dadurch lösten wir Jungs schnell und effizient sämtliche Probleme, die wir miteinander hatten. Klar, manchmal, wenn wir uns nur zu zweit prügelten, lösten wir nur einen Teil dieser Probleme, doch oft lösten wir sie auch alle auf einmal, in einer Massenschlägerei.

Marga war da ganz anders als ich. Erstens war sie eine junge Frau. Ihr Körper fühlte sich leicht und geschmeidig an. Außerdem bin ich mir absolut sicher, dass sie mich von ihrem Eis sehr gerne hätte probieren lassen, wenn ich sie nur darum gebeten hätte. Da ich diesen Wunsch jedoch nicht äußerte, konnte sie auch nicht wissen, was für einen Riesenappetit ich auf dieses Eis hatte. Und sie wird es leider auch nie erfahren. Margas Egoismus hatte nichts Demonstratives, nichts Übertriebenes, ich weiß eigentlich gar nicht, ob man so etwas Egoismus nennen kann. Ein Egoist ist jemand, der genau weiß, dass er mit den anderen teilen muss, es aber nicht tut. Die anderen sind ihm wurscht! Marga aber wäre der Gedanke überhaupt nicht gekommen, dass man manchmal etwas abgeben muss, weil es sich einfach so gehört. Sie ignorierte ihre Mitmenschen mit unnachahmlicher Selbstverständlichkeit, würde ich heute sagen. Wenn aber ihr Gegenüber durch eine winzige Geste signalisierte, dass er an dem, was sie besaß, einigermaßen interessiert war, dann änderte sie sich mit einem Schlag. Dann wurde sie auf einmal ganz großzügig. Viel zu großzügig, würde ich sagen.

Ja, sie hat damals dieses Eis vor meinen Augen mit so viel Anmut und Hingabe aufgegessen, es machte sie dermaßen glücklich, dass ich mir, ehrlich gesagt, ganz schön albern vorgekommen wäre, wenn ich sie unter diesen Umständen gebeten hätte, mich auch mal probieren zu lassen. Ich hätte ihr dadurch den ganzen Spaß verdorben.

Doch als ich dieses Stück Teer in der Hand hielt, dachte ich ganz anders: Ich fragte mich allen Ernstes, wie in aller Welt diese dumme Gans es geschafft hatte, dieses Rieseneis ganz allein in sich hineinzufressen, und ich sagte mir, dass ich mich in dieser Situation wie ein richtiger Hornochse verhalten hatte, wie ein Vollidiot sondergleichen. Ihre Natürlichkeit erschien mir im Rückblick als perfekt inszenierte Heuchelei. Marga war für mich plötzlich nichts anderes als die Scheinheiligkeit in Person. Und meine damalige Zurückhaltung und der noble Respekt, mit dem ich sie behandelt hatte, erschienen mir plötzlich als völliger Schwachsinn, bei so viel Dummheit hätte es mich nicht gewundert, wenn sehr bald eine ganz neue Redewendung in die Alltagssprache eingegangen wäre: *blöd wie Andi.*

Ganz am Anfang, als ich Marga kennengelernt hatte, hatte ich ein ziemliches Problem mit ihrem Verhalten, das muss ich zugeben. Ihre Art, sich zu benehmen, war mir ziemlich fremd, weil ich bisher immer nur mit Jungs zu tun gehabt hatte. Ja, am Anfang hat Marga mich reichlich irritiert. Später jedoch legte sich das Ganze allmählich, und ich fand sie nach einiger Zeit einfach nur unwiderstehlich. Aber nach ihrem plötzlichen Verschwinden war es dann wieder ganz anders, ich begann plötzlich alle ihre bisherigen Handlungen aus einer ganz neuen Perspektive zu betrachten und alles, was sie bis dahin getan hatte, negativ auszulegen. Heute würde ich sagen, die Wahrheit befindet sich irgendwo in der Mitte, ich hüte mich nun vor radikalen Interpretationen.

Unter dem Strich kann man sagen, dass der Egoismus für mich immer die gleichen Auswirkungen hatte, ich habe wegen der Egoisten weder oft Äpfel gegessen noch oft Eis probiert. Den Jungs gegenüber wusste ich aber, wie ich mich zu verhalten hatte: Ich musste mich lediglich in Kampfstellung bringen und meinem Gegenüber eins auf die Rübe hauen. Den Apfel musste man sich mit Gewalt nehmen. Aber Marga hatte türkisfarbene Augen, ihr Körper fühlte sich leicht und geschmeidig an, wie sollte man da die Fäuste ballen? Ihre Lippen waren weich und warm, ihre Zähnchen wie kostbare Perlen. Ihre Brüste ragten prall und frech, und wenn man ihre Beine sah, blieb einem die Spucke weg. Sie hatte etwas Naives an sich, etwas Zärtliches, und falls man ihr gegenüber irgendwann die Fäuste geballt hätte, wären diese sofort von selbst wieder aufgegangen und man wäre sich danach wie ein behaartes Monster vorgekommen. Marga ähnelte keinem anderen Mädchen, das ich je kennengelernt hatte.

Wenn man von den verschiedenen Flirts und kurzen Eskapaden absieht, hatte ich vor Marga bloß zwei ernsthafte Beziehungen gehabt: die eine mit Andrea, die andere mit Luana.

KAPITEL 14

Als Andi nach Hause kam, stand der Presbyter gerade auf einem Stuhl und goss die Blumen im Fenster. Er gab acht, dass das Wasser nicht danebenging. Andi hatte die im ganzen Haus stehenden Blumentöpfe bisher gar nicht bemerkt. Die Bibel lag auf dem Sofa, daneben ein Notizheft.

Andi redete ein wenig um den heißen Brei herum, dann sagte er:

»Hör mal, Seth, würdest du mich eventuell gratis beraten?«

»Wenn ich Rat weiß ...«

»Ich habe einen Freund.«

»Okay. Bring ihn mal her.«

»Also, ich weiß nicht, wie ich es sagen soll ... Dieser Typ kann Baptisten schlecht leiden.«

»An so etwas habe ich mich längst gewöhnt.«

»Du vielleicht, aber er ...«

»Du meinst also, dass er trotzdem ein paar Ratschläge von mir brauchen könnte.«

Andi bereute bereits, dass er dieses Thema angesprochen hatte, doch nun blieb ihm nichts anderes übrig, als die Sache durchzuziehen.

»Nicht, dass er darum gebettelt hätte, aber ich würde ihm gerne weiterhelfen. Er ist ja mein Freund, verstehst du?«

»Finde ich gut, dass du das für ihn tust, das heißt, dass du ihn magst.«

»Verflixt noch mal, natürlich mag ich ihn! Er ist doch mein allerbester Freund!«

»Immer mit der Ruhe! Ich dachte halt nur, es könnte ziemlich kompliziert werden, wenn zuerst ich mit dir rede und danach du mit ihm … Und schließlich sind Ratschläge etwas für solche, die danach fragen, dein Freund braucht so etwas vielleicht gar nicht … Aber lass mal hören, worum es geht.«

Seth war inzwischen vom Stuhl gestiegen, er war nun bereit, Andi zuzuhören. Andi seinerseits hätte es vorgezogen, wenn Seth weiterhin die Blumen gegossen und ihm den Rücken zugekehrt hätte.

»Es ist alles ganz einfach. Eines Tages ist seine Freundin verschwunden, einfach so. Ohne jede Erklärung.«

»Und jetzt leidet er.«

»Na ja, sagen wir, es geht ihm nicht so gut.«

»Verstehe. Und wo liegt das Problem?«

»Ach, wieso kapierst du es denn nicht? Es ist wie in einem Krimi, und es stellt sich die Frage: Wieso ist diese Frau verschwunden?«

»In diesem Fall muss ich wie jemand von der Kripo vorgehen … Hat sie etwas aus dem Haus mitgenommen? Geld, Schmuck, Elektronikgeräte oder ähnliche Dinge? Bist du dir sicher, dass dein Freund sie nicht umgebracht hat und jetzt einfach behauptet, sie sei verschwunden?«

»Weißt du was? Wenn du mich verschaukeln willst, dann gehe ich lieber spazieren«, sagte Andi und wollte schon aufstehen.

Seth legte ihm die Hand auf die Schulter.

»Tut mir leid, aber ich habe nichts anderes getan, als deine Frage zu beantworten. Ich wollte nur sagen, dass ich nicht der richtige Mann bin, falls du einen Detektiv oder einen Psychologen brauchst. Ich könnte dir jedoch erklären, wie ich als Christ die Sache sehe. Aber ich weiß nicht, ob dein Freund sich für so etwas interessiert.«

»Du bist in der Tat komisch«, bemerkte Andi.

Seth wischte sich die nassen Hände am Hemd ab, dann brachte er ein Tablett mit zwei Kaffeetassen und einer Zuckerdose. Sie setzten sich ans Wohnzimmertischchen, wonach der Presbyter fortfuhr:

»Also, um es kurz zu machen: Als Christ muss ich dir allen Ernstes sagen, dass das, was deinem Freund widerfahren ist, das Beste ist, was ihm auf dem Weg der Erlösung passieren konnte.«

Nach einer kurzen Pause, in der Andi überlegte, ob es sich überhaupt noch lohnte, dieses Gespräch fortzusetzen, fragte er:

»Und was, wenn mein Freund mit Erlösung und solchen Dingen gar nichts zu tun haben möchte? Was, wenn ihm die Erlösung schnuppe ist?«

»Dann könnte ich ihm gar nichts erklären. Ich könnte nur noch für ihn beten. Ich würde ihm eventuell raten, nicht an Rache zu denken.«

»Und was, wenn er sich für die Erlösung interessiert?«

»Dann müsste er dieser Frau verzeihen. Und ganz ohne Rachegelüste und Hass an sie denken.«

»Das ist leicht gesagt.«

»Nun ja, so ist das eben. Solche Dinge kann man nur von jemandem verlangen, der an Gott glaubt. Gleichzeitig müsste dein Freund zu Jesus um Erleuchtung beten, um verstehen zu können, wieso die Dinge so gelaufen sind und nicht anders. Aber das wäre sozusagen nur die Erste Hilfe. Die vollständige Antwort auf die Frage deines Freundes hat niemand, weder ich noch die Frau, die plötzlich verschwunden ist. Sie ist womöglich mit gemischten Gefühlen von ihm weggegangen, unter ganz besonderen Umständen.«

»Nein, überhaupt nicht! Es ist überhaupt nichts Besonderes vorgefallen, sie ist urplötzlich verschwunden, und das war's«, widersprach Andi um einiges schneller, als ihm lieb gewesen wäre, dann sah er den Presbyter neugierig an.

»Letztendlich ist es falsch, nach Gründen für das Verschwinden zu suchen, meine ich. Des Rätsels Lösung liegt in Gottes Hand, lediglich er kann die weltlichen Unzulänglichkeiten verstehen und vor allem die geistigen Schlachten, die man sich auf Erden liefert. Wenn dein Freund mit Inbrunst betet, dann wird Gott ihm helfen. Ich kann aber nicht behaupten, Gott habe einen extra Erlösungsplan für jeden Einzelnen von uns parat, den man akzeptieren oder ablehnen kann, denn Gott hat uns als freie Menschen geschaffen, mit einem freien Willen, wir haben die Freiheit, Entscheidungen für uns zu treffen. Wenn allerdings unsere Pläne mit Gottes Plänen nicht übereinstimmen, dann schafft er Zusammenhänge, durch die er uns das erkennen lässt, und so können wir uns neu orientieren. An diesem Punkt ist dein Freund nun angelangt. Die Entscheidung muss er ganz allein treffen. Wir gehen den Weg, den wir gewählt haben, mit allen Konsequenzen.«

Andi verlor langsam die Geduld.

»Der eine Weg führt ins Paradies, der andere in die Hölle. Punkt«, sagte Seth.

»Tja, da blicke ich nicht mehr durch«, sagte Andi. »Ich verstehe nicht, was das für eine Entscheidungsfreiheit ist, die Gott uns da gibt. Mein Freund hat ja nicht entschieden, dass seine Freundin verschwinden soll.«

»Okay, es ist schwer zu verstehen. Das Merkwürdige

ist, dass es immer wieder Dinge gibt, die der Mensch erst dann versteht, wenn er sich auf den Weg des Glaubens begibt. Natürlich hat dein Freund diese Trennung nicht gewollt, einverstanden. Doch Gott macht keine Ausnahmen, er lässt allen Menschen in gleichem Maße die Freiheit, sich für etwas zu entscheiden. Da diese Frau genauso ein Mensch ist wie dein Freund, kommt sie in den Genuss der gleichen Freiheit wie er. Und sie hat beschlossen, zu verschwinden.«

»Hat Gott ihr das etwa eingegeben?«

»Ach was!«, lachte Seth. »Gott hat ihr bloß die Wahl überlassen.«

»Zwischen was?«

»Zwischen dem Zusammenbleiben mit deinem Freund und dem Verschwinden.«

»Ach so! Und wieso hat sie sich für das Abhauen entschieden?«

»Keine Ahnung!«

»Vielleicht hat sie ja plötzlich die Lust auf Erlösung gepackt. Oder auf etwas ganz anderes. Die Ärmste!«, meinte Andi etwas spöttischer, als er wollte.

»Wer weiß das schon ... Hier ist Gottes Macht und Weisheit im Spiel. Wir können beschließen, gegen Gottes Pläne zu handeln, doch wir können die Auswirkungen unserer Taten auf unsere Mitmenschen nicht beeinflussen. Diese Auswirkungen tragen immer, ob wir es wollen oder nicht, zur Erlösung unserer Nächsten bei. Oder besser gesagt, unsere Mitmenschen werden dadurch vor die Wahl gestellt, sich für den Weg in die Hölle oder für jenen ins Paradies zu entscheiden. Wir sind ständig den Auswirkungen der Entscheidungen unserer Mitmenschen ausgesetzt. Je weiter diese den Weg des Glaubens gegangen sind, desto leichter zu ertragen sind die Auswirkungen ihrer Entscheidungen für uns. Daher wäre es ganz gut, wenn du einer Kirche beitreten würdest. Hörst du mir zu?«

»Äh ... eigentlich nicht ...«

»Kein Problem«, meinte Seth und lächelte.

»Ich habe gehofft, du hast eine Ahnung, wieso diese Tussi verschwunden ist«, meinte Andi ziemlich enttäuscht.

»Nein, habe ich nicht. Und ich habe auch keine Ahnung, ob sie die richtige Wahl getroffen hat oder nicht, alles, was ich weiß, ist, dass ihr Verschwinden sich auf deinen Freund positiv auswirken wird. Wenn Gott Leid zulässt, dann nur deshalb, weil im Bösen immer das Gute steckt.«

»Meinst du etwa, Gott möchte, dass wir leiden? Aber fass dich bitte kurz, erzähl mir nicht wieder einen langen Roman.«

»Hm, das ist gerade der springende Punkt. Ich möchte dich nicht beleidigen, aber ich fürchte, du wirst es nicht verstehen, wenn ich mich kurz fasse. Und auch wenn ich es dir ausführlich erkläre, verstehst du es wahrscheinlich nicht. Deshalb ist der Glaube an Gott eine Gabe.«

»Also, versuch es trotzdem, vielleicht bin ich doch nicht so blöd!«

»Ach was! Um es ganz einfach zu sagen, Gott möchte, dass wir das ewige Glück im Himmel finden, an seiner Seite.«

»Okay, das ist sehr nett von ihm. Und was ist denn mit seinem Sadismus? Wieso möchte er, dass wir leiden?«

»Tja, wir können nicht einfach so in den Himmel kommen. Auch wenn man ein ganz normales Haus betritt, möchte man vorher seine Schuhe auf der Fußmatte abtreten, man hat das Bedürfnis, sich vorher zu reinigen. In den Himmel eintreten müssen wir rein, ganz ohne Sünden. Das Vorbild dafür ist Jesus Christus. Gott hat Jesus auf die Erde geschickt, um uns den Weg zur Erlösung zu weisen und um uns zu zeigen, wie man das Himmelreich erlangt. Jesus hat schrecklich gelitten für uns, er hat alle Sünden der Welt auf sich genommen und ist für uns gestorben.«

»Moment mal! Wie kann denn Jesus für mich gestorben sein, wenn es mich damals noch gar nicht gab? Das ist doch Unfug!«

»Na schön ... Dann muss ich dir halt ein Beispiel geben ... Schau mal, jemand hat einst das Rad erfunden, okay?«

»Okay.«

»Von diesem Rad machen bis heute alle Gebrauch, seit Tausenden von Jahren. Also hat derjenige das Rad nicht bloß für seine Zeitgenossen erfunden, sondern auch für all die, die nach ihm geboren worden sind.«

»Und trotzdem bedanken wir uns nicht täglich auf Knien bei ihm. Wo kämen wir denn hin, wenn wir jeden, der etwas Brauchbares erfunden hat, täglich anbeten würden? Dann hätten wir nicht einmal mehr Zeit zum Wassertrinken.«

»Und trotzdem werden die wichtigsten Menschen immer wieder geehrt, sie sind in die Schulbücher eingegangen, Straßen werden nach ihnen benannt und Ähnliches mehr. Aber Jesus hat etwas erfunden, das viel großartiger und brauchbarer ist als das Rad oder der Dieselmotor, und zwar die Glücksformel. Was könnte wichtiger sein? Wenn Jesus nicht gestorben wäre, wüssten wir nicht, welchen Weg wir gehen müssen, um glücklich zu werden. Es ist der einzig richtige Weg.«

Der Presbyter stand auf und ging, ohne seine Rede zu unterbrechen, schwungvoll zu der in braunes Leder gebundenen, etwas zerfledderten Bibel, die am Rand des Sofas lag.

»Hör zu, die Heilige Schrift sagt, dass ...«

»Komm, lass es gut sein, ich glaube dir auch ohne Zitate«, wehrte Andi schnell ab. Er hielt die Bibelsprache für längst überholt, und für all die darin vorkommenden eigenartigen Namen konnte er sich auch nicht erwärmen.

»Okay, okay ...«, ließ sich der Presbyter überzeugen. »Jesus hat den von ihm entdeckten Weg auch anderen gezeigt, den zwölf Aposteln, damit sie diese Kunde weitertragen konnten. Die Apostel taten es und bauten Kirchen, die von Sündern und verzweifelten Menschen aufgesucht werden. Und manche dieser Menschen werden danach glücklich.«

»Du verstehst dich ja prima auf Werbung!«, meinte Andi.

»Weil ich an das, was ich verkaufen möchte, auch glaube. Ich habe es ausprobiert, es funktioniert«, meinte der Presbyter leise. Dann schaute er auf die Uhr und sprang auf.

»Oh Gott, ich komme zu spät zur Gebetsprozession!«, stöhnte Seth und eilte in die Küche. Andi folgte ihm.

Während er schnell seinen Kaffee trank, erzählte ihm Seth, worum es ging. Mehrere Gläubige wollten gemeinsam durch die Stadt ziehen und dabei still beten. Sie hofften, auf diese Weise »ein spirituelles Erwachen der Burg« zu bewirken. Sie wollten für den Bürgermeister beten, für die lokalen Ratsherren und für alle anderen Entscheidungsträger, damit Gott ihnen Weisheit bei der Ausübung ihrer Macht schenkte.

»Das sind doch alles Schweinehunde, sie sind korrupt bis auf die Knochen!«, meinte Andi.

»Deshalb beten wir ja für sie.«

Und außerdem wollten sie noch für die Obdachlosen beten und für alle Bewohner des Viertels, und nicht zuletzt für die Häftlinge, die Prostituierten, die Alkoholiker und die Verbrecher.

»Könntest du bitte die Blumen weiter gießen?«, bat Seth ihn noch.

Dann verschwand er, und Andi blieb völlig verstört zurück. Er verstand überhaupt nicht, wieso diese normalen, netten Menschen mit Sinn für Humor sich für eine solche Maskerade hergaben. Bildeten sie sich etwa ein, die Schakale aus der Stadtverwaltung würden wegen Gebetsgemurmels ihre Pfoten aus dem Honigtopf nehmen? Da täuschten sie sich aber gewaltig. Als Journalist waren ihm diese Kreise der Macht sehr wohl bekannt: eine stinkende Kloake, bevölkert von unersättlichen Verbrechern, Schwindlern, Intriganten, Banditen, ehemaligen Securitate-Mitarbeitern. Anständige Leute waren dort fehl am Platz. Für solche Typen beten war wie eine Holzpuppe massieren. Ja, diese komischen Baptisten waren nichts anderes als große, unglaublich naive Kinder. Oder sie waren schlicht und einfach verrückt. Harmlos, aber verrückt.

Es war schon spät, als Andi ins Bett ging, aber Seth war noch nicht zurück. Er erinnerte sich, dass sein Großvater ihm das Beten beigebracht hatte. Aus Nostalgie oder dem heimlichen Bedürfnis, Margas Geste zu verstehen, halb schon im Schlaf, begann er seine Lippen zu bewegen. Doch die Worte weigerten sich zu kommen, sein Verstand stockte, in seinem Kopf drehten sich unzählige Gedanken im Kreis. Mit der Einsicht, dass er nun völlig verblödet sei, schlief er ruhig ein. Gegen Morgen hatte er einen Traum: Marga vereinigte sich mit einem Wildschwein, das ihren Kopf fraß.

KAPITEL 15

Zuerst kam Andrea. Mit Andrea habe ich Amerika entdeckt oder zum ersten Mal Paris besichtigt – nennt es, wie ihr wollt –, ich war damals 19 Jahre alt. Sie war so um die 25, glaube ich. Ich habe ihr einfach gefallen, und sie nahm mich mit nach Hause und legte mich flach. Ich hätte nie und nimmer gewagt, eine Frau anzuschauen, die sechs Jahre älter war als ich, eine richtige Frau sozusagen. Mein Beitrag zur Vereinigung der Körper war bescheiden: Ich ließ meine verkrampften Hände wie zwei Besenstiele über ihren heißen Rücken hinauf- und hinabwandern und leistete ein bisschen später eine Samenspende. Diese Manöver wiederholte ich einige Male und registrierte dabei jedes Mal befriedigende Forschritte. So entdeckte ich beispielsweise die Effizienz der erogenen Zonen. Ich stellte sie mir als Geheimknöpfe unter ihrer Haut vor, die es wie in einem Computerspiel nach und nach zu entdecken galt, wenn man sie betätigte, beschleunigte sich Andreas Atem und ihre Stimme bekam eine heisere Note. Ich war derart berauscht von meinen Erfolgserlebnissen, dass ich nach einiger Zeit sogar einen draufsetzte und beschloss, Andrea auch noch zum Schreien zu bringen. Aber dafür benötigte ich noch weitere Geheimknöpfe, so wie ich früher ganz viele Briefmarken brauchte, um im Viertel groß herauszukommen. Um meine Kollektion zu erweitern, beschloss ich, auch mit anderen Mädchen auszugehen. Ich hatte ja inzwischen reichlich Erfahrung, oder?

Ich baggerte Laura an, mit Erfolg. Sie war keine Top-Schönheit, aber sie verfügte sicherlich über jede Menge erogener Zonen. Ich schaffte es leider nur teilweise, ihre Knöpfe ausfindig zu machen, denn ich befand mich noch in der Phase, wo ich sie bloß um die Taille fasste und leidenschaftlich küsste, als eine gemeinsame Bekannte Andrea erzählte, dass sie mich zufällig gesehen hatte, wie ich in einer Seitenstraße wild mit einem Mädchen knutschte.

Es endete tragisch. Andrea meinte, sie habe keine Lust mehr, mit einem Arsch wie mir ihre Zeit zu verlieren, und ich konnte sie nicht umstimmen, auch wenn ich mit Engelszungen auf sie einredete, denn ich hatte keine Erklärung für meinen Verrat. Ich stand da wie ein Vollidiot. Beim bloßen Gedanken daran möchte ich am liebsten den Kopf unter dem T-Shirt verstecken vor Scham. Damit sie mich nicht verließ, versprach ich Andrea, dass sich so etwas niemals wiederholen werde, es war also ungefähr das gleiche Geflunker, wie ich es früher meinen Eltern vormachte, wenn ich Mist gebaut hatte. Am Ende flehte ich Andrea unter Tränen an, es nur noch ein einziges Mal mit mir zu versuchen oder wenigstens zum Abschied es noch einmal mit mir zu machen, lauter solchen Schwachsinn. Und zu guter Letzt übertraf ich mich selbst, indem ich ihr völlig blödsinnig erklärte, dass sie gar nicht wisse, was sie an mir verliere.

Mit Luana war es etwas ganz anderes. Wir waren beide Studenten und lernten uns in einer Bar kennen. Inzwischen hatte ich Paris oder eben Amerika – nennt es, wie ihr wollt – schon einige Male gesehen, doch sie interessierte sich nur am Rande für solche Dinge. Sie gab sich extrem kumpelhaft, und wir machten nicht selten einen drauf, Seite an Seite. Wir waren ziemlich glücklich, auf unsere Art. Gott, was haben wir miteinander gebechert, es läuft mir auch jetzt noch kalt den Rücken herunter, wenn ich dran denke. Wir haben uns im Studentenheim volllaufen lassen, in schäbigen Kneipen, auf Parkbänken, am Seeufer, auf Bäumen und sogar in einer Baggerschaufel. Irgendwann überzeugte sie ihre Alten, dass sie nicht mehr im Studentenheim wohnen könne, weil es dort nicht die richtigen Bedingungen zum Studieren gab, und sie mieteten dann eine Einzimmerwohnung für sie, dort soffen wir uns fast um den Verstand. Wir schämten uns überhaupt nicht mehr voreinander. Gemeinsame Besäufnisse und vor allem der schwere Kater danach schaffen eine gewisse Intimität.

Anfangs war es mit Luana so, als ob ich mit den Jungs auf dem Gymnasium munter eine Flasche Schnaps weggesoffen hätte, nach einem gemeinsamen Jahr aber fühlten wir uns wie zwei wacklige Veteranen, die einen grausamen Krieg hinter sich hatten. Am meisten zusammengeschweißt hat uns allerdings die Endphase, da lebten wir in wilder Ehe zu dritt: sie, ich und der Alkohol. Die Flasche war immer dabei. Sie lieferte uns die unentbehrliche Grundnahrung. Eine Flasche Bier enthält so viele Kalorien wie ein Brot, scherzten wir, um uns Mut zu machen. Oder wie vier Eier. Wir verschlangen Tonnen von Brot, und mit den Eiern, die wir in dieser Zeit futterten, hätten wir ein Leben lang auskommen können. Wir torkelten oft herum, aber wir fühlten uns wunderbar. Und wir kümmerten uns weiß Gott rührend umeinander. Ich wurde nachts immer sofort wach, wenn sie zu würgen begann, und obwohl mein Magen verrücktspielte, hielt ich ihr liebevoll die Waschschüssel hin, mit beiden Händen. Wenn sie sich übergab, klopfte ich ihr zärtlich auf den Rücken, und anschließend gab ich ihr ein Glas Bier, zum Mundspülen. Und sie wusste sich dafür zu revanchieren. Morgens legte sie mir kalte Umschläge auf die Stirn und kochte mir Kaffee mit Salz. Hin und wieder wusch sie sogar die Bettlaken. Sie kaufte Essiggurken. Öffnete die Rindfleischkonserven, die man ihr von zu Hause schickte. Ich schenkte ihr Wodka ein, unsere Gläser waren immer millimetergenau gleich voll, sie wiederum platzierte die Bierflaschen im Kühlschrank so, dass wesentlich mehr hineinpassten, als man dachte. Ich ging nach unten Senf kaufen, während sie heiße Würstchen für mich vorbereitete. Wir verständigten uns nur mit Blicken. Nicht dass wir nie miteinander geschlafen hätten, aber der Sex war für uns Nebensache. In der Regel hatten wir keinen blassen Schimmer, wieso wir nackt nebeneinander aufwachten. »Letzte Nacht warst du wie ein wildes Tier!«, sagte ich dann mit pelziger Zunge. »Und du warst noch viel wilder als ich!«, antwortete sie voller Leidenschaft und schaute sich nach einer Flasche um, in der es noch etwas zu schlucken gab. Ja, wir zogen eine ganz schön peinliche Nummer durch, aber lassen wir das. Vergessen wir auch die Körpergerüche, die wir einander zumuteten, sie waren eigentlich nicht auszuhalten.

Zum Glück trennten wir uns nach einem Jahr. Ich bin mir sicher, dass wir sonst wie ein stinknormales Alkoholikerpaar geendet hätten. In diesem Jahr bestand ich meine Prüfungen nur mit Ach und Krach. Luana trat erst gar nicht an, und ihr Vater holte sie nach Hause. Er war es leid, für sie die Kohle zum Fenster hinauszuschmeißen. Eine Weile schrieben wir uns noch E-Mails. Aber jetzt, da der wohltuende Alkohol nicht mehr unsere Knochen wärmte, verlor unsere Beziehung jeden Reiz.

Deswegen war ich ziemlich von den Socken, als ich Marga kennenlernte, sie hatte eine völlig andere Art als Luana.

Drei Tage nachdem wir uns auf einer Party über den Weg gelaufen waren, geschah etwas, das ich zumindest als seltsam bezeichnen würde. Es hatte eine gewisse Ähnlichkeit mit Margas autistischem Eisessen, aber das wird mir jetzt erst klar. Es spielte sich in meiner damaligen Einzimmerwohnung ab, sie war bescheidener als die, in der ich mit Luana rund um die Uhr gefeiert hatte, und lag am Rande der Stadt. Dort wohnte ich dann anderthalb Jahre mit Marga zusammen, obwohl ich gerade hatte umziehen wollen, als wir uns kennengelernt hatten, weil ich die Miete kaum noch bezahlen konnte, obwohl sie unter dem Durchschnitt lag. Ich denke, der Vermieter hatte sie noch nicht erhöht, weil ich immer wieder die Geduld aufbrachte, seinen schwachsinnigen Ausführungen zuzuhören, und seine Marotten ertrug. Als Marga auftauchte, beschloss ich also, auch weiterhin dort wohnen zu bleiben, und dafür musste ich mich bei Freunden verschulden. Ich konnte meinen Meteoriten – denn sie war tatsächlich wie ein vom Himmel gefallener Meteorit – ja nicht in einem schäbigen Heim für Unverheiratete empfangen, wo ich ursprünglich hatte hinziehen wollen.

Nach der feucht-fröhlichen Partynacht begannen wir uns täglich zu treffen, wir verbrachten regelmäßig einige Stunden zusammen. Nach einer Woche zog sie bei mir ein, ohne die Zweizimmerwohnung, die sie mit einer Freundin teilte, aufzugeben. Drei Tage später kreuzte sie mit einem schicken kleinen Koffer bei mir auf. Ich dachte, sie wollte mich überraschen, indem sie mit ihrer Garderobe bei mir aufkreuzte, das hätte ja bedeutet, dass wir eine gemeinsame Zukunft hatten. Sie stellte das Köfferchen sorgfältig auf den Tisch, und wir begannen uns zu unterhalten. Wir nahmen alle möglichen Themen durch, auf Tudor kamen wir allerdings nicht zu sprechen. Plötzlich begann sie sich auszuziehen. Ohne das Gespräch zu unterbrechen. Es versteht sich von selbst, dass mein Puls auf Touren kam wie ein Rennwagen. Aus gutem Grund. Bis dahin hatte ich Marga weder aus der Nähe noch von fern nackt gesehen, ich hatte bloß ihren Duft eingeatmet, ihre Haut gestreichelt, im Dunkeln mal kurz mit ihr rumgemacht. Und obwohl ich mit dem Pfefferminzgeschmack ihres Speichels wohl vertraut war, bereits einige Male an ihrem parfümierten Ohrläppchen geschnuppert hatte und den Duft ihres Lippenstifts auf Anhieb wiedererkennen konnte, war mir ihr Akt völlig fremd. Als sie ihre Kleidung Stück für Stück vor mir abstreifte, geriet ich langsam, aber sicher in Atemnot. Sie war ganz große Klasse! Ein absoluter Vorzeigekadaver, wie man in der Redaktion zu sagen pflegte. Makellos vom Scheitel bis zur Sohle und wieder zurück. Ich fragte mich allen Ernstes, wieso diese Wahnsinnsfrau ausgerechnet in meiner Bruchbude gelandet war, ob sie sich nicht etwa in der Hausnummer geirrt hatte.

Sie war ziemlich groß, fast so groß wie ich, und hatte makellose, goldschimmernde Haut. Ihre *Brüste* ragten prall hervor, und ihre Brustwarzen waren wie zwei Maulbeeren. Wenn sie durch das Zimmer lief, schien sie zu schweben, von himmlischen Klängen begleitet, als führten all ihre Glieder einen faszinierenden Tanz vor. So eine Frau hatte ich bisher nur im Kino gesehen. Ja, das war ganz großes Kino, was da ablief, im Vergleich dazu waren Luanas Auftritte bloß Zeichentrickfilme gewesen. Alles, was sich jetzt abspielte, war real, Marga war kein Hochglanzfoto und auch kein Hinterglasgemälde, sie saß leibhaftig auf meiner schäbigen Bettdecke. Ich brauchte bloß die Hand auszustrecken und konnte ihren Puls fühlen. Ich übertreibe kaum, wenn ich sage, dass ich gar nicht gewusst hatte, mit wem ich da schlafen wollte. Ihre Schönheit war mir zwar von Anfang an aufgefallen, es war mir jedoch entgangen, dass sie auf brandgefährliche Weise schön war. Natürlich habe ich mich nach und nach an ihre Reize gewöhnt, doch zu Beginn glotzte ich sie wie ein Idiot mit offenem Mund an.

Sie setzte das Gespräch ruhig fort, während sie ihre Bluse sorgfältig über die Stuhllehne hängte und den Büstenhalter behutsam faltete. Nachdem ich mich einigermaßen gefasst und mein Herzrasen sich gelegt hatte, trat ich an sie heran und umfasste ihre Taille mit beiden Armen. »Es ist noch nicht so weit, Andi!«, sagte sie ruhig und ging ins Bad. Ich hörte die Dusche rauschen und schämte mich meiner mickrigen, längst überfälligen Badewanne und meiner schrottreifen Brause, die unentwegt zischte und wie ein zahnloser Greis herumspuckte. Und als ich mich kurz im Zimmer umsah, verspürte ich plötzlich den Drang, schnell aufzuräumen. Doch ich ließ es dann doch bleiben, es wäre ja auch Quatsch gewesen, zumal Marga das ganze Tohuwabohu in meiner Wohnung bereits mitbekommen hatte. Ja, ich war völlig durcheinandergekommen in ihrer Anwesenheit, nur an ihr konnten mein Schamgefühl und mein plötzlicher Ordnungsdrang liegen. Ich lief ohne Sinn und Verstand auf und ab, dann brachte ich eine Wasserkanne aus der Küche ins Wohnzimmer und wieder zurück. Und ich wartete, dass das Zischen der Dusche endlich aufhörte, damit ich über sie herfallen konnte. Am liebsten wäre ich ihr ins Bad gefolgt, aber es war dort so eng, dass zwei Personen gar nicht hineinpassten. Okay, ich hätte wohl noch reingepasst, aber nur, wenn mein Hinterteil draußen geblieben wäre.

Ich brannte vor Ungeduld. Prüfend betrachtete ich mich im großen Garderobenspiegel. Ich fletschte die Zähne und klapperte ein paar Mal mit dem Gebiss. Dann zog ich mich selbst an den Ohren und betastete das Muttermal auf meiner rechten Schulter. Alles bestens. Mit Ausnahme der Trainingshose. Nicht nur, dass ich sie immer noch anhatte, sie wies auch noch eine indezente Schwellung in der Leistengegend auf. Ich machte schnell ein paar Turnübungen, um alles wieder in Ordnung zu bringen. Vergeblich.

Als Marga aus dem Bad kam, stand ich gerade mit dem Rücken zu ihr. Noch bevor ich mich über sie hermachen konnte, hatte sie schon das Wohnzimmer erreicht, wo sie am Tisch stehenblieb. Ich sprang hinter ihr her und legte die Hände auf ihre Schultern, doch sie griff seelenruhig nach dem kleinen Koffer. »Du hast es vielleicht eilig, Andilein«, sagte sie. Sie setzte sich aufs Bett und legte den Koffer neben sich. Als sie ihn öffnete, strahlte sie übers ganze Gesicht, als betrachtete sie ein tolles Weihnachtsgeschenk. Nein, sie nahm leider keinen Schlüpfer heraus, wie ich innigst gehofft hatte, alles, was sie da zu Tage förderte, war Neuland für mich: schicke, bunte Schächtelchen; kleine, mittlere und große Tuben; kleine Scheren mit wie ein Entenschnabel gebogener Spitze; bunte Schminktiegelchen und Flakons; Haarspangen, elastische Haarbänder und glitzernde Kugeln; zwei normale Kämme und einen mit Kabel und Stecker versehenen; Nagelfeilen verschiedener Größen; ein Handspiegel mit blauem Plastikrahmen; eine Bürste und wer weiß, was noch alles. Eine halbe Drogerie lag vor mir. Sie begann diese Gegenstände sorgfältig zu begutachten und zu sortieren. Die einen legte sie nach links, andere nach rechts. Danach öffnete sie den doppelten Boden im Kofferdeckel, in dem wie in einem Patronengürtel unzählige Lippenstifte steckten. Sie legte die Stirn in Falten und dachte konzentriert nach, dann zog sie fünf Lippenstifte heraus und legte sie nebeneinander auf den Tisch. Nun schürzte sie nachdenklich und unentschlossen die Lippen. Ihr Gesicht sah ganz putzig aus, sie erinnerte mich an ein Eichhörnchen. Ihre Brustwarzen waren klein und hart geworden wie zwei unreife Maulbeeren. Relativ schnell traf sie einen Entschluss. Sie nahm ein Stück Watte, das sie aus einem kleinen Flakon mit einer Flüssigkeit benetzte – Aceton, wie ich später erfahren sollte –, und begann den Lack von ihren Nägeln zu entfernen, was ich ziemlich schade fand. »Warum musst du das jetzt kaputt machen?«, flüsterte ich. »Ach, diese Farbe langweilt mich ... Vielleicht versuche ich es jetzt mit Orange«, sagte sie mürrisch. Wir wechselten noch ein paar Worte miteinander, doch je länger sie sich an ihren Nägeln zu schaffen machte – zuerst an den Fingernägeln, dann an den Zehennägeln –, desto mehr geriet das Gespräch ins Stocken, und schließlich verstummten wir ganz. Marga war nur noch mit ihrer Arbeit beschäftigt, die ihr offensichtlich eine Menge Spaß bereitete. Sie saß ruhig da, über ihre Füße gebeugt, und achtete peinlichst auf jedes noch so kleine Detail, auf jeden noch so winzigen Pinselstrich. Sie reckte die Zunge zwischen den Zähnen und flüsterte ab und zu vergnügt: »Sooo!« Für sie befand ich mich womöglich irgendwo weit hinter dem Horizont, vielleicht sogar am Nordpol. Also setzte ich mich auf einen Stuhl und begann die Zeitung zu lesen. Meine Trainingshose bereitete mir jetzt keine Probleme mehr. Es kam nur noch eine kleine Störung auf, etwas später, als Marga mit dem Auftragen des neuen Nagellacks fertig war – zu meiner Überraschung war der Lack violett – und mit den Händen zu flattern begann wie ein aufgeschreckter Vogel. Die Störung lag daran, dass ich dachte, sie wäre nun fertig mit ihrem Tun. Aber ich täuschte mich. Nachdem der neue Nagellack gründlich getrocknet war, begann sie mit dem Auftragen verschiedener Hautcremes. Ich hatte inzwischen alle Zeitungsartikel gelesen und auch sämtliche Annoncen, nun war ich bei den Todesanzeigen angekommen, womit ich nie im Leben gerechnet hätte. Alles in allem muss ich schon zugeben, dass das Auftragen einer Creme nach einem äußerst merkwürdigen Ritual erfolgt. Und wenn ich diesem Ritual auch nicht von Anfang an die nötige Aufmerksamkeit entgegenbrachte, holte ich dieses Versäumnis in den folgenden anderthalb Jahren, die ich mit Marga verbrachte, gründlich nach. Diesmal wurde das Ritual bloß vom Hals abwärts vorgenommen, die Stirn, die Wangen und das Kinn kamen nicht dran. Und die Augen auch nicht, wenn Marga sich mit deren Pflege beschäftigte, presste sie immer einen dünnen Cremefaden von der Form und Größe von Spatzendreck aus einer Tube und rieb ihn mit kreisenden Massagebewegungen in die Hautpartie um die Augen ein. An diesem Tag beobachtete ich, wie sie ihre Finger mit unendlicher Zärtlichkeit an ihrem Hals, den sie anmutig nach oben reckte, auf und ab bewegte, sie nahm sich jeder einzelnen Hautzelle an, vor allem in den Gegenden, wo das Faltenrisiko am größten war. Die Wirkung dieser Creme sei jedoch leider gleich null, wie ich später erfahren sollte, wenn man nicht nachts auf einem kleinen, zylindrischen Kissen schlafe, das man mehr unter den Nacken als unter den Kopf platzieren müsse, damit der Hals nachhaltig und sanft gedehnt werde.

Danach ließ Marga ihre Hände den Körper hinabgleiten, sie streichelte ihre Schultern, massierte eifrig ihre Brüste – von oben nach unten und umgekehrt – und verteilte gleichmäßig Creme auf dem Bauch und auf die Hinterbacken. Sie ging auf in ihrem Tun, ihr zutiefst zufriedenes Lächeln verriet, wie sehr sie das Ganze genoss. Es hätte mich nicht gewundert, wenn ich bei genauerem Hinhören leises genüssliches Stöhnen wahrgenommen hätte.

Es folgten die Oberschenkel und die Waden, denen sie sich mit langgezogenen, geradlinigen Bewegungen widmete, und in der letzten Viertelstunde waren die Füße dran, sie nahm sich jeden einzelnen Zeh mit der ihm gebührenden Aufmerksamkeit vor. Erst danach würdigte sie mich endlich eines sanften Blickes.

Ich hatte den geplanten Angriff auf sie schon längst abgeblasen. Doch Marga hatte es auch nicht eilig, zumal sie nun lebhaft anhob, mir ihre eigene Theorie über die Schönheit der Frauen zu erklären, während sie reglos dasaß, damit die segensreichen Cremes möglichst tief in die Haut eindringen konnten. Laut dieser Theorie hatte die Frau die Pflicht, schön zu sein. Sie musste zu diesem Zweck absolut alle Mittel einsetzen, die dank des menschlichen Verstandes und des Fortschritts jemals erfunden worden waren. Nein, daran war nichts Egoistisches. Es zu tun war lediglich ein Liebesbeweis gegenüber dem Partner, dem Liebhaber. Marga hatte ein großes Problem mit den Frauen, die sich allein dafür schön machten, um sich in Zeitschriften, auf dem Bildschirm oder bei einer Tanzshow zu zeigen. Der einzige Nutznießer eines schönen Frauenkörpers sollte der eigene Partner sein, sagte Marga. Das bin ja ich!, dachte ich froh, und meine Brust schwoll plötzlich wie unter der süßen Last einer Ehrenmedaille. Und ich verstand auf einmal, dass es keineswegs ratsam war, Marga zu stören, wenn sie sich pflegte, denn alles, was sie unternahm, kam nur mir ganz allein zugute.

Wir quatschten noch eine Weile, dann gingen wir zusammen zu Bett. Wir schliefen glücklich bis zum nächsten Morgen.

KAPITEL 17

Natürlich hatte ich das alles ganz anders in Erinnerung, als ich damals, einige Zeit nach ihrem Verschwinden, das Stück Teer mit den Spuren ihres Gebisses fand. Ich entdeckte es in einem Bücherregal, es lag neben einem aus dem Englischen übersetzten Handbuch für Journalisten, bei dessen Lektüre ich mich halbtot lachte, weil ich daran dachte, wie es mit der Befolgung dieser Regeln in Wirklichkeit aussah.

Als ich dieses bizarre Erinnerungsstück fand, versuchte ich gerade, die Wohnung einigermaßen auf Vordermann zu bringen, sie hatte sich nach Margas Verschwinden in einen sechsundzwanzig Quadratmeter großen Aschenbecher verwandelt, wo an den ungewöhnlichsten Orten Zigarettenkippen auftauchten, sie lagen sogar im Lampenschirm oder in Büchern, Gott weiß, wie sie dort hingekommen waren.

Voroneț: Nachdem Marga das Eis gegessen und ich ihr frustriert dabei zugeschaut hatte, bummelten wir eine Weile durch die Straßen, deren Anzahl sich, ehrlich gesagt, ziemlich in Grenzen hielt. Wir quatschten über Gott und die Welt, als sie plötzlich auf einen Hof zulief, vor dem man Baumaterial abgeladen hatte. Sie hatte dort eine Ladung Teer entdeckt, und es gelang ihr, ein Stück davon abzureißen, wobei sie ihre wohlgepflegten Nägel arg malträtierte. Triumphierend kehrte sie damit zu mir zurück. Sie freute sich wie ein Kind und biss ausgelassen hinein, dann begann sie intensiv darauf herumzukauen mit ihren perlweißen Zähnen, die sie morgens und abends aufs Gründlichste putzte.

»Weißt du, als ich klein war, stellte ich mir vor, der Teer wäre Kaugummi«, sagte sie begeistert. »Ich kaute regelmäßig Teer, obwohl mein Vater es mir verboten hatte, er meinte, er wäre giftig. Aber ich fand ihn lecker, er schmeckte so ähnlich wie die amerikanischen Orangen.«

Erst als wir im Zug saßen und Marga bereits einige Stunden an dem Stück Teer gekaut hatte, nahm sie es aus dem Mund und steckte es in die Tasche. Sie bewahrte es eine Zeitlang zu Hause im Schmuckkästchen auf, ich habe keine Ahnung, wie es dann ins Bücherregal gelangte.

Nun dachte ich ohne jede Nostalgie zurück an die Geschichte dieses billigen Schmuckstücks, die mich vor einiger Zeit so tief berührt hatte. Jetzt sah ich die Protagonistin nur noch als eine launische und egozentrische Person. Nach und nach wurde mir bewusst, dass mir keine einzige persönliche Duftnote von Marga in Erinnerung geblieben war. Ich hätte ohne jeden Zweifel die von ihr benutzten Parfums sofort wiedererkannt, auch das süßliche Aroma ihres Deo-Sticks und den Geschmack ihres Mundwassers, aber einen Duft, der ihr und nur ihr eigen gewesen wäre, konnte ich mir beim besten Willen nicht vergegenwärtigen. Dann versuchte ich mich auf ihren Schweißgeruch zu konzentrieren. Nichts. Ihre Schweißperlen hatten einen bitteren Chemikaliengeschmack und rochen naturgemäß ausschließlich nach pflanzlicher Kosmetik. Ich stellte mir Marga in einem unsichtbaren Pflegecreme-Korsett vor, in einem hautengen Anzug, wie ihn die Frauen in den Science-

Fiction-Filmen zu tragen pflegen. Sie, Marga, gehörte zu diesen üppigen, angstfreien Wesen, die in einem Labor entwickelt worden waren. Nicht einmal die kariesbefallenen Zähne stanken bei ihr. Zwischen den rot geschminkten Lippen entströmte ihr ein ewiger Duft von Zahnpasta, Mundwasser oder Pfefferminze. Sie war ein synthetisches Wesen. Ihre Füße dufteten planmäßig. Nach Weihrauch, wahrscheinlich. Mit Andrea hingegen war alles wesentlich einfacher, ihre Haut roch meistens nach Kuchen, nach Schokokuchen mit Nüssen. Deswegen verspürte ich jedes Mal, nachdem sie aus dem Bett gestiegen war, das Bedürfnis, die Krümel mit der Hand wegzufegen. Luana wiederum roch nach verschimmeltem Tabak, während ich in der mit ihr verbrachten Zeit den Duft von faulen Kartoffeln verströmte, da bin ich mir ganz sicher. Aber Marga? Vergeblich schnupperte ich vor mich hin, was das Zeug hielt, meine Nase wollte sich nicht an Marga erinnern.

Marga war ein außerirdisches, von einem fremden Planeten zu uns gekommenes Wesen. Sie ernährte sich durch die Haut. Die Nährstoffe waren den Kosmetika beigemischt. Deswegen roch sie selbst nach gar nichts. Die Vitamine und Mineralstoffe waren in Cremes versteckt, damit sie nicht auffielen. Ihr schickes Köfferchen war ein Geheimlabor mit Tragegriff. Es war gleichzeitig auch eine tragbare Küche, und darin befanden sich sogar Geräte, die zum Empfang und Versand von Informationen dienten. Von all den Accessoires im Köfferchen war der mit Kabel und Stecker versehene Kamm das verdächtigste. Sie, die künstliche Frau, war hier gelandet, um den Erdbewohnern ein großes Geheimnis zu entlocken. Und da sie einen Namen tragen musste, hatte man sie einfach Marga genannt. Ihr wahrer Name war jedoch ein ganz anderer. Es war wahrscheinlich ein Name, in dem die Buchstaben W, X und Q relativ häufig vorkamen. Es war nicht bekannt, welchem Geheimnis sie auf der Spur war, weil sie es geheim hielt. Damit Marga ihren Auftrag erfolgreich ausführen konnte, brauchte sie unbedingt eine Informationsquelle. Das heißt, einen Dummkopf. Um Margas Erfolg auf unserem Planeten zu sichern, schuf man sie ganz nach dem Geschmack der Erdbewohner, man brauchte sich dafür bloß von ein paar Pornoseiten im Internet inspirieren zu lassen. In ihrer ersten Mission auf Erden hatte die Spionin Marga Tudor aufgegabelt. Tudor aber war leider ein Depp, der von Tuten und Blasen keine Ahnung hatte, jede Art von Geheimnissen war ihm völlig fremd. Also musste Marga eine andere Informationsquelle anzapfen. Margas Bosse begannen die Geduld zu verlieren, sie waren jetzt stocksauer, weil Marga bereits so viel kostbare Zeit mit Tudor verschwendet hatte. Daraufhin entdeckte Marga einen anderen Schwachkopf namens Andi. Dieser war ein erbärmlicher Journalist mit leider nur beschränktem Zugang zu Informationen. So betätigte sich die Spionin als Zauberin, und schwups!, infiltrierte sie mit Andi die Abteilung *Investigativer Journalismus* bei der Zeitung, wo sie gerade tätig war. Nun war Andi auf einmal nicht mehr so blöd, denn er erfuhr bei der Arbeit eine Menge Geheimnisse, die ihm die Spionin nachts im Bett entlockte. Das kostete sie zwar viel Mühe, aber sie hielt durch. Am schwersten zu ertragen war Andis Geruch, dieser Erdbewohner roch ganz und gar nicht wie eine Drogerie, sondern wie ein Mensch, was für Marga als synthetisches Wesen extrem belastend war. Die Spionin biss jedoch die Zähne zusammen und blieb tapfer, als sie aber eines Tages am Ende ihrer Kräfte war, beschwerte sie sich bei ihren Vorgesetzten, sie erklärte ihnen haarklein, wo der Hase im Pfeffer lag und wieso sie die Nase gestrichen voll hatte. Die Vorgesetzten hielten sich zustimmend die Nase zu und erlaubten ihr, den Aufenthalt auf der Erde abzubrechen, obwohl sie ihre Mission noch gar nicht beendet hatte. Sie sendeten folgende Botschaft an Marga: »Sei aber bitte nett zu diesem Stinker! Hinterlass dem Vollidioten wenigstens ein paar Zeilen, bevor du dich vom Acker machst. Over.« Sie antwortete: »Verstanden. Ich werde ihm folgende Notiz hinterlassen: ›Du stinkst erbärmlich nach Mensch! Ich hasse dich!‹ Over.« »Das ist falsch, Mädchen! So wird er uns auf die Schliche kommen, ganz so blöd ist er auch wieder nicht. Lass dir etwas anderes einfallen! Over.« »Och! Habe den Text geändert: ›Lieber Andi, irgendwann wirst du es sicher verstehen …‹ Over.« »Wir wussten ja, dass du ein cleveres Mädchen bist. Du hast alles genau richtig gemacht, deswegen bekommst du jetzt als Bonus zwei zusätzliche Leben von uns. Wir freuen uns schon auf dich. Over.« Nach diesem Dialog öffnete die Spionin ihr schickes Köfferchen und verteilte eine Spezialcreme auf ihrem ganzen Körper. Es waren noch keine zwanzig Sekunden vergangen, als ihr zwei prächtige Flügel auf dem Rücken wuchsen. Dann stieg sie auf die Fensterbank, äußerst vorsichtig, damit sie die vielen nebeneinanderliegenden Zigarettenkippen nicht berührte, und flog davon, zu ihrem fernen Planeten. Selbstverständlich nahm sie auch ihr Köfferchen mit, das sie sich unter einen Flügel klemmte. Oder so ähnlich.

Ich verspürte das Bedürfnis, lauthals zu lachen. Die Erinnerung an Marga auszuradieren, sie auszulachen, doch dafür brauchte ich kein Publikum, diese Spionagegeschichte behielt ich daher für mich. Ich musste mit ihr höchstpersönlich abrechnen. Mit ihrem Phantom, besser gesagt.

Und es ging mir vor allem darum, eine stichhaltige Erklärung für ihr sonderbares Verschwinden zu finden.

KAPITEL 18

Drei Wochen lang besichtigte Andi eine Menge Single-Wohnungen. Er hatte vergessen, wie deprimierend so etwas war, doch nun wurde ihm das Ganze schlagartig wieder bewusst. Er besichtigte dunkle, schimmelbefallene Höhlen, Hühnerställe mit abblätternden Wänden, Räume, die nach Aas stanken, Zimmerchen, kaum größer als eine Konservendose, Wohnungen mit verrückten Vermietern. Einer von ihnen, der glückliche Besitzer einer heruntergekommenen Bruchbude im Erdgeschoss, hatte einen Keller oder besser gesagt ein Loch unter seinem Zimmer ausgebaut. Dieser Keller, behauptete er, biete eine Menge Vorteile, man könne sich unter anderem darin verstecken, wenn plötzlich Einbrecher kämen, und im Winter könne man den frisch gekochten Kaffee dort kostenlos und auf Dauer warm halten, man brauche ihn dafür bloß auf das Heizungsrohr zu stellen, das genau durch die Mitte des Kellers verlief.

Schließlich gelang es Andi, eine preiswerte und bequeme Wohnung ausfindig zu machen, sie wurde aber erst im September frei. Er bat den Vermieter, sie für ihn zu reservieren, und beschloss, gleichzeitig mit der Suche weiterzumachen, da er Seths Gastfreundschaft nicht überstrapazieren wollte.

Als der Presbyter ihn am Samstag zum Picknick einlud,

sagte Andi sich, dies sei der richtige Moment, kurz auszuspannen, und willigte ein. Erst danach erfuhr er, dass es sich um ein Treffen der Kirchenmitglieder handelte, doch nun scheute er sich abzusagen.

Nachdem sie am Samstag Kaffee getrunken hatten, begann Seth sich für das Picknick vorzubereiten. Er holte einen Grillrost und einen Ball aus dem Abstellraum, kaufte Würstchen, Wasser und Bier, schließlich zog er einen Trainingsanzug und Sportschuhe an. Natürlich vergaß er nicht, die Bibel mitzunehmen. Sie gingen die Treppen hinunter und hinter den Wohnblock, wo Seths Auto, ein Dacia 1300, gemütlich vor sich hin rostete, die Karre stammte wohl noch aus der Zeit kurz nach der ersten Mondlandung. Sie war nicht abgeschlossen, der Presbyter öffnete einfach die Tür. Als Andi ihn überrascht ansah, meinte er: »Was sollen die mir schon klauen, die Bibel habe ich ja sowieso immer bei mir.«

Unterwegs erzählte Seth ihm amüsiert, sie hätten in der Kirche Besuch von einem seltsamen Typ bekommen. Er war elegant gekleidet und machte einen gebildeten Eindruck, denn er drückte sich sehr gewählt aus. Er sei Geschäftsmann und wolle mit einem Vorgesetzten reden. Er wusste eine ganze Menge über sie, von der Kirchenlehre und den Organisationsstrukturen. Der Mann hatte sich vorher sehr gründlich informiert. Er behauptete, er habe eine einzige Sorge im Leben, und zwar frage er sich in einem fort, was nach dem Tod mit seiner Seele passieren werde. Er wolle auf jeden Fall dafür sorgen, dass seine Seele, falls sie unsterblich sein sollte, bis in alle Ewigkeit am besten aller Orte untergebracht werde. Er sei bereit, jeden Preis dafür zu zahlen. Als Geschäftsmann sei er mit Strategien, Wahrscheinlichkeitstheorien und Marktprognosen vertraut. Daher habe er sich vorgenommen, bei seinen Nachforschungen keine einzige Religion und Konfession auszulassen, zumal er ja keine Ahnung habe, welche davon die richtige sei. Umso mehr, so der Geschäftsmann, als mehrere Religionen zur selben Schlussfolgerung führten. Im Lauf seines Lebens habe er mehrere Tempel in Asien gebaut, und nun habe er sich entschlossen, sowohl eine katholische Kirche als auch zwei orthodoxe Kirchen zu errichten, die eine im alten, die andere in einem etwas moderneren Stil, dazu ein paar neoprotestantische Kirchen, wie viele, sei ihm noch nicht ganz klar. Er trage sich auch mit der Absicht, in den nächsten Jahren nach Afrika aufzubrechen, doch tue er sich zurzeit ziemlich schwer mit dem Einholen von Informationen zu den zum Teil undurchschaubaren dort praktizierten Religionen und Ritualen. Aber zum Glück sei der Investitionsbedarf in Afrika relativ niedrig.

Bei seinen Ausführungen geriet der Geschäftsmann zunehmend in Fahrt, seine Augen begannen zu glühen und seine Gesten wurden immer dramatischer. Schließlich bot er an, eine neue Kirche für Seths Gemeinde zu bauen, doch nur, wenn man ihm versprach, in dieser Kirche rund um die Uhr für ihn zu beten, damit seine Seele erlöst werde. Er habe sogar schon einen Vertrag in diesem Sinne vorbereitet.

Der Presbyter nahm einen Schluck Wasser und schwieg. Andi wartete auf das Ende der Geschichte.

»Und?«, fragte er.

»Das ist alles … Nun, nicht ganz alles, ich habe ihm dringend geraten, sich an Gott zu wenden und zu beten.«

»Vergiss es! Hast du das Geld oder nicht?«

»Wie kommst du denn auf diese Idee? Ich wollte ihn ja nicht beklauen.«

Die Antwort stellte Andi nicht zufrieden, aber sie waren

gerade angekommen und er kam nicht mehr zum Nachhaken.

Sie befanden sich auf einem von Wald gesäumten Hochplateau mit dichtem Gras, in der Ferne lagen einige Ferienhäuser. Die seien Privateigentum, sagte Seth. Einige Jungs markierten mit Pinseln die Linien eines Fußballfelds. Auf einem Ascheplatz montierte man ein Volleyballnetz. Dauernd kamen Autos an, auf einem Waldweg trafen etliche zu Fuß ein. Im Schatten der Bäume waren kurzerhand Klapptische mit Flaschen und Töpfen aufgebaut worden. Drei im Wind flatternde Rauchfahnen signalisierten, dass die Würstchen bald fertig waren. Die Schnelligkeit und Effizienz, mit der man alles erledigte, deuteten darauf hin, dass alles langfristig und mit großer Sorgfalt geplant worden war.

Andi atmete die würzige Bergluft ein, und während er umherspazierte und das Geschehen beobachtete, hatte er das Gefühl, eine Schraube in einer Maschine zu sein, die auch ohne ihn gut funktionierte. Der Presbyter, der ständig mit irgendwelchen Arbeiten beschäftigt war, winkte ihm ein paarmal fröhlich zu.

»Ich hoffe, es geht dir gut bei Bruder Seth «, meinte Stefan, der plötzlich neben ihm auftauchte.

»Ach, du bist es! Ja, der Mann ist so weit ganz okay.«

Sie plauderten noch eine Weile miteinander, dann fragte Andi:

»Früher hast du Gedichte geschrieben, tust du es immer noch?«

»Hm ... Irgendwann habe ich aufgehört, aber jetzt schreibe ich wieder.«

»Wieso?«

»Das ist eine komplizierte Geschichte ... Wenn man plötzlich Gott entdeckt hat, braucht man nichts anderes mehr. Nicht einmal Essen. Doch eines Tages ist diese Euphorie vorbei und man findet zurück in die Realität. Ich hätte auch nicht gedacht, dass ich wieder schreiben würde, doch nun ist es so.«

»Und wie verträgt sich das mit dem Glauben?«

»Ich habe mir diese Frage auch gestellt, nächtelang.«

»Und?«

»Willst du es wirklich wissen?«

»Wenn es kein Geheimnis ist.«

»Ach was«, meinte Stefan, »ich möchte dich aber nicht langweilen.«

»Nur los!«

»Also, wie soll ich anfangen ... Ich wurde ermutigt von der Tatsache, dass es in der Bibel nirgendwo heißt, man solle nicht schreiben. Die Psalmen sind literarische Meisterwerke. Aber heute kann man ja nicht mehr schreiben wie vor zwei-, dreitausend Jahren. Mein Problem war, dass die modernen Gedichte das Ich in den Vordergrund stellen. Das moderne Ich aber ist egoistisch, und Egoismus hat mit Nächstenliebe gar nichts zu tun.« Stefan holte tief Luft und fuhr dann fort: »Ich sah überhaupt keine Lösung für dieses Problem ... Doch mit der Zeit wurde mir einiges klar ... Ich fand heraus, dass es auch ein bescheidenes, christliches Ich gibt, das man nur spüren kann, wenn man ein neues Herz hat. Ein scheues, schüchternes Ich, das auf dem Weg des Glaubens immer mehr Selbstvertrauen fassen lernt. Es steht uns frei, eine künstlerische Ausdrucksform dafür zu finden, die zeitgemäß und lebendig ist. Du weißt ja, die Ästhetik lehrt uns, dass nicht wichtig ist, was wir sagen, sondern wie wir es sagen. Man kann Gott preisen oder sich über sein eigenes elendes Ich auslassen, man muss sich bloß für die literarische Technik entscheiden ... So ungefähr sieht es aus ... Zufrieden?«

»Tja, über solche Dinge habe ich noch nie nachgedacht, aber ich finde deine Theorie ganz okay. Das Schöne daran ist, dass Gott, wenn es ihn geben sollte, einem nicht verbietet, das zu tun, was einem gefällt. Richtig?«

»Oh ja, er ist viel großzügiger, als wir denken. Entschuldige, Bruder Ioan winkt mir gerade, ich glaube, meine Gäste sind eingetroffen. Bis gleich!«

»Nur noch eine Frage!«, sagte Andi.

»Ja?«

»Was meinst du, gibt es sprechende Tiere?«

»Wie bitte?! Soll das ein Scherz sein? Ich geh dann mal«, sagte Stefan und machte sich davon.

»Der ist wenigstens nicht verrückt! Ich habe es doch gleich gewusst«, murmelte Andi.

Es waren um die fünfzig Personen zusammengekommen. Es herrschte eine ganz lockere Atmosphäre, man plauderte, aß und trank. Man spielte Volleyball und Fußball. Die Kinder buddelten mit kleinen Schaufeln und Harken in der Erde. Andi nahm sich ein Bier und zog sich in eine ruhige Ecke zurück. Er legte sich ins Gras in die Sonne und schloss die Augen. Wie viele Jahre waren wohl schon vergangen, seit er zum letzten Mal das Meer gesehen hatte? Das Licht war jetzt dunkelrosa. Der Duft des satten, feuchten Grüns wehte vom Wald herüber. Auf der Schultafel quietschte die Kreide. Die Kinder schrieben in Schönschrift einen Aufsatz in ihre Hefte. Die Wandervögel fliegen nach Afrika. Jeder Vogel hat ein Köfferchen unter dem Flügel. Darin befinden sich seine Gesichtscremes, seine Körperlotionen, seine Lippenstifte sowie seine Zahnbürste und seine Zahnpasta. Die Vögel ernähren sich von Samen und Würmern. Wenn sie trinken, strecken sie immer den Hals, damit das Wasser bis in den kleinen Magen rinnt. Deswegen haben die Vögel einen sehr schönen Hals.

»Hier bist du ja! Ich habe dich überall gesucht.« Die Stimme des Presbyters brache ihn wieder zurück in die Wirklichkeit. »Ich habe Würstchen und Bier gebracht«, sagte er und setzte sich neben Andi ins Gras.

»Ich glaube, ich bin kurz eingenickt«, meinte Andi, ohne die Augen zu öffnen. »Es ist toll hier. Die Sonne, der Wald, die Fröhlichkeit …«

»Ja, das ist eine tolle Predigt!«

»Was für eine Predigt denn?«, staunte Andi und setzte sich auf.

»Na das, was hier so alles passiert. Wer die Zartheit einer Blume oder eines Schmetterlings bewundert oder die ebenmäßige Geometrie eines Ahornblattes, der staunt in Wirklichkeit über die Vollkommenheit der Schöpfung. Deshalb hat jeder von uns eigene Gäste mitgebracht, damit die sich auch über diese Dinge freuen können. Gott spricht immer und überall zu uns, leider sind wir jedoch blind und taub.«

»Also ehrlich gesagt, darauf wäre ich nicht gekommen.«

»Weil Gott mit jedem Einzelnen in dessen eigener Sprache spricht, dir gibt er wohl ganz andere Zeichen.«

»Wenn du meinst!«, sagte Andi und konnte sich einen ironischen Unterton nicht verkneifen.

»Du bist skeptisch. Ich war es früher auch. Aber wenn ich all diese Leute hier sehe, die meisten von ihnen kenne ich, dann habe ich keinen Zweifel daran, dass Gott unser Leben mitgestaltet. Was siehst du hier?«

»Tja, Leute, die es sich gut gehen lassen, sie essen, trinken, freuen sich …«

»Sind sie glücklich?«

»Woher soll ich das denn wissen! Sie scheinen es wohl zu sein.«

»Ich weiß bei fast jedem Einzelnen genau, wie es früher um ihn bestellt war. Viele waren Alkoholiker, es gibt hier Frauen, die einst gesündigt haben, Männer, die ihre Mütter, Väter und Ehefrauen geschlagen haben, Menschen, die wegen Diebstahl und Korruption verurteilt waren, Bettler. Siehst du den Mann da im blauen Hemd? Das ist Bruder Cristian. Schwer betrunken, hat er seine Frau einmal blutig geschlagen, wenn du näher an sie herangehst, wirst du die Narben immer noch sehen können. Seine Frau ist die im gelben Trainingsanzug. Er sieht nicht aus wie ein Ungeheuer, oder? Die beiden kommen jetzt gut miteinander aus. Nein, sie waren nicht beim Psychologen, sie wussten gar nicht, dass es so etwas gibt, und hätten sowieso kein Geld dafür gehabt. Der am Grill ist Bruder Silvester. Bis vor zehn Jahren hat er in allen Gräben der Stadt gelegen, der Reihe nach. Er hat keinen einzigen ausgelassen. Die Leute ekelten sich vor ihm, und als er eine Herzattacke hatte und …«

»Herr Seth, heute früh habe ich mir die Zähne geputzt. Jetzt bin ich doch schön, oder?«, rief ein dickliches kleines Mädchen und zeigte ihr lückenhaftes Gebiss.

»Du bist die Allerschönste, Sonja!«

»Das hast du aber auch zu Maria gesagt«, meckerte die Kleine.

»Ja, weil auch sie die Allerschönste ist.«

»Das geht ja gar nicht!«, rief Sonja verärgert.

»Wenn Gott es so will, dann geht es, Sonja, dann geht es …«

Das Mädchen schürzte nachdenklich die Lippen und ging weiter, nicht so recht überzeugt. Der Presbyter fuhr fort:

»Ich sprach über Bruder Silvester. Als er unten lag, reichte ihm keiner die Hand. Ganz im Gegenteil, die Passanten machten sich über ihn lustig und meinten, es geschehe diesem Säufer ganz recht. Das war seine Rettung. Alle Menschen hier wurden eines Tages wiedergeboren. Viele von ihnen hatten früher schreckliche Wunden, die inzwischen vernarbt sind. Sie verschweigen ihre Vergangenheit nicht, sie erzählen darüber, zum Beweis dafür, dass Jesus die Macht hat, unser Leben zu verändern.«

Zwei Jungs, die mit Stöcken gegeneinander fochten, hielten nicht weit von Andi und Seth inne.

»Ich spiele nicht mehr mit dir, du bist unfair. Dein Degen ist länger als meiner«, beschwerte sich der eine.

»Ja und? Du hättest dir ja auch einen längeren Degen nehmen können.«

»Weißt du was? Ich mache jetzt meinen Degen kaputt.«

»Und ich habe gewonnen.«

»Überhaupt nicht, ich spiele nicht mehr mit dir.«

Andi wandte sich um und betrachtete die Jungs.

»Komm, lass uns etwas anderes spielen.«

»Okay, spielen wir Fein und Abel, einverstanden?«

»Wie geht das?«

»Das geht so: Ich bin Fein und du bist Abel. Und dann bringe ich dich um.«

»Nein, ich bin Fein.«

»Ich hab's aber als Erster gesagt.«

»Was macht ihr denn da?«, schaltete sich der Presbyter ein.

»Wir spielen Bibel, Onkel Seth«, antwortete prompt der Junge mit dem längeren Degen.

Andi lachte.

»Spielt, was ihr wollt, aber bringt euch bitte nicht gegenseitig um, das tut man nicht.«

Die Kinder sahen sich unschlüssig an.

»Weiß du was? Ich gehe den Ball holen«, sagte plötzlich der eine und rannte los.

»Ich gehe auch den Ball holen«, rief der andere und rannte ihm nach.

KAPITEL 19

Im Vorbeigehen guckte Marga immer wieder ganz fasziniert in die Schaufenster, doch wir blieben nicht stehen, wir liefen weiter durch die vom Regen reingewaschene Luft. Wir hatten uns zu einem Spaziergang aufgemacht. Unser Gesprächsthema war die Butter. Ich solle nie wieder Butter kaufen, so Marga, alle Zeitschriften hätten den Beweis dafür gebracht, dass sie schlimmer sei als Gift. Wenn man dieses Fett konsumierte, könne das Blut sich nur noch keuchend durch die verkalkten Venen zwängen. Marga erteilte mir zwar nie Ratschläge, um mich nicht zu irritieren, sie vermittelte mir bloß die Meinung der Spezialisten. Plötzlich hörte sie mitten im Satz auf, und wir kehrten zu einem Schaufenster zurück. Dort war ihr soeben etwas ganz Besonderes aufgefallen.

Zwei alte Frauen, die sich an der Hand hielten und an zwei welke Blümchen erinnerten, kreuzten unseren Weg. Sie waren Zwillinge und hatten zwei lilafarbene Regenschirme, die wohl auch Zwillinge waren. Die Frauen lächelten uns simultan zu, mit doppelter Warmherzigkeit. Durch die Schaufensterscheibe, an der immer noch Regentropfen hafteten, zeigte mir Marga ein Porzellanschweinchen. »Ist es nicht niedlich?«, fragte sie. Auf violettem Plüsch lag eine Menge Krimskrams. Ich erinnere mich, Luana gesagt zu haben, dass mich diese Nippesfiguren aus Porzellan an eine meiner Tanten erinnerten, eine Frau ohne Alter, die einsam lebte und Schauspielerin war. Mein Blick blieb an einem aus Kokosschale geschnitzten Salzstreuer hängen. Marga zog mich in den Laden. Das rosa Schweinchen stand auf seinen Hinterläufen, trug ein kariertes Kleidchen und hatte blaue Augen. Zwischen den Zähnen hielt es irgendein komisches Blümchen. Marga betastete die Porzellanfigur, außer sich vor Begeisterung.

»Ist es nicht niedlich?«, fragte sie wieder. »Es würde gut ins Bücherregal passen.«

»Es ist eine Sie, hat ja ein Kleidchen an.«

»Nee, das glaube ich nicht! Ich lege die Hand ins Feuer, dass es ein Eberchen ist, es trägt ja einen Schottenrock, oder? Was meinen Sie?«, wendete sie sich an die Verkäuferin.

Diese zuckte gelangweilt die Schultern. Sie hatte gerade ihre Zigarette ausgedrückt. Sie machte einen gequälten Eindruck und hatte furchtbar tiefe Ringe unter den Augen. Sie war wasserstoffblond, doch die Haarwurzeln verrieten, dass ihr Haar in Wirklichkeit kastanienfarben und zum Teil ergraut war.

»Wir bekommen eine Menge Ware aus dem Ausland«, meinte sie apathisch, mit tonloser Stimme.

Außer uns gab es keinen einzigen Kunden im Laden, wir waren umgeben von Porzellanclowns, Schlafsäcken, Puppen, Holzstühlen, Glühbirnen, Türschlössern, Tischtüchern und vielen anderen Dingen.

»Es ist aus Glasfasern, wenn es auf den Boden fällt, zerbricht es nicht«, schob die Verkäuferin halbherzig nach, um ihrer Berufspflicht halbwegs nachzukommen.

»Ach so! Dann ist es also nicht aus Porzellan«, murmelte Marga.

Nachdem sie das Schweinchen eine Weile hin und her

gewendet hatte, beschloss sie, es nicht zu kaufen, zumal sie auch noch den Schlitz zum Geldeinwerfen im Rücken entdeckt hatte.

»Ich dachte, es wäre als Zierde gedacht und nicht als Sparschwein«, meinte sie enttäuscht und stellte es zurück auf seinen Platz.

Da wir uns jetzt aber schon im Laden befanden, wollte sie ihn nicht mit leeren Händen verlassen. Sie schaute sich noch eine Weile aufmerksam um, betatschte die ein oder andere Ware, ließ sich von der Verkäuferin verschiedene Gegenstände aus den oberen Regalen reichen und verlangte möglichst detaillierte Informationen über Materialbeschaffenheit, Bruchfestigkeit oder ästhetische Eigenschaften, um ja keine falsche Entscheidung zu treffen. Ich gähnte, und zwar nicht, weil ich dadurch meine Missbilligung zum Ausdruck bringen wollte, sondern eher aus meteorologischen sowie aus physiologischen Gründen. Schließlich, nachdem ich einige Zigaretten geraucht hatte und zahlreiche Gegenstände sehr zu Margas Leidwesen in die Regale zurückgelegt worden waren, hielt meine Freundin eine Pfauenfeder in der einen und eine Schildkröte in der anderen Hand, Letztere aus Gott weiß was für einem Edelholz geschnitzt.

»Was meinst du, was soll ich denn nehmen?«, fragte sie mich, gleichwohl voller Misstrauen gegen meinen Geschmack.

Da ich sie keineswegs enttäuschen wollte, bemühte ich mich um eine für sie befriedigende Argumentation. Meine ehrliche Meinung war jedoch in Wahrheit eine ganz andere. Egal welchen Gegenstand sie mit nach Hause nahm, allen war das gleiche Schicksal beschieden: im Lauf der Zeit unter einer immer dickeren Staubschicht zu verschwinden. Die Schildkröte sah wie ein auf den Tisch gestülpter Haufen Maisbrei aus, in den man ein Karomuster geritzt hatte, und das Auge der Pfauenfeder, ich hätte es schwören können, sah mich genauso feindselig an wie die Verkäuferin. Außerdem war die Feder ziemlich zerrupft, als hätte sich der arme Vogel an tausend Orten versteckt in der Hoffnung, seine Haut zu retten.

»Wenn du dich nicht entscheiden kannst, dann nimm doch beides!«, meinte ich schließlich und hoffte insgeheim, dass ich so mit meiner ehrlichen Meinung hinter dem Berg halten konnte.

»Oh, das geht leider nicht. Ich möchte ja nicht das Geld zum Fenster hinauswerfen«, schmollte sie mit ihren vollen, schön geschwungenen Lippen.

Im Laden war es kühl, und unter dem dünnen Leinenkleid zeichneten sich ihre kleinen, spitzen Brüste ab. Beim Nachdenken hatte sich zwischen ihren Augen eine Falte gebildet, die ich am liebsten mit einem Kuss geglättet hätte. Sie hatte etwas Kindliches, Unwiderstehliches.

»Dann lass uns doch Kopf oder Zahl spielen«, scherzte ich.

Sie warf mir einen durchdringenden türkisblauen Blick zu, wonach sie sich abermals den beiden Gegenständen zuwendete. Die Verkäuferin stützte den Kopf in die Hand, mit leidender Miene, als hätte sie die ganze Nacht gefeiert. Margas Kleid hatte sich zwischen den Beinen verfangen, man konnte nun die Formen der schlanken Oberschenkel, der wohlproportionierten Hüften und der wie in Marmor gemeißelten Pobacken wunderbar ausmachen. Ich fotografierte sie ein paarmal für mein intimes Gedächtnis, indem ich wiederholt blinzelte.

»Ich nehme die Feder!«, entschied sie kurzerhand, das unwiderlegbare Argument dafür war ihr offensichtlich gerade durch den Kopf geschossen.

»Perfekt!«, gab ich mich völlig zufrieden.

Die Blondine schreckte hoch und erinnerte sich plötzlich, dass sie die Verkäuferin war.

In der Tür umfasste mich Marga mit beiden Armen und küsste mich langanhaltend auf den Mund, als Dankeschön, als hätte ich mit der ganzen Geschichte irgendetwas am Hut gehabt.

»Das war ein Stempel als Bestätigung dafür, dass du nett und verständnisvoll warst. Ich weiß, dass du diesen Kauf für Schwachsinn hältst«, sagte sie und begann zu lachen.

Es war nicht das erste Mal, dass Marga so intuitiv und klug vorging. Da sie in der Zeitungsredaktion so gut wie nie an den mehr oder weniger intellektuellen Debatten teilnahm, galt sie als nicht besonders clever, aber da täuschten sich alle. Die Tatsache, dass sie mal unentschlossen, mal sanft wie eine Katze war, hatte auch mich lange Zeit getäuscht. Denn im Grunde wusste Marga ganz genau, was sie wollte, und wenn es wirklich darauf ankam, dann zeigte sie Mut und Entschlossenheit. Ansonsten zog sie es vor, zu schnurren und einem zuzuzwinkern, statt zu widersprechen. Als dürfte man die wirklich wichtigen Dinge lediglich andeuten, weil sie zu Bruch gingen, sobald man offen und direkt darüber sprach.

Es war kühler geworden, und ihre Brustwarzen ragten nun ganz spitz unter dem dünnen Kleid. Die Kinder, die uns begegneten, schauten sich nach der Pfauenfeder um, und die Mütter zogen sie an der Hand hinter sich her.

Als sie klein war, spielte Marga manchmal mit den Jungs in ihrem Viertel Indianer. Sie jagten wilde Tiere oder bekriegten sich. Die Kinder, die ihre Großeltern auf dem Land besuchten, kamen mit bunten Enten- oder Gänsefedern zurück. Sie waren leider nicht sehr lang, doch wenn man sie an einem Haarband befestigte, hatten sie etwas Imponierendes. Margas Großeltern wohnten in einer fernen Stadt, also schmückte sie ihre kleine Krone mit den Federn eines Hahns, den ihr Vater in der Badewanne geschlachtet hatte. Der Hahn war sehr kämpferisch gewesen und hatte alle Fliesen mit Blut bespritzt. Also sagte Marga den Kindern, sie sei die blutende Prinzessin, und die Kinder lachten sich alle schief, weil es bei den Indianern gar keine Prinzessinnen gibt. Die Prinzessinnen leben in einem Schloss und tragen lange Kleider mit Puffärmeln. Sie jagen keine wilden Tiere, sondern werden von den Rittern geraubt und auch geküsst. Marga schämte sich für ihren Fehler und weinte nächtelang wie eine richtige Prinzessin. Noch lange danach nannten die Kinder sie immer, wenn sie sauer auf sie waren, »blutige Prinzessin«. Aber sie lernte dann heulen wie echte Indianer. Dafür übte sie vor dem Spiegel und klopfte sich immer wieder mit den Fingern auf den Mund. Ihre Leistung wurde weit und breit anerkannt, und die Kinder stritten ihretwegen, weil jeder sie in seinem Indianercamp haben wollte. Leider durfte sie nur selten draußen spielen, weil sie ihre Hausaufgaben machen musste und die meisten Kinder in der Nachbarschaft angeblich nichts für sie waren. Aus ihr sollte eines Tages etwas ganz Besonderes werden. Das sagte vor allem der Vater, und die Mutter sagte dasselbe, aber mit etwas leiserer Stimme.

Ich fragte Marga, ob ihr kalt sei, und sie nickte, ohne das Erzählen zu unterbrechen. Ich zog mein Sakko aus und legte es ihr um die Schultern.

»Meine Mutter war Französischlehrerin. Tja, wie soll ich es nur ausdrücken, sie war ziemlich eitel. Sie hatte weiß Gott wie viele Hüte und Hütchen ...«

Wir gingen an diesem Nachmittag lange spazieren. Sie hatte mir noch nie so viel über sich erzählt. Ich hörte ihr fasziniert zu. Die Geschichten waren mal heiter, mal traurig, und entsprechend veränderte sich ihr Gesichtsausdruck. Der Glanz der Augen spiegelte ihre Gefühlsschwankungen am deutlichsten, wie das Aufflackern einer Kontrollleuchte. Das Türkis ging mal ins Blau, mal ins Grün über, und gelegentlich blitzten sogar rötliche Farbtöne auf.

Dann begann es wie aus Kübeln zu schütten, als wäre irgendwo oben ein Damm gebrochen. Wir flüchteten uns in den nächsten Laden. Nach nur zwei, drei Minuten Regen präsentierte sich die Pfauenfeder nun ziemlich zerfleddert.

»Nicht schlimm, du kannst sie ja mit dem Fön trocknen, dann kommt sie wieder zu sich!«, ermutigte ich Marga.

Auch wir sahen ziemlich zerrupft aus. Drinnen war es warm. Es war ein feiner Laden für Damenunterwäsche, die Verkäuferinnen lächelten charmant vor sich hin.

»Wo wir schon mal hier sind, möchte ich mir ganz gerne einen Büstenhalter kaufen«, sagte Marga und starrte wie gebannt die hauchdünnen, zarten Dessous an.

Mein Herz lachte, denn kapriziös, wie sie war, eröffnete sie mir damit die Perspektive einer langen, reizvollen Modenschau.

KAPITEL 20

Frage 1: Was ist aller Weisheit Anfang?
Antwort: Die Gottesfurcht.

Frage 2: Nenne drei der Söhne Adams und Evas!
Antwort: Kain, Abel und Seth.

Frage 3: Woher stammt Abraham?
Antwort: Aus Ur in Chaldäa.

Frage 4: In welchem Monat sind die Israeliten aus Ägypten ausgezogen?
Antwort: Im Monat Abib.

Frage 5: Womit hat Elias den Tod aus dem Topf getrieben?
Antwort: Mit Mehl.

Frage 6: Wie viele Menschen passten in die Arche Noah?
Antwort: Acht.

Frage 7: Wie war Johannes der Täufer gekleidet?
Antwort: In Kamelhaar und einem ledernen Gürtel.

Frage 8: Wer kam zu Jesus bei Nacht?
Antwort: Nikodemus.

Frage 9: Was heißt Immanuel?
Antwort: Gott ist mit uns.

Frage 10: Wen traf Jesus am Brunnen Jakobs?
Antwort: Eine Samariterin.

Frage 11: Wie hoch war der Altersunterschied zwischen Jesus und Johannes dem Täufer?
Antwort: Ungefähr sechs Monate.

Frage 12: Welche Sünde kann nicht verziehen werden?
Antwort: Die Lästerung gegen den Heiligen Geist.

Frage 13: War Petrus verheiratet?
Antwort: Ja.

Frage 14: Welcher Evangelist hatte vier Töchter, die die Zukunft prophezeiten?
Antwort: Philippus.

Frage 15: Wer sind die bevollmächtigten Kinder Gottes?
Antwort: Wir.

Frage 16: Wer stieg auf einen Baum, um Jesus sehen zu können?
Antwort: Zachäus.

Frage 17: Wer ist das Salz der Erde?
Antwort: Die Jünger Jesu.

Frage 18: Wer sprach die Worte: »Die Starken bedürfen des Arztes nicht, sondern die Kranken«?
Antwort: Jesus.

Frage 19: Wer ist der Wertvollste unter uns?
Antwort: Unser Diener.

Frage 20: Wofür starb Jesus?
Antwort: Für unsere Sünden.

Frage 21: Wer spricht in seinem Herzen: »Es gibt keinen Gott«?
Antwort: Der Narr.

Frage 22: Was ist Fleisch geworden und hat unter uns gewohnt?
Antwort: Das Wort.

Frage 23: Was wird mit dem passieren, der sein Leben behalten will?
Antwort: Der wird's verlieren.

Frage 24: Wie ist das Verrückte an Gott?
Antwort: Weiser als die Menschen.

Frage 25: Wer war der einzige Mensch, auf den der Heilige Geist fiel, noch bevor er getauft war?
Antwort: Cornelius.

Frage 26: Wie wird der Tag Gottes kommen?
Antwort: Wie ein Dieb in der Nacht.

Frage 27: Wo wurden die Jünger Jesu zum ersten Mal Christen genannt?
Antwort: In Antiochia.

Frage 28: Wie oft ist man schweigend um die Festung Jericho gezogen, bevor sie gefallen ist?
Antwort: 13 Male.

Frage 29: Wen haben Ananias und Saphira betrogen?
Antwort: Den Heiligen Geist.

Frage 30: Wer ist der letzte Feind, der zerstört werden wird?
Antwort: Der Tod.

Frage 31: Wer brachte Jesus fünf Brote und zwei Fische, als er fünftausend Mann versorgte?
Antwort: Ein Kind.

Frage 32: Was, wenn ich alle meine Habe zur Speisung der Armen austeilen werde, und wenn ich meinen Leib hingebe, auf dass ich verbrannt werde, aber keine Liebe habe?
Antwort: Dann ist mir alles zu gar nichts nütze.

Frage 33: Welche Worte schrieb die Hand an die Wand in Belsazars Palast?
Antwort: Mene mene tekel u-pharsin.

»Tja, was soll man dazu noch sagen? Das ist wohl das reinste Quiz!«, sagte Andi und legte das Buch beiseite.

KAPITEL 21

Meine Mutter war Französischlehrerin. Tja, wie soll ich es nur ausdrücken, sie war ziemlich eitel. Sie hatte weiß Gott wie viele Hüte, ein Regal voller Parfümflakons und einen Schrank voller Schuhe. Der Lippenstift fehlte nie in ihrer Handtasche. Mein Vater war häufig auf Dienstreise im Ausland und kam nie mit leeren Händen zurück. Man schickte ihn zwar meist in die sozialistischen Länder, aber er reiste auch nach Holland, in die Schweiz, nach Frankreich oder in die arabischen Staaten. Er arbeitete für die Partei. Wenn er nicht gerade wochenlang unterwegs war, kam er erst spät abends nach Hause und verschwand dann bereits am frühen Morgen. Meine Kindheit und die Jahre danach habe ich mehr mit Mutter verbracht. »Jetzt gib Papa mal ein Küsschen!«, sagte sie mit lehrerhaftem Ton in den seltenen Fällen, wo wir mal unter sechs Augen waren. Der Mann trug immer Anzug und Krawatte und verströmte einen feinen Duft. Er umarmte mich, dann setzte er sich zu Tisch. Er erlaubte mir nur selten, draußen zu spielen. Viel seltener, als ich es mir gewünscht hätte. Dafür stand mir eine riesige Wohnung zur Verfügung, mit großen und hellen Räumen mitsamt einer Menge interessanter Verstecke. Wenn das Fenster offen war, hörte man die Vögel im Park zwitschern. Ich durfte ihnen stundenlang zuhören, während ich Zeichnungen ausschnitt oder etwas malte. »Du hast hier absolut alles, sei dankbar!«, sagte mir mal der Vater, mal die Mutter. »Dein Vater arbeitet hart, damit wir alles haben«, bekam ich von Mutter zu hören. Es war mir nicht ganz klar, was genau mit *alles* gemeint war, doch eins war offensichtlich: Viele andere Kinder hatten nicht alles.

Ich stand manchmal hinter der Gardine und schaute den gleichaltrigen Kindern zu, wie sie spielten. Sie kämpften oft gegeneinander, und ich fieberte mit. Aufgeregt drückte ich ihnen die Daumen und sprang hoch vor Freude, wenn ihnen etwas Besonderes gelang. Im Flüsterton ermutigte ich die Mannschaft, für die ich hätte spielen wollen, wenn man mir erlaubt hätte, draußen zu sein. Ich erinnere mich, dass mein Daumen vor lauter Drücken oft weh tat. Das ist kein Witz! Und ich wollte um nichts auf der Welt entdeckt werden. Ich beteiligte mich aus der Ferne an jedem Spiel und geriet dabei außer Rand und Band. »Lass endlich diese Gardine in Ruhe, zieh nicht mehr daran, sie wird dir eines Tages noch auf den Kopf fallen!«, schimpfte Mutter aus der Küche. Und eines Tages fiel sie wirklich, doch nicht mir auf den Kopf, sondern auf die Vase, die mein Vater von einer Glasfabrik als Geschenk bekommen hatte. Ich kann mich auch heute noch an diese Vase erinnern, die man extra für den Genossen von der Parteiführung angefertigt hatte, sie war groß und blau und hatte eine Menge Verzierungen. Ich kam eigentlich ziemlich glimpflich davon, Mutter versohlte mir nur pro forma den Hintern. Vater kriegte den Schaden erst viel später mit, als er diese Vase jemandem aus Bukarest schenken wollte. Er war auf einmal stocksauer und sagte trocken: »Marga, ab sofort hast du am Fenster nichts mehr zu suchen!« Meine Tränen begannen wie auf Knopfdruck zu fließen, als wäre ich eine Zeichentrickfigur gewesen. Ich wagte es zwar mit der Zeit wieder, mich hinter die Gardine zu schleichen, weil Vater ja meist verreist war, doch die Angst, dabei erwischt zu werden, war groß. Ich war nicht mehr so unbeschwert wie früher. Mutter war derart nett, dass sie immer so tat, als bekäme sie gar nicht mit, wo ich mich aufhielt, sie hatte sogar alle zerbrechlichen Dinge um das Fenster weggeräumt, aber meine Angst blieb dieselbe. »Dein Vater weiß alles, er kriegt alles mit!«, hatte mir Mutter immer wieder eingeschärft, in einem bedrohlichen Ton. Meine Kindheit war, es wird mir erst jetzt klar, eine merkwürdige Mischung von Privilegien und Zwängen.

Lange Zeit glaubte ich allen Ernstes, dass es der Fahrer ist, der für das Essen in einem Haushalt sorgt. In unserem Fall hieß er Dinel und chauffierte den Dienstwagen meines Vaters. Er war unheimlich nett und vergaß nie, meinen Haarschopf zu zerzausen, wenn wir uns trafen. Er brachte mich zum Schwimmunterricht und holte mich auch wieder ab. Ich sah ihn viel öfter als meinen Vater. Es gab keinen Tag, an dem Dinel nicht vollbepackt mit Einkaufstüten zu uns in die Wohnung kam. Er brachte uns tiefgekühlte Hähnchen, frisch geschlachtete Lämmer in Plastiktüten, Riesensalamis, Milchflaschen, kistenweise Butter und Orangen, bündelweise Bananen. Wenn er es nicht eilig hatte, bat ich ihn, wie eine Katze zu miauen. Er klang genau so wie ein verwöhnter Kater. Er konnte Tiere nachahmen wie kein anderer. Am liebsten machte er Elefanten nach, und ich erschrak dann immer ein wenig. Er trompetete so überzeugend, dass ich ihn verblüfft anstarrte. Dann war er stolz wie Oskar und begann zu lachen. Natürlich geschah das alles – bis auf das Haarezausen – nur, wenn Vater nicht zu Hause war. Und wenn Dinel hinter Vaters Rücken stand, dann zwinkerte er mir meist verschwörerisch zu, wie um mir zu zeigen, dass bald wieder die Post abging.

Der Fahrer brachte also das Essen, doch um uns zu kleiden, mussten wir zu einer Schneiderin gehen. Sie hieß Aspasia, war unglaublich dick, aber vielleicht kam es mir auch nur so vor, weil ich dünn wie eine Bohnenstange war. Wie dem auch sei, ich war felsenfest überzeugt, dass Aspasia der dickste Mensch auf der Welt war, und ich betrat ihr Haus etwas schüchtern, als wäre es ein überdimensionales Museum. Bei der Arbeit war sie unheimlich flink, und wenn sie etwas erzählte, machte es Riesenspaß, ihr zuzuhören. Deshalb hatte ich keine Angst vor ihr. Trotzdem stellte ich mir manchmal vor, ihr Arm wäre eine Boa-Schlange, die mich fest umschlingen würde, und ihre Brüste wären Kamelhöcker, in denen sie ihre Reserven hielt für die Zeit, wenn das Wasser wieder abgestellt würde. Wie riesengroß ihre Brüste tatsächlich waren, bekam ich erst richtig mit, als ich bei ihr war, um ein Kleid anzuprobieren, und plötzlich auf einer Stuhllehne einen Büstenhalter sah, den sie nachlässig darübergehängt hatte. Die beiden Körbchen sahen aus wie halbe Dinosauriereier.

In Aspasias Wohnung roch es stark nach Basilikum, unter jeder Ikone hing ein Strauß davon. Die wunderbaren Kleider, die sie für mich nähte, rochen ebenfalls nach frischem Basilikum. Von ihr habe ich erfahren, dass diese schön gerahmten Bilder, die man Ikonen nennt, verschiedene Szenen aus dem Leben Jesu Christi darstellen. Und Vater erklärte mir einmal, als er den Urlaub mit der Familie verbrachte, Jesus sei eine Gestalt aus einem ziemlich bekannten Märchen. So wurde mir Aspasia noch sympathischer, an ihren Wänden hingen ja eine Menge Märchenbilder. Und ich glaube auch heute noch, dass dicke Menschen ein sanftes, kindliches Gemüt haben.

Also, Mutter und ich betraten nur selten einen Einkaufsladen. Nur dann, wenn ich Schuhe oder Sandalen brauchte. Wir gingen oft spazieren, auf der Hauptstraße oder in den Park. Bevor wir losgingen, fand ein richtiges Ritual statt. Mutter kämmte mein langes Haar – ich saß dabei auf einem kleinen Hocker, sie auf dem Bett – und redete über Gott und die Welt, während ich mich vor Vergnügen aalte wie eine Katze. Das Licht wärmte meine Wangen, und das hypnotische Knistern der Haarbürste ließ eine angenehme Mattigkeit in mir aufkommen. In den Sonnenstrahlen, die auf meine Knie fielen, schwebten winzige Staubkörnchen. Im Park rauschten die Bäume, sie flüsterten, kicherten. Ich kann mir die Kindheit ohne Kämmen überhaupt nicht vorstellen. Nur die Haare, die Mutter aus der Bürste zupfte, widerten mich an, ich wollte sie nicht berühren. Um mich zu necken, trug mir Mutter auf, sie zum Mülleimer zu bringen. Ich rümpfte die Nase und lehnte entsetzt ab. Mutter lächelte und brachte sie schließlich selbst weg. Danach wurde ich schön gemacht. Wir suchten ein Kleid aus, Schuhe und Strümpfe, die dazu passten, das richtige Haarband. Wir kombinierten alles miteinander in den verschiedensten Variationen und ich war schwer beleidigt, weil sie nicht auch meine Lippen mit Lippenstift bemalte.

Einmal auf einem Ausflug in den Bergen entdeckten wir ein paar Brombeersträucher, sie waren riesig! Die Brombeeren waren groß und reif, Mutter und Vater konnten sich gar nicht satt essen daran, ich aber zog mich mit einer einzelnen großen Frucht zurück und begann, indem ich mir einbildete, dies sei ein Kinderlippenstift, meine Lippen damit zu schminken. Als meine Eltern mir dann lachend einen kleinen Spiegel vorhielten, erstarrte ich, denn von der Nase bis zum Kinn war meine Haut jetzt violett.

Wenn mich Mutter schön gemacht hatte, bewunderte sie mich ein Weile, gab mir einen Kuss auf die Stirn, dann gingen wir aus. Die Leute auf der Straße machten mir immerfort Komplimente, und ich schämte mich. Mutter drückte dann leicht meine Hand. Das hieß, ich musste »Danke schön!« sagen. Ich murmelte etwas Unverständliches, während ich auf den Boden starrte. Wir drehten eine Runde durch den Park, danach liefen wir durch die angrenzenden Straßen. Die Schüler erröteten, wenn sie Mutter grüßten, und liefen danach weiter, ohne mich zu beachten. Mutter war bildhübsch, und ich glaube, die Hälfte der Jungs auf dem Gymnasium, wo sie unterrichtete, war in sie verliebt.

Die Läden betraten wir kaum, obwohl ich sie wie ein Hund an der Leine immer wieder in das eine oder andere Geschäft ziehen wollte. »Es gibt dort nichts zu sehen«, sagte Mutter. Nur selten folgte sie mir. Wir betraten dann zum Beispiel das Stoffgeschäft, wo Mutter die eine oder andere Ware kritisch betastete. Ich tat es ihr nach, mit ernsthafter Miene. Manchmal schauten wir auch im Porzellan- oder Kosmetikgeschäft vorbei, wo sie gelegentlich etwas kaufte. »Na siehst du? War doch richtig, da reinzugehen!«, rief ich.

Ich habe dir schon erzählt, wir haben den Urlaub nur selten zusammen verbracht, drei- oder viermal, und ins Ferienlager durfte ich nie fahren. »Man muss dieses Kind unter Aufsicht halten, wo willst du sie denn wieder hinschicken?«, sagte Vater, sooft sich die Gelegenheit für eine Reise ergab. »Wenn sie etwas größer wäre, wäre es vielleicht etwas anderes«, brummte er schlecht gelaunt.

Da Vater das Meer nicht mochte, fuhren wir nur in die Berge. Während der Fahrt drückte ich mir die Nase am Autofenster platt. Es faszinierte mich, wie die Dörfer und Städte an uns vorbeizogen und die Menschen, die alle aussahen wie wir. Es war, als rasten die Bäume in die entgegengesetzte Richtung zu unserer Wohnung. Vater trat auf das Gaspedal, er wollte nirgendwo anhalten. Aufs Klo durften wir nur gehen, wenn auch er mal musste. Einmal fuhren wir gerade aus einer Stadt hinaus, die aussah wie jede andere Stadt, als Vater sagte: »Hier wohnen deine Großeltern.« Das hieß, seine Eltern. Danach sagte niemand mehr ein Wort, und ich schaute zurück, bis alle Fabriken verschwunden waren. Ich musste an unser Fotoalbum denken, aus dem einige Fotos herausgerissen worden waren, bloß brüchige Kleberspuren waren davon noch übrig geblieben.

Wenn wir durch den Wald wanderten, lief Vater immer weit vor uns her, ich fand ihn dann in einer Lichtung wieder, wo er die Waldluft tief einatmete. Er wies mich an, es ihm gleichzutun, weil das sehr gesund sei. Bei den Ausflügen hatte er einen Trainingsanzug an, aber zum Abendessen kam er immer mit Krawatte. Die Blumen, die Mutter gepflückt hatte, welkten im Zimmer vor sich hin, in einem Glas mit Chlorwasser. Manchmal lagen sie auch auf der Hutablage des Autos, halb ohnmächtig vor lauter Hitze. Vater kaufte uns alle möglichen Geschenke, er kaufte fast alles, was ihm in die Finger geriet, und Mutter drückte dann leicht meine Hand. Zu dritt suchten wir Ansichtskarten mit Landschaften, die Vater am besten gefallen hatten. Ich hatte die Pflicht, mehr Appetit zu haben als sonst, weil es sich in den Bergen so gehörte.

Einmal wurde Vater im Urlaub angerufen und er befahl uns, sofort die Koffer zu packen. Ich hatte noch nicht einmal Zeit, mich von dem Mädchen, das ich gerade kennengelernt hatte, zu verabschieden. Vater raste wie von Sinnen und fluchte dabei die ganze Zeit. Die schlimmsten Wörter habe ich von ihm gehört, nicht von den Kindern aus unserem Wohnblock. Auf einmal fiel mir die Tüte mit Tannenzapfen ein, die unter dem Hotelbett liegen geblieben war. Ich wagte aber nicht, es zu sagen, ich war bloß traurig. Die Traurigkeit wurde durch Panik verdrängt, als ich merkte, dass ich vergessen hatte, Pipi zu machen. Wenn er nicht gerade so sauer war wie jetzt, pflegte Vater zu sagen, meine Blase sei unfolgsam. Ich biss die Zähne zusammen und hielt mir das Pipiloch mit der Hand zu. Schließlich wagte ich es dann doch, aber Vater brüllte, ich solle mich gefälligst beherrschen, wir kämen gleich an. Ich meldete mich dann noch einmal, und er tat, als hätte er mich gar nicht gehört. Dann versuchte meine Mutter ihn zur Vernunft zu bringen, und er wurde nur noch wütender. Ich pinkelte weinend, und als ich aus dem Auto stieg, waren meine Schuhe ganz nass.

Eines Tages beschloss mein Vater mich zu sozialisieren. Er wollte eine Spielkameradin in meinem Alter für mich finden, die ihm keine bösen Überraschungen durch ihr Benehmen bereiten würde. An einem Samstag kaufte er ein paar Spiele, packte mich an der Hand und ging mit mir zu Tatjana, der Tochter eines Freundes, der eine riesige Fabrik leitete. Ich war zwar von ihr nicht restlos begeistert, denn sie kam mir sehr ruhig und ängstlich vor, aber es war besser, als überhaupt keine Freundin zu haben. Mit der Zeit fand ich heraus, dass sie eine Heulsuse der Extraklasse war. Trotzdem waren wir dann vier Jahre lang Freundinnen *für immer und ewig*, wie wir gerne betonten. Wir spielten zu zweit »Mensch ärgere dich nicht!« und Karten bis zum Umfallen, und wir spielten auch oft Verstecken in ihrer Wohnung, wo ich jeden geheimen Winkel kennenlernte. Da die geheimen Winkel jedoch begrenzt und inzwischen reichlich bekannt waren, lag der Reiz des Spiels darin, dass wir uns gegenseitig reinlegten, indem wir beispielsweise so taten, als würden wir zum Schrank schleichen, uns aber in Wirklichkeit hinter der Küchentür versteckten. Ich lernte wie eine Katze völlig lautlos zu laufen und gleichzeitig Geräusche zu produzieren, die Tatjana in die Irre führten. So brachte ich die Wohnzimmertür zum Quietschen und schlich mich in Richtung Balkon. Tatjana wendete eine ganz andere Taktik an. Sie nahm den Strandball und knallte ihn auf den Boden, um dadurch das Geräusch ihrer Schritte zu übertönen. Ja, wir hatten uns ganz schön raffinierte Tricks ausgedacht.

Manchmal schrieben wir gemeinsam unsere Schulaufsätze. Da wir nicht auf derselben Schule waren, durften sie identisch ausfallen. Unsere Lehrerinnen sahen es gern, wenn wir eine hochgestochene Sprache benutzten, dafür bekam man ein *Sehr schön*. Ein guter Aufsatz musste unbedingt mit vielen aufgeblasenen Metaphern und schwachsinnigen Klischees gespickt sein. Wenn ich dran denke, wie ich mich für solche dummen Aufsätze ins Zeug legte, lache ich mich kaputt. Ich nagte an meinem Bleistift und zog am rechten Ohrläppchen, um mich besser konzentrieren zu können. Wenn mein Ohr purpurrot angelaufen war, dann war auch die Liste mit den nötigen Ausdrücken fertig und ich konnte mich ans Schreiben machen. Was ich dann zu Papier brachte, klang ungefähr so: »Die Tannenbäume, stolz und ehrwürdig wie tapfere Soldaten, haben einen weißen Schneemantel angezogen.« »Die Nacht fällt wie ein dunkler Schleier über die Menschen, und die Sterne glitzern wie kleine Leuchtkäfer hoch oben am Himmel, der wie eine duftende Blume aussieht.« Und so weiter.

Tanja besaß jedoch auch eine äußerst positive Eigenschaft: Sie hatte Humor. Es gelang ihr immer wieder, mich zum Lachen zu bringen, obwohl das gar nicht so einfach war, weil ich ziemlich wenig Sinn für Humor besaß. Ich erinnere mich an eine kleine Geschichte: An einem Samstag war ich später als sonst zu ihr gekommen. Das heißt, man hatte mich zu spät abgeholt. Nun riskierte ich, zu Hause das warme Wasser zu verpassen, denn das gab es damals, wie du weißt, nur zwei Stunden am Tag. Unsere Eltern telefonierten miteinander und beschlossen, ich sollte an diesem Tag bei Tatjana baden. Damit auch Tatjanas Eltern noch rechtzeitig dran kamen, wies Tatjanas Mutter uns Mädchen an, diesmal gemeinsam zu baden. Wir flippten fast aus vor Freude. In der Badewanne kitzelten wir uns, kicherten, planschten und spritzten herum. Plötzlich fragte mich Tatjana, ob ich wisse, wie die Fische atmen. Ich schüttelte den Kopf. »Ich zeige es dir, aber verrate es bitte keinem!« Ich versicherte ihr, ich würde schweigen wie ein Grab. »So atmen sie«, sagte Tatjana, presste aus Leibeskräften an und ließ einen kräftigen Pups fahren, dass die Blasen nur so blubberten. Ich fand das unheimlich lustig, wir lachten uns beide kaputt und fielen uns in die Arme. Das war der Augenblick, denke ich, in dem wir wirklich dicke Freundinnen wurden.

KAPITEL 22

Da gab's kein Herummogeln mehr, in den nächsten zwei Wochen musste Andi eine Reportage schreiben. Bodos Geduld hielt sich schon in Grenzen, und er wollte sie nicht überstrapazieren, zumal er sowieso ein ziemlich schlechtes Gewissen hatte. Das Thema für die Reportage verkaufte ihm ein Typ an der Pressebar, er musste zwei Bier dafür zahlen. Eine unschuldige alte Frau war ins Visier der Justiz geraten, man ermittelte gegen sie wegen Cannabisanbau. Sie wohnte in einem gottverlassenen Dorf, vor ihrer Haustür wuchsen ein paar Hanfsträucher. Sie pflegte den Hanfsamen für den traditionellen Weihnachtskuchen von einem Jahr zum anderen aufzubewahren. Sie hatte es schon immer so gemacht. Anscheinend war der Hanf inzwischen ziemlich verwildert, sie sahen den Cannabispflanzen zum Verwechseln ähnlich. Ein paar junge Männer sprangen über den Zaun, stopften ihre Taschen mit Blättern voll und versuchten anschließend, damit zu dealen. Man erwischte sie, und die Spuren führten zu der alten Frau, die weder lesen noch schreiben konnte und nun plötzlich als durchtriebene Rauschgiftproduzentin angeklagt wurde. Die Situation war absolut lächerlich, aber Gesetz ist Gesetz. In dieser Reportage betonte Andi mit Humor die himmelweite Diskrepanz zwischen den schweren Vorwürfen der Anklage und der bodenlosen Naivität der Alten und plädierte auf unschuldig. Er leistete ganze Arbeit, sodass Bodo sich danach beim Lesen vor Lachen ausschüttete.

Nach einer neuen Wohnung zu suchen, dafür hatte Andi keine Zeit mehr gehabt. Er rief jedoch den Vermieter der im September frei werdenden Wohnung an, um sich zu vergewissern, dass dieser sie auch weiterhin für ihn reserviert behielt. Er versprach, bald einen Vorschuss zu zahlen. Mit Seth kam er gut klar, dieser hatte bei all seinen seltsamen Seiten auch jede Menge Humor und gesunden Menschenverstand. Der Presbyter war eigentlich den ganzen Tag unterwegs und kam erst spät abends nach Hause. Er nahm an allerhand Versammlungen teil, in der Stadt oder an irgendwelchen Orten, wo die Füchse sich gute Nacht sagen, er half mit beim Bau von Häusern, Kellern, Hühnerställen, Taubenschlägen, passte auf kleine Kinder auf, gab gratis Nachhilfeunterricht, pflegte Kranke, erteilte Ratschläge, hackte Holz, machte Scheidungsanträge rückgängig und machte viele andere Dinge, von denen Andi keine Ahnung hatte. So ungefähr sahen die Sommerferien des Mathe-Lehrers aus.

Eines Morgens fand ein leichtes Erdbeben statt, das allerdings die Möbel ordentlich durchrüttelte. Eben an diesem Morgen teilte Seth fröhlich mit, dass am nächsten Abend die Versammlung in seiner Wohnung stattfinden würde.

»Welche Versammlung?«, fragte Andi irritiert.

»Es geht um ein konspiratives Treffen, wir wollen Sabotageakte gegen das universelle Böse verüben. Wir schlachten schwarze Hähne, um ihr Blut zu trinken; wir vierteln ihre Herzen, kochen sie in unschuldigem Wasser und verspeisen sie dann um Mitternacht. Machst du mit?«

»Meinst du das etwa im Ernst?«, stellte sich Andi blauäugig.

»Quatsch! In Wirklichkeit kaufen wir uns einen 10-Liter-Weinschlauch, und dann trinken wir, bis wir unter den Tisch fallen. Das ist ein alter Brauch bei den Baptisten, einmal im Jahr organisieren sie ein kollektives Trinkgelage.«

Der Presbyter war gut drauf.

Andi grinste, dann sagte er:

»So, jetzt im Ernst, ich möchte nur wissen, ob ich weggehen soll oder nicht.«

»Du kannst ruhig bleiben, du störst keinen. Du bist sogar eingeladen, falls es dich interessiert.«

Gegen fünf Uhr erschienen die ersten Gäste. Einige von ihnen hatte er bereits beim Picknick gesehen. Nach einer halben Stunde befanden sich um die fünfzehn Personen im Wohnzimmer. Seth hatte Kekse auf den Tisch gestellt, auch Brezeln, Obst, Fruchtsäfte, Mineralwasser. Andi erschien das alles wie ein Damenkränzchen, bei dem man Klatsch- und Tratschgeschichten zum Besten gibt. Seth deutete ihm zu bleiben, er hätte auch eine Runde drehen können, doch dafür war er zu müde. Er ging ins Nebenzimmer, warf sich aufs Bett und begann in einer alten Zeitung zu blättern. Er fand es merkwürdig, dass Ereignisse, die erst vor ein paar Wochen stattgefunden hatten und die man damals mit riesigen Schlagzeilen auf der Titelseite bekanntgegeben hatte, nun bereits Schnee von gestern waren. Man hatte sie inzwischen völlig vergessen. Es war so, als hätte es sie nie gegeben und als hätten sie keinerlei ernsthafte Konsequenzen für die Gegenwart gehabt. Normalerweise wanderten die Zeitungen am nächsten Tag in die Mülltonne oder wurden zu praktischen Zwecken verwendet: Man deckte damit bei Malerarbeiten das Parkett ab oder steckte sie zwischen zerbrechliche Gegenstände in Umzugskartons. Als hätte nur das, was im Moment passiert, eine Bedeutung. Aber selbst das wurde nach dem vierundzwanzigstündigen Verdauungsprozess in Form von fäkalienförmigen Papierknäueln vom Gedächtnis wieder ausgeschieden. Tag für Tag wurde die Welt wiedergeboren. In verräucherten engen Räumen betätigten sich die Chefredakteure als Weltenschöpfer, sie schufen die Welt im Vierundzwanzig-Stunden-Takt, diese missgelaunten Götter, denen eine ganze Armee von erschöpften Engeln auf dem Fuß folgte, gestresst rauchend, mit tellergroßen Ringen unter den Augen. Morgens, mit dem Kaffee vor der Nase, auf dem Balkon oder im Büro, nahmen die Menschen Kenntnis von der Welt, in der sie lebten. Je reißerischer die Berichte, desto zahlreicher sowohl die Lustseufzer bei der Lektüre als auch die abgesetzten Exemplare. Und so klingelte dann die Kasse.

Die Leute im Raum nebenan lebten in einer ganz anderen Dimension. Sie wussten wesentlich besser, was vor zweitausend Jahren vorgefallen war, als was gestern stattgefunden hatte. Sie kannten jede einzelne Geste Jesu, jedes seiner Worte, jedes Steinchen, auf das er getreten war. Er erinnerte sich an eine Szene mit Seth. Sie waren in der Küche. Nach dem Mittagessen räumte der Presbyter den Tisch ab, stellte das Geschirr ins Spülbecken, spülte es und räumte es in den Schrank.

»Du bist aber ordentlich!«, meinte Andi.

»Wir müssen so ordentlich sein wie Jesus«, antwortete der Presbyter.

»Woher weißt du denn, wie ordentlich Jesus war?«

»Es steht in der Bibel. Dort steht alles drin. Nach seiner Auferstehung nahm Jesus das Schweißtuch, das seinen Kopf bedeckte, und legte es zusammengefaltet an seine Seite, sagt uns Johannes in seinem Evangelium, 20,7.«

Tja, die Leute leben in verschiedenen Welten, überlegte Andi. Für die einen steht alles in der Zeitung, für die anderen in der Bibel. Zwischen diesen beiden Kategorien gibt es aber auch noch eine ganz andere Art von Wahnsinnigen, die nur an das glauben, was ihnen beim Kartenlegen vorhergesagt wird. Und alle zusammen wohnen im selben Irrenhaus, allerdings in getrennten Krankenzimmern. Und jeder beschwert sich im Flüsterton über die anderen, sie seien verrückt. Hin und wieder treffen sie sich zu einem gemütlichen Spaziergang im Innenhof, oder sie rücken ängstlich zusammen, wenn sie die Sirene des Notarztwagens hören.

Er wollte nicht lauschen, doch die Worte des Presbyters drangen mal lauter, mal leiser an sein Ohr. Der Presbyter fragte:

»Sagt mal, womit wart ihr gerade beschäftigt, als das Erdbeben kam? Ich zum Beispiel reparierte gerade die Nachttischlampe.«

Nach einigem Flüstern sagte eine wohlklingende Frauenstimme:

»Ich spülte gerade eine Kaffeetasse. Ich bin derart erschrocken, dass sie mir fast aus der Hand fiel.«

»Ich war in der Straßenbahn unterwegs und bekam es gar nicht mit. Erst am nächsten Tag sagte man mir in der Arbeit, dass es ein Erdbeben gegeben hatte. Da sieht man mal wieder, wie heftig man in unseren Straßenbahnen durchgeschüttelt wird«, sagte ein Mann mit Nachdruck.

Dann kehrte für eine Weile Stille ein.

»Na kommt schon, erinnert euch!«, sagte der Presbyter.

»Ich suchte gerade nach der Gasrechnung, glaube ich.«

»Ich ließ gerade die Kuh saufen«, meinte sachlich eine Stimme mit starkem moldawischem Akzent.

»Ich war noch gar nicht richtig wach«, meinte die Stimme eines Jungen. »Ich dachte, ich träume.«

Andi fiel ein, dass er damals zu diesem Zeitpunkt auf dem Klo gesessen hatte und, als dieses zu wackeln begann, wie von der Tarantel gestochen aufgesprungen war. Die Situation war etwas unangenehm gewesen.

»Ich telefonierte gerade mit einer Glaubensschwester. Sie hatte ihren Pullover bei mir vergessen. So habe ich sie halt angerufen …«

Nach einem Moment der Stille sagte Seth:

»War das alles? Ich denke, einige von uns kneifen, aber es war ja bloß eine Übung. Stellen wir uns jetzt mal vor, das wäre kein Erdbeben gewesen, sondern die zweite Ankunft Jesu Christi. Dann hätte uns der Weltuntergang so erwischt, wie wir es gerade erzählt haben. Denkt mal darüber nach, ob ihr auf diesen Moment vorbereitet seid oder nicht.«

Abermals hörte man eine Zeitlang gar nichts.

»Lasset uns beten!«, sagte Seth. »Auf dass Gott uns Weisheit und Kraft gibt.«

Die Gebete hatten wohl ziemlich lange gedauert, denn Andi wurde von dem Lärm auf dem Flur aus dem Schlaf gerissen, Seth begleitete seine Gäste zur Tür.

»Es war ein ganz besonderer Abend«, sagte ihm der Presbyter danach.

»Ich habe euch gehört.«

»Ach so, du hast uns also nachspioniert.«

»Quatsch, ich hatte einfach keine Wahl, man verstand fast jedes Wort.«

»Das zeigt doch, dass Gott auch für einen Sünder wie dich sorgt.«

»Sag mal, sind da nicht vielleicht noch ein paar geviertelte, in unschuldigem Wasser gekochte Hahnenherzen übrig? Ich habe einen Bärenhunger.«

KAPITEL 23

Meine Beziehung zu Mutter wurde immer schwieriger. Mal wirkte sie gespannt wie ein Seil, mal leer wie eine ausgepresste Tube. Es begann an dem Tag, als ich den ersten Tampon verwendete, zu intimen Zwecken, sozusagen. Mutter kämmte mich in letzter Zeit immer seltener, und wenn sie mit mir redete, war sie ziemlich verkrampft. In ihren scheinbar ruhigen Worten lag eine Angst verborgen, die ich nicht deuten konnte. Als hätte sich die Welt über Nacht völlig verändert, und ich müsste pausenlos auf der Hut sein, weil heimtückische Fallen an jeder Ecke auf mich lauerten. Alles, was mir vertraut war, brach auf einmal zusammen, und ein immer tiefer werdender Abgrund tat sich vor mir auf. Mutter aber sorgte dafür, dass ich einen Fallschirm parat hatte. Sie sprach von Lebenserfahrung. Diese Lebenserfahrung sah aus wie ein vergifteter Apfel, in dem die Menschen wie Würmer lebten, aber so taten, als wären sie glücklich bis ins höchste Alter. Ich war dabei, eine Verbündete zu verlieren, eine stille und zärtliche Verbündete, die lange Zeit so getan hatte, als hätte sie überhaupt nicht mitgekriegt, dass ich mich hinter der Gardine versteckte. Jetzt ging es nur noch um Mutters wohl gepflegte und gut gemeinte Angst, doch ich hatte keinen blassen Schimmer, wovor ich mich eigentlich zu fürchten hatte. Je mehr Mutter auf mich einredete, desto einsamer fühlte ich mich. Ihre sanfte, warme Schulter war inzwischen versteinert.

Außerhalb unserer Wohnung lag der Dschungel voller unzähliger Gefahren. Dort fraßen die Großen die Kleinen und die Jungen die Mädchen. Die Bösen benutzten denselben Gehweg wie die Guten, man musste also gut aufpassen, dass man nicht mit ihnen in Berührung kam. Draußen lauerten die Gefahren, nicht drinnen.

Obwohl ich mich fast die ganze Zeit in der Wohnung aufhielt, hatte ich Ringe unter den Augen. Die Röcke, die Aspasia für mich nähte, wurden immer länger, die Blusen musste ich bis obenhin zuknöpfen, und Mutter machte mir Komplimente, wie gut ich darin aussah. Ich lief herum wie eine Nonne in Zivil. Beim Sportunterricht schielte kein Junge nach mir. Die Blicke glitten an mir vorbei, ohne an meinem Körper haften zu bleiben. Die Gefahren rannten also vor mir davon, Mutter aber redete auf mich ein, vor den Gefahren zu flüchten. Das war gar nicht lustig.

Mutter verlangte unmögliche Dinge von mir, ich sollte Treffen absagen, zu denen mich gar keiner eingeladen hatte, und den Jungs die Tür vor der Nase zuschlagen, obgleich sie gar nicht bei mir schellten. Um Mutter nicht zu enttäuschen, gab ich eines Tages zu, dass ich zwei Schwachköpfen einen Korb erteilt hatte, als sie eine Runde mit mir drehen wollten, dann bat ich sie um Erlaubnis, am Basketballtraining teilzunehmen. Zusammen mit Tatjana. Mutter willigte sofort ein, ohne noch Vater hinzuzuziehen, sie war heilfroh, dass ihre Ratschläge fruchteten.

Ich besuchte Tatjana immer öfter, wir waren inzwischen Klassenkameradinnen in der berüchtigtsten Klasse des ganzen Gymnasiums, in die man stillschweigend alle Kinder von hohen Tieren aus der Stadt gesteckt hatte. Um es auf den Punkt zu bringen, wir hatten die besten Lehrer und es wurden uns Dinge erlaubt, von denen die anderen nie zu träumen gewagt hätten. Die Mädchen durften mit etwas kürzeren Röcken und ohne das obligatorische Haarband herumlaufen, den Jungs wiederum war es erlaubt, mit etwas längeren Haaren zur Schule zu kommen.

Bei Tatjana hörten wir gemeinsam Musik, und ich lackierte dabei meist meine Nägel, auch wenn ich den Lack wieder entfernen musste, bevor ich nach Hause ging. Wir schminkten uns nach Herzenslust und steckten die Finger tief in die Cremedosen von Tatjanas Mutter. Heimlich kochten wir Kaffee und schwatzten stundenlang miteinander. Wir probierten Kleider an. Diese Wohnung war meine Oase der Ruhe. Nur hin und wieder rief Mutter an, weil sie mich angeblich etwas fragen wollte. Wie ich doch Tatjana beneidete, ihre Eltern waren voll in Ordnung!

Natürlich plauderten wir auch über Jungs. Sie war in einen älteren Typen namens Radu verknallt, ich war allerdings der Meinung, alle Jungs seien bloß lächerliche Schwachköpfe und Angeber. Im Prinzip war sie derselben Meinung, Radu jedoch bildete die Ausnahme. Er war intelligent und wohlerzogen. Hörte nur gute Musik. Wusste, wie man sich schick kleidete. Benutzte lediglich Rasierwasser aus Deutschland.

In einem Punkt waren Tatjana und ich uns einig: Kein einziger der Dummköpfe aus unserer Klasse verdiente unsere Aufmerksamkeit. Mit diskreter Bewunderung blickte ich auf Tatjanas Brüste und seufzte, sie wölbten sich prall unter dem Pullover. Ich war fest überzeugt, dass Radu bei der Entdeckung Tatjanas mit diesem Teil des Körpers begonnen hatte. »Wenn ich ein Junge wäre, dann würde ich mich in eine wie dich sofort verknallen«, sagte ich zu ihr. Sie errötete, blieb jedoch auch weiterhin melancholisch. Radu beachtete sie zwar, er war sogar einmal mit ihr im

Park spazieren gewesen, doch er sprach die ganze Zeit nur über die Uni und das Studentenleben, also das wahre Leben, er konnte kaum noch warten, endlich damit anzufangen. Aber ihre Geheimsensoren sagten ihr, dass sie ihm gefiel. Als sie mir das alles erzählte und sich dabei bewusst wurde, dass Radu im nächsten Jahr die Stadt verlassen würde, machte sich Panik in ihrer Stimme bemerkbar. Eines Abends saßen wir auf der Couch, hörten Musik und flüsterten. Wir hatten das Licht nicht eingeschaltet, und die Konturen um uns herum lösten sich im Halbdunkel allmählich auf. Unsere Stimmen vibrierten geheimnisvoll auf einer gemeinsamen, uns bisher unbekannten Wellenlänge. Als sie mir gestand, dass sie in ihrem tiefsten Inneren schon immer geahnt hatte, dass die Beziehung zu Radu zum Scheitern verurteilt war, empfand ich ihre Verzweiflung derart intensiv, dass ich ganz feuchte Augen bekam. Ich spürte den Drang, sie sofort in die Arme zu schließen, was ich auch tat. Auch Tatjana umarmte mich, still vor sich hin schluchzend. Ich weiß gar nicht, wie lange wir so verharrten, in der Dunkelheit verging die Zeit ganz anders. Aber ich erinnere mich, dass irgendwann ein eigenartiger Kampf in mir entbrannte zwischen meinem Mitgefühl für Tatjana und dem, was ich auf einmal körperlich empfand. Die Umarmung elektrisierte mich, ein Spinnennetz von winzigen Explosionen breitete sich unter meiner Haut aus. In meinem Körper erwachten bisher unbekannte Sinnesempfindungen, sie glühten phosphoreszierend unter meinen Augenlidern. Überrascht machte ich den schüchternen Versuch, Widerstand zu leisten, ich hatte diffuse, schwankende Schuldgefühle. Es war wie ein magnetisches, unvorhersehbares Gleiten auf einen Ort zu, dessen Existenz ich bisher nur in meinen geheimen und konfusen Träumen erahnt hatte. Wir hielten einander fest, fasziniert von einer überwältigenden Leere, sie sehnte sich unendlich nach Radu, ich nach jemandem, den ich noch gar nicht kannte.

Beim Anruf meiner Mutter erwachten wir aus der Trance. Das Telefon schellte lange, das Klingeln kam näher und näher. Meine Stimme war heiser, als ich mit Mutter redete. Ich sagte ihr, ich hätte mich gerade auf den Weg nach Hause gemacht, und sei umgekehrt, als ich das Telefon gehört habe. Sie fragte mich, ob denn etwas nicht stimmte. »Wieso? Alles in Ordnung!« Ich habe mit Tatjana danach nie über das gesprochen, was an diesem Abend passiert war. Manchmal muss ich mich selbst überzeugen, dass es kein Traum war.

Kurze Zeit nach dieser Episode besuchte ich Tatjana abermals, und sie empfing mich mit einem rätselhaften Lächeln. Wir tranken Tee in der Küche, zusammen mit ihrer Mutter. Dabei sprachen wir auch von Andrei, Tatjanas älterem Cousin, der sie gerade besucht hatte. Ich kannte ihn, ich hatte ihn bereits drei-, viermal kurz gesehen. Ein großer Blonder mit grünen Augen, und Tatjana zufolge waren eine Menge Mädchen hinter ihm her. Obwohl er noch auf dem Gymnasium war, ging er sogar mit Studentinnen aus. Ich hatte keinen Grund, Tatjana nicht zu glauben, zumal auch ich nach ein paar flüchtigen Begegnungen ziemlich beeindruckt war von seinem ansteckenden Lachen und seinen grünen Augen. Aber er war mir bloß sympathisch, mehr nicht. Tatjana und Andrei waren mehr als nur Cousine und Cousin, sie waren Freunde. Er beschaffte ihr gute Musik, gab ihr Lesetipps, erzählte ihr zweideutige Witze und hatte ihr das Tanzen beigebracht. Durch ihn gewann Tatjana auch Einblicke in die Welt der Jungs, sie erzählte mir oft ausführlich, was sie von ihm alles erfahren hatte, und zusammen nahmen wir dann jedes Detail ihres

Berichts unter die Lupe. Manchmal ging sie mit ihm in die Disco, dort hatte sie dann Radu kennengelernt.

Ich durfte nur an den Tanzabenden auf dem Gymnasium teilnehmen, aber auch das nur bis neun Uhr. Mutter brachte mir zwei Tänze bei, im Wohnzimmer: Walzer und Tango. Mutter konnte das Rock-'n'-Roll-Gehopse und das ganze Gejaule dieser Affenmusik, wie sie sich ausdrückte, überhaupt nicht ausstehen. Zum Glück brachte mir Tatjana heimlich einige moderne Tänze bei.

Eines Tages zog sie mich in ihr Zimmer und sagte: »Komm, ich zeige dir einen Penis!« Ich schaute sie verstört an und errötete. Sie kramte in ihrer Bibliothek, die hauptsächlich aus Schulbüchern und Pflichtlektüre bestand, dann nahm sie ein Buch heraus, ohne Umschlag und mit zerfledderten Seiten. Sie schlug es auf und hielt es mir siegessicher unter die Nase. Ich sah eine anatomische Schwarzweißzeichnung, die einen Längsschnitt durch das Teil mit dem schlimmen Namen darstellte. Wir setzten uns auf das Sofa, um es in aller Ruhe zu betrachten. Das also hatten die Jungs in der Hose! Das also war das Schreckgespenst, vor dem mich Mutter andauernd und mit viel Phantasie warnte! Ich war ziemlich enttäuscht. Ein leicht gekrümmtes Ding mit einer Schwellung am Ende, von einem winzigen Kanal durchdrungen, das war alles. Die danebenstehenden lateinischen Begriffe wie zum Beispiel *Glans penis* oder *Corpus penis* waren keineswegs dazu angetan, das prickelnde Schaudern hervorzurufen, das, wie ich mir vorstellte, immer dann entstand, wenn ein Junge einem Mädchen die Hand streichelte oder es umarmte. Auch die ständige Angst der Mutter erschien mir ganz und gar unverständlich. Wie konnte sie sich nur vorstellen, dass ich mich für so etwas interessieren könnte? Für so etwas Ekelhaftes!

»Und jetzt zeige ich dir, wie man Kinder macht. Du wirst gleich sehen, dass ich damals Recht hatte!«, sagte Tatjana und wendete das Blatt.

Sie bezog sich auf einen Streit mit unentschiedenem Ausgang, den wir vor einiger Zeit ausgetragen hatten. Nun wollte sie mir endlich zeigen, dass sie Recht hatte und nicht ich, woran ich ziemlich zweifelte. Tatjana hatte behauptet, der Penis des Jungen dringe unter bestimmten Umständen in das Mädchen ein, worauf ein Baby entstehe, was ich absolut lächerlich fand. Doch Tatjana ließ sich von ihrer Überzeugung nicht abbringen, und das nur, weil Andrei, der angeblich alles wusste, es ihr so erklärt hatte. Meiner Meinung nach hatte Andrei ihr da einen Bären aufgebunden, einfach so, um sich über sie lustig zu machen. Es versteht sich von selbst, dass ich längst nicht mehr an den Storch glaubte, aber diese Penis-Geschichte ging mir einfach zu weit. Jeder Grundschüler war sich doch darüber im Klaren, dass Kinder nur entstehen, wenn Mann und Frau ihren Speichel beim Küssen vermischen. Und wenn die Frau diese Mischung dann schluckte, wurde sie schwanger. Manchmal kam es auch vor, dass ein Mädchen schwanger wurde, wenn sie sich auf eine Toilette setzte, die vorher von einem Jungen benutzt worden war, daher hatte man landesweit beschlossen, die Frauentoiletten von den Männertoiletten zu trennen.

»Aber in den Wohnungen hat man die Toiletten nicht voneinander getrennt!«, rief Tatjana. »Natürlich nicht, weil Verwandte keine Kinder miteinander bekommen können«, sagte ich und war sehr froh, dass mir diese Erklärung eingefallen war. »Und wozu brauchen die Jungen dann noch einen Penis?« »Wie, wozu? Zum Pinkeln«, meinte ich, und da sagte Tatjana gar nichts mehr.

Jetzt also hatte Andrei ihr das Buch mit den nötigen

Beweisen gebracht. Womöglich hatte Tatjana ihm vorher vorgehalten, er habe ihr Ammenmärchen erzählt, was ihn wahrscheinlich in seiner Eitelkeit verletzt hatte. Die zweite Zeichnung, die wir uns jetzt ansahen, war auch ein schwarzweißer Längsschnitt. Das abscheuliche Ding, das wir vorhin betrachtet hatten, befand sich nun in einem Kanal, der unter dem Bauch verlief. Auf dem Bauch war der Nabel durch einen schwarzen Punkt markiert. Ich guckte und konnte es gar nicht fassen. War das eklig!

»Schau mal, was hier steht!«, fuhr Tatjana fort. »Der erigierte Penis dringt in die Vagina der Frau ein.«

Als ich dann auch noch hörte, welche Dimensionen der Penis hatte, war ich entsetzt. Tatjana genoss selig ihren Erfolg, mir aber wurde ziemlich schwindlig. Als ich später allein zu Hause war, ließ ich mir diese Zeichnungen noch einmal durch den Kopf gehen, ich versuchte mich an jede Einzelheit zu erinnern. Wenn man es in diesem Buch so dargestellt hatte, dann war es auch so. Ich mochte es mir zwar kaum eingestehen, aber ich hatte mich leider getäuscht. Der dicke, schwarze Punkt, der den Nabel darstellte, sah eher wie eine Kinderkritzelei aus. Wie in Trance ging ich ins Badezimmer, zog mich aus und betrachtete meine Scham. »Der erigierte Penis dringt in die Vagina der Frau ein.« Aber meine Scheide war winzig, unendlich winzig, eine zierliche Spalte, ein Schlüsselloch. Ein ekelhafter erigierter Penis könnte da nie eindringen. Die kalten Finger forschten entsetzt nach. Wahrscheinlich gibt es eine enge Verbindung zwischen den Brüsten und der Scheide, sagte ich mir mit Tränen in den Augen.

Gegen Ende der zehnten Klasse bekam ich weibliche Formen und schoss in die Höhe. Zu meiner Genugtuung waren meine Brüste in letzter Zeit aufgegangen und wölbten sich nun prall unter dem Pullover. Manchmal betrachtete ich sie mit neckischem Lächeln im Spiegel, von vorne und aus dem Profil. Ich nahm mich selbst auf die Schippe wegen meines Narzissmus. Aber der beste Spiegel waren für mich die Augen der Jungs, die mir immer häufiger nachschauten, mal ganz dreist, mal diskret. Das erinnerte mich an meine Kindheit, als man mich für mein Aussehen so oft gelobt hatte. Jetzt wurden mir aber auch zweideutige Komplimente gemacht. Wie dem auch sei, ich sah jeden Tag besser aus. Sogar mein Vater stellte eines Tages ausdrücklich fest, dass er eine bildhübsche Tochter hatte. Vergessen waren meine Qualen wegen der flachen Brüste! Als ich Tatjana von diesem ehemaligen Trauma erzählte, lachte sie sich halbtot und gestand mir, dass sie damals die fixe Idee gehabt habe, ihr Haar wäre viel zu weich und schütter. Sie hatte es daher immer ganz kurz schneiden lassen und insgeheim mit Petroleum gewaschen.

Ich begann, regelmäßig mit Mutter zum Arzt zu gehen, sie hatte mir erklärt, dass Mädchen in meinem Alter mit verschiedenen Gesundheitsproblemen zu rechnen hätten. Es war eigentlich eine Ärztin mit einem russischen Vornamen, Natascha. Eine ziemlich dicke Frau, die pausenlos redete und mir immer dieselbe Anweisung gab: »Und hops, mein Kleines, rauf auf den Stuhl!« Nach einer kurzen, aber ziemlich unangenehmen Untersuchung ging ich zurück ins Wartezimmer, und die Ärztin schwatzte noch eine Weile mit Mutter. Zwei oder drei Jahre später, ich glaube, ich war schon in der zwölften Klasse, blieb die Tür zum Untersuchungsraum eines Tages angelehnt, und so hörte ich, wie die Ärztin meiner Mutter fröhlich verkündete: »Alles in bester Ordnung, das Mädchen war artig wie ein Engelchen.« Als mir plötzlich klar wurde, worüber sie da eigentlich redeten, brach für mich eine Welt zusammen. Zwar brachte ich nicht den Mut auf, Mutter zur Rede zu stellen, aber ich begann sie zu hassen. In der nächsten Zeit gelang es Mutter trotz meines Widerstands, mich unter Anwendung von verschleierten Drohungen und moralischer Erpressung noch zwei weitere Male zur Kontrolle zu schleppen. Ich folgte ihr jedes Mal angewidert und schwor mir Stein und Bein, dass es kein nächstes Mal mehr geben würde. Erst als ich Studentin war, hatte ich endlich die Kraft, mich Mutter zu widersetzen, das war in den ersten Sommerferien und gipfelte in einem heftigen Streit, meiner ersten ernsthaften Auseinandersetzung mit Mutter.

Um auf die Geschichte zurückzukommen: In der zwölften Klasse begann ich mich aufs Studium vorzubereiten. Vater wollte, dass ich Betriebswirtschaft studierte, Mutter sagte gar nichts dazu, und ich interessierte mich brennend für Literatur. Ohne mich zu fragen, nahm Vater einen Nachhilfelehrer in Mathe für mich, Mathe war mein absolutes Problemfach. Eines Tages teile man mir einfach mit: »Pass auf, am Sonntag kommt der Mathelehrer zu uns.«

Der Lehrer war um die 40 Jahre alt, trug eine altmodische Brille und blickte mich streng an. Ich gab mir überhaupt keine Mühe, seinen Ausführungen zu folgen, doch er versuchte die ganze Zeit ruhig zu bleiben. Er erklärte mir alles zwei-, dreimal, ohne sich dabei aufzuregen. Eines Tages, als ich mich gelangweilt und lustlos mit einer einfachen Übung herumschlug, spürte ich plötzlich eine Hand auf meinem Knie, die langsam nach oben glitt. Ich war völlig überrumpelt und wusste im ersten Augenblick gar nicht, wie ich reagieren sollte. Dann stand ich auf und stellte mich mit dem Rücken zum Schrank. Ich sagte kein Wort, ich blickte ihn bloß an, mit einem Blick aus Metall. Er stammelte etwas, eine Art Entschuldigung oder so, dann packte er seine Unterlagen und verschwand. Ich habe ihn nie wieder gesehen. Vater war ganz schön sauer, als der Nachhilfelehrer ihm danach telefonisch mitteilte, meine Fähigkeiten in Mathe seien gleich null und ich sollte besser etwas ganz anderes studieren. Doch meine endgültige Rettung war die Revolution. Vater ist in den Revolutionstagen zu Hause gar nicht mehr aufgetaucht. Nur hin und wieder rief er Mutter an, die eine Heidenangst hatte. Am schlimmsten war es, als unter unserem Fenster plötzlich eine Gruppe von Menschen auftauchte und Vater beschimpfte. Mutter und ich zitterten hinter der Eingangstür, die wir mit dem Küchenschrank verbarrikadiert hatten. Am lautesten von allen buhte Dinel. Mutter fand die Kraft, auf den Balkon zu gehen und ihnen zu sagen, Vater sei geflohen, sie wisse nicht, wohin. Die Buhrufe wurden immer mehr und zunehmend lauter. Mutter rief Dinel zu, er solle ihr bitte glauben, sie sage die reine Wahrheit. Als der erste Stein flog, kam Mutter zurück in die Wohnung, sie war leichenblass. Danach flogen keine Steine mehr, aber unser Auto wurde zu Schrott zerlegt. Es fiel mir ziemlich schwer zu verstehen, was da überhaupt passierte. Ich konnte zwischen Vater und Ceauşescu überhaupt keine Verbindung herstellen. Ich war völlig durcheinander, die Freude über den Fall des Diktators mischte sich mit der Angst, die Leute würden in unsere Wohnung eindringen und uns etwas Schlimmes antun. Das ist aber eine ganz andere Geschichte. Tatsache ist, dass Vater sich nach all dem, was vorgefallen war, völlig veränderte. Er wurde schweigsam und unsicher. Als ich ihn eines Tages erneut fragte, was ich studieren sollte, zuckte er lediglich mit den Schultern, sodass ich tat, wozu ich Lust hatte. Vater kam erst im Mai einigermaßen wieder zu sich, als Iliescu Staatspräsident wurde. Ab diesem Zeitpunkt schellte bei uns wieder häufiger das Telefon, die alten Freunde suchten sich gegenseitig auf. Aber komm, gehen wir irgendwo rein, es hat angefangen zu regnen!

Es schüttete aus Kübeln. Wir flüchteten in den nächsten Laden, einen Laden für Damendessous. Über Tudor hatte ich wieder gar nichts erfahren.

KAPITEL 24

Marga verschwand, wie sie erschienen war: unerwartet. Wir lernten uns am Anfang eines schneelosen Winters kennen, auf einer Party bei Vera, einer Bekannten. Sie feierte irgendwas Wichtiges, ich meine, sie hatte gerade die rumänische Staatsbürgerschaft erhalten. Sie und zwei andere Bessarabierinnen, Tanja und Loredana, hatten eine Dreizimmerwohnung im Zentrum gemietet. Vera arbeitete bei Metro, die beiden anderen Mädchen waren noch Studentinnen. Ich kam allein, denn zu diesem Zeitpunkt war ich wieder Single. Ich hätte mich zwar nach irgendeinem Mädchen umsehen und fragen können, ob sie Lust hatte, mit mir hinzugehen, aber ich ließ es bleiben. Nach der Erfahrung mit Luana war meine Lebenslust beinahe zur Gänze verschwunden. Jetzt befand ich mich mitten in der Rekonvaleszenz. Da Luana und ich lange Zeit völlig isoliert gelebt hatten wie zwei in Alkohol eingelegte Turteltäubchen, war meine Kommunikationsfähigkeit am Nullpunkt. Die Menschen gingen mir jetzt nur noch auf die Nerven. Ich fand, sie waren alle viel zu blass und redeten viel zu viel, statt zu trinken. Ich hatte mich daran gewöhnt, mit Blicken zu kommunizieren, und bekam den Mund kaum noch auf. Manchmal sehnte ich mich nach den Tagen, wo Luana und ich uns zugedröhnt in die zerknüllten, wein- und spermabefleckten Bettlaken kuschelten, Würstchen mit Senf oder

Dosenrindfleisch vertilgten und eine Flasche nach der anderen in uns hineinschütteten. Wir unterhielten uns so gut wie gar nicht, wir rülpsten, statt miteinander zu reden. Trotzdem verstanden wir uns blendend. Und ich litt nach der Trennung, jawohl. Ich gab mir zwar große Mühe, allein weiter zu trinken, aber es widerte mich an. Dann versuchte ich meine alten Freunde wiederzufinden, ich hatte sie inzwischen völlig aus den Augen verloren. Einige von ihnen waren inzwischen nach Italien oder Spanien gezogen, um dort zu arbeiten, andere wiederum wunderten sich, dass ich überhaupt noch lebte. Sie klopften mir auf die Schulter und ließen mich wissen, dass sie nichts dagegen hätten, wenn ich ihnen ein Bier spendierte. Ich gab ihnen also eins aus, aber sie langweilten mich alle zu Tode. Sie quasselten ohne Punkt und Komma und sagten genau dasselbe wie das letzte Mal, als ich sie getroffen hatte. Danach nahm ich den Kontakt nicht wieder auf.

Ich zog aus meiner Bruchbude aus und nahm mir vor, möglichst wenig zu trinken. Ab einem bestimmten Donnerstag rührte ich keinen Tropfen Alkohol mehr an. Dadurch wurde ich zwar nicht glücklicher, gab aber weniger Geld aus. Nach der Trennung von Luana waren meine Taschen sowieso fast leer. Ich fand wieder Gefallen daran, E-Mails mit anderen auszutauschen. Langsam, langsam kam ich wieder zu mir, ich begann mit den Leuten zu reden. Nur noch selten hatte ich Schweigsamkeitsanfälle. Aber die hatte ich wahrscheinlich schon immer gehabt.

Da ich mich also noch nicht zu hundert Prozent unter Kontrolle hatte, beschloss ich, lieber allein zu Veras Party zu gehen. Vera war völlig in Ordnung. Kennengelernt hatte ich sie dank einiger russischer Vokabeln. Ich wusste nicht, wie man sie übersetzte, und ein Kollege schickte mich deswegen zu ihr. Sie half mir und lud mich sogar zum Essen ein, damit ich nicht vielleicht hungrig von ihr wegging, so etwas gehört sich schließlich nicht. Ich sah sie danach bei Metro wieder. Sie war zufrieden mit ihrer Arbeit und ihrem Leben. Wenn sie über Bessarabien redete, blieb sie gelassen. Sie schimpfte nicht über ihre Landsleute, aber man konnte auch nicht sagen, dass sie vor Patriotismus strotzte. Sie beabsichtigte, ihre Schwester nach Rumänien aufs Gymnasium zu holen. Außerdem hatte sie sich vorgenommen, mehr Geld nach Hause zu schicken. Ihre Sorgen waren die Sorgen eines alten Menschen. Aber sie war jung. Ihre besondere Schönheit strahlte etwas Beruhigendes aus. Je besser ich sie kennenlernte, desto schöner kam sie mir vor. Anfangs fiel mir kaum auf, was sie für faszinierende Augen hatte. Katzenaugen. Wenn sie einen ansah, war es um einen geschehen, wie meine Großmutter sagte. Ich traf Vera immer gerne und hörte ihren sanften, warmen Worten zu, sie sagte nichts Weltbewegendes, wenn sie mit einem redete, aber man fühlte sich dabei ruhig und entspannt. Deshalb nahm ich ihre Einladung an. Sie freute sich, als würde ich ihr damit eine ganz besondere Ehre erweisen. Ich fragte sie, ob ich die rumänische Flagge mitbringen sollte, und sie lächelte verlegen. Ihre Zähne waren breit und kräftig. Wenn ich die Gabe hätte, den Charakter eines Menschen aufgrund der Zähne zu deuten, dann könnte ich jetzt sagen, dass ihre Zähne Ausgeglichenheit und Stabilität ausstrahlten.

Ich freute mich, Vera nun auch als Gastgeberin kennenzulernen. In ihrer Wohnung herrschte eine einfache, gründliche Ordnung. Eine bäuerliche Ordnung, würde ich fast sagen. Es hätte mir gefallen, dort zu wohnen. Ein Teil der Gäste war bereits eingetroffen. Einige hatten sich um einen Klapptisch versammelt und aßen. Vera stellte uns vor und bat mich, die eingelegten Radieschen zu probieren. Wir hatten uns vor einiger Zeit über das Rezept unterhalten, dem ich nicht traute. Ich kannte dort niemanden. Es waren eine Menge Bessarabier da. Sie redeten über Kischinau und über die Zöllner. Der Star des Abends war ein gewisser Sergiu. Er redete sehr laut, trank den Wein aus einem großen Wasserglas und hatte ein ansteckendes Lachen. Vera war ständig in Bewegung und sie brachte Nachschub aus dem Kühlschrank auf den Tisch. Sergiu hielt Tanjas Hand, als hätte er Angst gehabt, sie in der Menge zu verlieren.

Ich überlegte, ob ich mir ein Glas Wein holen sollte oder nicht. Ich folgte Vera mit den Blicken und fühlte mich wohl. Ich hatte mir einen guten Platz ausgesucht, einen Sessel am Fenster. Tanja und Loredana, Veras Mitbewohnerinnen, verhielten sich überhaupt nicht wie Gastgeberinnen, während Vera den Eindruck einer fürsorglichen Mutter vermittelte.

Ich nahm Marga gar nicht wahr, als sie eintraf, und Tudor habe ich erst viel später bemerkt. Meine Aufmerksamkeit galt Valera. Wahrscheinlich weil er der Älteste hier war. Er saß auf einem Stuhl und betrachtete das Bild einer Landzunge, an der die Wellen sich brachen. Ich denke, jemand hatte es aus dem Internet heruntergeladen und vergrößert. Valera betrachtete es melancholisch. Er war klein und stämmig. Und trank nur Wodka. »Sieh einer an, Valera beugt Weinflecken aber tüchtig vor!«, rief Sergiu. Im Gespräch erfuhr man, dass Tanja Jura studierte und Loredana Geschichte und dass die Zeiten, wo die Hochschulprofessoren sich Studenten aus Bessarabien gegenüber besonders großzügig gezeigt hatten, nun Schnee von gestern waren. Jetzt wurden die bessarabischen Stundenten behandelt wie alle anderen auch, sie waren nicht mehr die *Brüder von jenseits des Pruths.* »Ha, ha, die Studenten als Brüder der Professoren zu betrachten, wo gibt's denn so was?«, lachte Sergiu und schüttelte dabei Tanjas Hand.

Valera leerte das Wodkaglas in einem Zug, dann schnupperte er an einer Brotrinde. Er schnupperte bloß daran, ohne zu essen.

Ich holte mir ein Glas Wein. Er war gut gekühlt. Ich hatte das Gefühl, als betrachtete ich alle Anwesenden mit Veras Augen, denn sie war die Einzige, die ich kannte. In ihrer Fröhlichkeit waren sie alle schön. Sie aßen, tranken und redeten laut miteinander. Sie waren Veras Landsleute. Aus Bessarabien. Auch wenn Sergiu derzeit in Budapest studierte und den anderen gerade ungarische Schimpfwörter beibrachte. Auch wenn Vera gerade eine neue Staatsbürgerschaft erhalten hatte. Sie strahlte ihre Gäste an. Lachte bei jedem Witz, den die anderen machten. Prostete ihnen zu, befeuchtete allerdings bloß ihre Lippen am Glas. Ich fand es schade, dass ich nicht auch von jenseits des Pruths kam. Dann hätte ich mich auch halbtot gelacht. Ich hätte ebenfalls an einer Brotrinde geschnuppert, ohne mir dabei komisch vorzukommen. Vera hätte mich genauso gastfreundlich angelächelt wie ihre anderen Gäste.

Ich saß in meinem Sessel wie ein Kranker im Rollstuhl. Ich dachte plötzlich an Luana, die sich nun wahrscheinlich in ihrem Elternhaus heimlich betrank. Sie hatte in letzter Zeit nicht mehr auf meine E-Mails geantwortet. Aber ich war mir gar nicht mehr so sicher, ob ich ihr letztlich überhaupt noch gemailt hatte.

Die Gäste hatten sich in der ganzen Wohnung verteilt. Valera hatte sich eine Flasche Wodka neben den Stuhl gestellt. Er war brünett und hatte schön geschwungene Lippen. Wenn er trank, sah es aus, als wollte er ins Wodkaglas beißen. Vera zauste im Vorbeigehen sein Haar. Ein schlankes Mädchen blickte mich kurz an. Sie ging zum Tisch, füllte ihren Teller mit dem, was noch übrig war, und verschwand. Dann erschien ein Typ namens Tolea, schaute leicht verunsichert um sich, griff sich eine Flasche Wodka und verschwand ebenfalls.

Wir waren nur noch wenige im Wohnzimmer. Vera bot Valera ein belegtes Brötchen an, er lehnte mit wackelndem Zeigefinger ab. Vera kauerte sich vor ihm hin und hielt ihm das Brötchen an den Mund. Valera wendete sich ab, dann leerte er sein Glas in einem Zug. Das schlanke Mädchen ging in den Flur. Sie nahm etwas aus ihrer Manteltasche. Aus dem Nebenraum hörte man Sergius laute Stimme, die immer wieder von zwei anderen kräftigen Stimmen übertönt wurde. Ob eine davon Tolea gehörte? Hin und wieder hörte man russische Wörter. Ich holte mir eine Flasche Wein. Den Gästen wurde gerade angekündigt, dass man im Wohnzimmer gleich tanzen werde. Ich nahm mir vor, spätestens dann nach Hause zu gehen.

»Die Rumänen scheren sich einen Dreck um uns!«, rief jemand im Raum nebenan. Vielleicht Tolea. »Du bist ein Schwachkopf!«, kam die Antwort. »Die Zöllner sind Schweine!«, rief der Erste wieder. Dann klirrte ein Glas auf dem Boden. Valera stand auf und kam auf mich zu. »Wieso sitzt du denn so allein herum? Komm, trink einen mit!«, meinte er. Er hatte einen starken Akzent. Seine Hand zitterte nicht. Ich streckte die Hand mit dem halbvollen Weinglas aus. »Trink aus! Mit Wein stoße ich nicht an.« Ich trank den Wein aus, und er schenkte mir Wodka ein. »Es ist echter russischer Wodka!«, versicherte er mir. Dann sah ich ihn zum ersten Mal lächeln. »Auf Vera!«, sagte ich und leerte das Glas. Er tat es mir gleich, bis auf den Trinkspruch. Er hielt mir die Brotrinde dicht unter die Nase, sie war feucht. Dann ging er, ohne ein Wort zu sagen.

In meinem Hals brannte es. Ich suchte nach Wasser. Vera folgte mir besorgt in die Küche. »Hat Valera dich belästigt?«, fragte sie und sah mich forschend an. »Ach was, wir haben bloß angestoßen ...«, antwortete ich und lächelte. »Solange er noch nicht ganz betrunken ist, macht er manchmal Probleme, aber danach ist er völlig in Ordnung«, sagte sie in einem sanften Ton.

Dann warf ich einen Blick in den Raum, aus dem die Stimmen kamen. Ein Bett, eine brennende Nachttischlampe, Bücherregale. Ich blieb in der Tür stehen. Sie redeten aufgeregt durcheinander. Sie rauchten. Ich steckte mir auch eine Zigarette an. Ich spürte, wie es in meinem Hals immer noch brannte, aber ich begann mich wohl zu fühlen. Der Wodka war in meinem Magen angelangt.

Tolea hatte sich das Hemd aus der Hose gezogen und aufgeknöpft. Man sah sein Brusthaar. Tanja saß auf Sergius Schoß. Loredana, die etwas rundlicher war, kam ins Schwitzen. Eine Haarsträhne klebte an ihrer Schläfe. Sie sah ganz hübsch aus. Das schlanke Mädchen war nirgendwo zu sehen. Es gab aber noch einen Raum. Als Tolea mich dazu aufforderte, trank ich noch einen Wodka. Inzwischen sagte kaum jemand noch etwas. Ich dachte, es liege an meiner Anwesenheit, und ging deshalb ins Esszimmer.

Kurz darauf kam das Startsignal zum Tanzen. Das Licht an der Decke wurde gelöscht, man zündete zwei Nachttischlampen an. Die Musik wurde lauter. Beim Tanzen hielten alle das Glas in der Hand. Sergiu hielt sein Glas dicht an Tanjas Hüfte, er hatte sie mit beiden Armen umschlungen. Dann tauchte auch das schlanke Mädchen wieder auf. An der gerade gerauchten Kippe steckte sie sich eine neue Zigarette an. Sie schweißte die Zigaretten zusammen, wie man in der Redaktion sagte. Tolea schwenkte sein Hemd über dem Kopf und sprach russisch. Er hatte keinen Bauch. Valera fragte ihn etwas, auch auf Russisch, und alle lachten. »Du bist blau wie ein Veilchen, Valera!«, rief Sergiu über Tanjas Schulter. Das schlanke Mädchen zog sich zum Rauchen zurück, in die Nähe des Fensters. Sie stand nun dicht neben mir. Von draußen drang kühle Luft herein. Sie lehnte am Fensterbrett, ihre Oberschenkel zeichneten sich deutlich unter dem Kleid ab. Ich merkte plötzlich, dass sie etwas Besonderes an sich hatte. Sie verströmte einen ganz feinen Duft. Sie bat mich, ihr etwas zum Trinken einzuschenken. Sie wollte jedoch weder Wodka noch Wein. Sie hatte gehört, dass es irgendwo auch Cognac Tiraspol geben sollte. Ich überließ ihr meinen Sessel und begab mich in die Küche. Vera spülte gerade. Sie sah mich verlegen an und sagte: »Ich kann dreckiges Geschirr nicht ausstehen.« Ich erkundigte mich nach dem Cognac. Ihre Augen waren rot und geschwollen. Sie holte eine merkwürdig geformte Flasche aus dem Kühlschrank. »Das ist etwas für Kenner«, meinte sie.

Als ich ins Wohnzimmer zurückkam, ging Valera gerade auf Händen durch den Raum. Tolea und Veaceslav tanzten auf den Knien, ab und zu schlugen sie mit dem Kopf auf den Boden. Sergiu und Tanja waren verschwunden. Das schlanke Mädchen sagte, sie habe genau diesen Cognac gemeint. Ich setzte mich neben sie auf einen Stuhl. Sie schien in Gedanken, sodass ich sie in Ruhe ließ. Sie verfolgte teilnahmslos die alberne Show der drei. Dann sah sie mich an und machte mir Zeichen, ich solle ihr nachschenken. Tolea hatte Veaceslav von hinten umfasst, sie äfften ein schwules Paar nach. Valera führte Turnübungen vor, er machte gerade die Waage.

Ein aufgeregter Typ trat ins Esszimmer, den ich bisher noch nicht gesehen hatte. Er trug Anzug und Krawatte und passte nicht in diese Gesellschaft. Er hatte einen starren Blick, sein Haar war gegelt. »Würdest du mich bitte in den Arm nehmen?«, flüsterte mir das Mädchen nervös zu. Ich begriff, dass sie meine Hilfe brauchte, wusste aber nicht, wie ich reagieren sollte. »Jetzt, schnell!«, fügte sie hinzu. Noch bevor ich antworten konnte, setzte sie sich auf meinen Schoß und schloss die Arme um meinen Hals. Es blieb mir nichts anderes übrig, als ihre Taille zu umfassen. Ihr Ohrläppchen duftete nach teurem Parfüm.

Kurz darauf blieb der Typ neben uns stehen. Er beugte sich zu uns herab und starrte uns an. Ich denke, er war kurzsichtig. »Stell dich nicht so an, Marga!«, herrschte er sie im Flüsterton an. »Ach, du bist es!«, tat sie überrascht. »Ich stelle mich nicht an, siehst du denn nicht, dass du störst? Ich habe dir schon dutzendmal gesagt, es ist aus und vorbei«, fuhr sie fort. »Vera hat gesagt, sie wird uns wieder zusammenbringen«, erwiderte er. »Jaaa?! Und wieso redest du dann mit mir und nicht mit Vera?« »Wieso bist du überhaupt noch hergekommen?«, fragte er erstaunt. »Ich bin gekommen, um ... Um mich mit ihm zu treffen, sieht man das denn nicht?«, antwortete sie. Dann machte ich eine peinliche Geste. Ich nahm die Hand von ihrem Rücken, streckte sie dem Typ entgegen und sagte: »Andi. Ich heiße Andi.« Er zuckte leicht zusammen, doch seine Höflichkeit erlaubte ihm nicht, mich zu brüskieren. »Tudor. Tudor Andronovici«, sagte er. Dann gelang es ihm, mich an Peinlichkeit noch zu übertreffen, indem er hinzufügte: »Freut mich, dich kennenzulernen.« Es freut dich einen Dreck, dachte ich. »Ich denke, ihr habt euch jetzt alles gesagt. Ich würde dich bitten, uns in Ruhe zu lassen«, entschied ich. »Marga! Marga, wieso sagst du denn nichts?«, fragte er, völlig am Ende. »Andi hat Recht. Du musst ein neues Leben anfangen, ohne mich.« Ich hatte nichts dergleichen gesagt, aber nun war's das und ich enthielt mich jeden Kommentars. Das hätte gerade noch gefehlt, dass auch ich jetzt noch verrückt spielte und ihr vorwarf, mir die Worte im Mund zu verdrehen. So lernte ich Marga kennen.

Der Typ blieb noch eine Weile stumm vor uns stehen. Als wartete er darauf, dass wir es uns anders überlegten. Er tat mir leid, unheimlich leid. Doch nun gab es kein Zurück mehr. Marga küsste mich leidenschaftlich, und ich bemühte mich, dabei ganz natürlich zu wirken. Obwohl ich meinen Blick nicht von ihm wenden konnte. Marga war drauf und dran, mich zu ersticken, und er schaute drein wie ein geprügelter Hund. Ich schloss die Augen. Hörte, wie er sich entfernte. Erst danach ging mir auf, was Marga für heiße, weiche Lippen hatte. Sie gab mir überhaupt keine Erklärung für ihr Verhalten. Sie ließ mich bloß wissen, dass sie meinen Schoß nicht zu verlassen gedenke, da Tudor ja jederzeit zurückkehren könne. Ich schlug ihr daraufhin vor, wir sollten uns beide in den Sessel setzen. Dann tranken wir einen Cognac Tiraspol. Mein Glied war ganz steif geworden. Hin und wieder zuckte es. Ich hörte, wie Vera laut russisch sprach. Tolea, der vermutliche Veaceslav und Valera lachten und tanzten zu dritt. Vera und Loredana versuchten, sie von der Tanzfläche zu schubsen. Die ersten zwei ließen sich abdrängen, lediglich Valera blieb weiterhin da und stritt auf Russisch mit den Mädchen. Schließlich hob er die Hände, um zu zeigen, dass er sich geschlagen gab. Er schlich um den Tisch herum, kippte ein Glas Wodka und kam zu uns. »Kennt er vielleicht die Antwort?«, fragte er Marga und deutete mit einer Kopfbewegung auf mich. Marga zuckte die Schultern. »Pass auf!«, sagte er. »Wie zum Kuckuck können zwei Igel Liebe machen, wo sie doch beide Stacheln haben?!« Und er begann zu lachen. »Keine Ahnung«, sagte ich, aber Valera war schon weggegangen, ganz begeistert von seinem Rätsel. »Das fragt er jeden, den er trifft, wenn er einen in der Krone hat«, erklärte mir Marga. »Und wie lautet die Antwort?« »Also Valera behauptet, es gebe gar keine Antwort. Die Pointe liege in der Frage. Vera wiederum meint, es gebe doch eine Antwort: ›Sie machen halt Liebe, wie sie können.‹ Daher haben die beiden oft Zoff.« »Aha!«, sagte ich.

Jetzt, wo die Spinner alle weg waren, begannen wir zu tanzen. Loredana hopste neben uns herum. Im anderen Raum grölten die anderen ein russisches Lied, dass die Wände wackelten. Wohl ein siegesbewusstes Soldatenlied. »Es ist die Hymne der Sowjetunion«, meinte Loredana. »Aber sie machen sich lustig darüber«, fügte sie hinzu.

Ab und zu erschien Tudors Kopf in der Tür. Dann küsste Marga mich jedes Mal so überzeugend wie möglich, und ich bemühte mich mitzuspielen. Vera ging an uns vorüber, mit gesenktem Blick. Die beiden nebenan wurden leiser. Marga und ich tranken Tiraspol und tanzten. Je betrunkener wir waren, desto lustiger fanden wir Tudor. Wir begannen Witze zu reißen. »Alarmstufe eins, Tudor kommt!«, flüsterte ich Marga ins Ohr, während wir uns ganz fest umarmten. Danach küssten wir uns leidenschaftlich. Gegen Morgen hatten wir ganz schön einen sitzen. »Ich möchte dir offiziell mitteilen, dass ich jetzt mit zu dir komme«, sagte Marga, bevor wir die Party verließen. »Denn der Wahnsinnige hat ja einen Schlüssel zu meiner Wohnung, und wer weiß, was ihm noch einfällt …«

Sergiu und Tanja sahen ziemlich zerknittert aus, als sie aus dem Schlafzimmer kamen. Vera weinte laut schluchzend in der Küche, und aus dem Nebenraum hörte man pfeifendes Schnarchen. Dann verließen wir auf Zehenspitzen die Wohnung, ohne uns von jemandem zu verabschieden. Bevor ich ins Taxi stieg, sah ich Tudor, wie er sich aus dem Fenster beugte. Er sah uns nach. Ich wollte tun, als hätte ich ihn gar nicht gesehen, aber unsere Blicke trafen sich viel zu direkt. Tudor winkte mir zu. Marga saß schon im Taxi. Ich winkte betreten zurück.

KAPITEL 25

Irgendwann hatte auch meine »Teerperiode« ein Ende. Es war eine Zeit der Entgeisterung und des Grolls gewesen, in der ich die Vergangenheit durch eine schwarze Brille betrachtete und Marga grotesk verzerrte Formen annahm. Dann folgte die Phase, in der ich beschloss, Marga aus meiner Erinnerung zu verbannen und mich so zu verhalten, als hätte es sie nie gegeben. Aber mein Kopf war gegen mich, und so ertappte ich mich immer wieder dabei, wie ich mir nichts, dir nichts an die Vergangenheit dachte. Marga gelang es, sich durch die Risse der Wirklichkeit in mein Leben zu schleichen, wobei sie sich häufig unfairer Mittel bediente, die einem Machiavelli alle Ehre gemacht hätten. So lieh sie zum Beispiel der Kassiererin von der Stadtreinigung ihr Lächeln.

Es folgte eine etwas längere Periode, in der ich auf diese schmerzhaften Rückblenden verzichtete, die Last der Selbstquälerei ablegte und mir nur noch eine einzige Frage stellte: Wieso ist sie plötzlich verschwunden, ohne mir vorher ein Zeichen zu geben? Der hinterlassene Zettel spielte dabei keine Rolle. Ich versuchte es zu begreifen. Und leider fand ich nicht nur eine Erklärung dafür, sondern eine ganze Reihe davon, eine phantasievoller als die andere. Ich möchte sie hier nicht alle aufzählen, ich kann mich sowieso kaum mehr daran erinnern.

Irgendwann haben sich die Probleme dann einigermaßen entschärft. Ich kann nun sagen, dass ich mich in einer ziemlich ruhigen Phase befinde. Wie lange sie anhalten wird, weiß ich nicht. Aber es wird mir immer klarer, dass mich damals nicht bloß der Grund für Margas Abtauchen beschäftigte. Irgendwann hatte ich die direkten psychischen Konsequenzen ihres Verschwindens einigermaßen verwunden und fragte mich nur noch, wie es denn sein konnte, dass zwei Menschen eine Beziehung so plötzlich beendeten, als wäre einer von ihnen gestorben. Dabei ging es hier nicht um irgendeine Beziehung, wie sie etwa zwischen zwei Nachbarn besteht, sondern um eine höchst intime. Was war das nur für eine Welt, in der so etwas möglich war? Nach welchen Regeln funktionierte sie? Wo lebte ich denn eigentlich?

Ja, ich war ziemlich pathetisch geworden, und diese ganzen Zusatzfragen habe ich damals nicht klar formuliert, sondern lediglich empfunden. Es war schon merkwürdig, wie ein Knäuel undeutlicher Fragen im Inneren eines Gefühls hausen konnte. Ich glaube, ich hatte eigentlich Angst, es war eine kaum wahrnehmbare, aber permanente Angst, die ich ums Verrecken nicht zugegeben hätte. Mir selbst gegenüber nicht und noch weniger gegenüber anderen. Oder vielleicht handelte es sich hier um eine diffuse Panik. Genauso schlagartig, wie Marga verschwunden war, hätte ich mich eines Tages von meinen Eltern oder meinen Geschwistern abwenden können, vergiftet von diesem unbekannten Etwas. Wie diese Gestalt in der TV-Serie *Akte X*, die ihre Denkweise radikal ändert, weil ein Käferchen in ihren Körper eingedrungen ist und sie infiziert hat. Oder, von Beziehungen mal abgesehen, die Seile des Aufzugs, in dem ich mich nichtsahnend befand, hätten aus heiterem Himmel reißen können, ein Auto hätte mich plattfahren können, der Krebs hätte sich plötzlich in einen meiner Körperteile verlieben können. Die Welt war gefährlich und unberechenbar geworden. Sie hatte auf einmal Risse bekommen, und diese Risse wurden durch meine diffuse Angst immer breiter, ich konnte bereits hindurchsehen wie durch das Bullauge eines Flugzeugs.

Ich wollte diese idiotische Marga-Geschichte – so nannte ich sie damals – ein für alle Mal vergessen. Solange wir zusammengelebt hatten, hatte ich die Dinge so genommen, wie sie kamen. Ihre Eigenheiten, ihr anmutiger, sich in jeder noch so kleinen Geste zeigender Egoismus hatten mich nicht gestört. Ich konnte gut akzeptieren, dass die Menschen verschieden waren und jeder seine Macken hatte. Doch die abrupte Art, auf die wir uns kennengelernt hatten, war bereits eine Vorwarnung für mich gewesen. Marga hatte Tudor damals geantwortet »Andi hat Recht. Du musst ein neues Leben anfangen, ohne mich«, obwohl ich so etwas nie gesagt hatte, und es war mir bereits damals klar gewesen, dass sie eines Tages auch mit mir das gleiche Spielchen wie mit Tudor treiben könnte. Aber die Art, wie sie dann verschwunden war, machte mich trotzdem fassungslos. Als wäre sie mir überhaupt keine Erklärung schuldig gewesen. Als wären Erklärungen völlig unnötiges Zeug gewesen. Als wären wir ein Stück Weges zusammen gegangen, wie zwei Autos von Jassy bis Târgul Frumos zufällig Kolonne fahren und danach das eine nach Suceava abbiegt und das andere nach Botoşani. In so einem Fall ist es wohl auch verständlich, dass die Fahrer an der Kreuzung keinerlei Erklärung dafür abgeben und einander auch nicht zuwinken.

Wenn ich auf die Zeit vor der Trennung zurückblicke, dann kann ich heute feststellen, dass alle Dinge, die ich damals einfach hingenommen habe, in Wirklichkeit äußerst problematisch gewesen sind. Sie deuteten auf eine bizarre Welt hin, die mir erschreckenderweise vertrauenswürdig vorkam. Ich lebte in einer Illusion, die die Wirklichkeit perfekt verdeckt hatte, wenn so etwas möglich ist. In einer ziemlich düsteren Illusion, wo viele unangenehme Dinge passierten, an die ich mich aber gewöhnt hatte, deren Spielregeln ich gut kannte. Marga war mit ihrem anmutigen Egoismus durch mein Leben geprescht wie eine durch ein Fenster hereinschießende Metallkugel, die mit wilden Sprüngen ein unsichtbares Netz über die Dinge wirft. Womöglich hätte mich ihr Eindringen nicht derart durcheinandergewirbelt und zu solch ungeahnten Empfindungen und Gedankengängen veranlasst, wenn es nicht in einem ganz besonderen Zusammenhang stattgefunden hätte. Auch Bodo verhielt sich nämlich zu dieser Zeit völlig unvorhersehbar, und so war meine beneidenswerte Stellung in der Zeitungsredaktion auf einmal mit einer Menge obskurer Komplikationen verbunden.

Was würde noch alles auf mich zukommen?, fragte ich mich beunruhigt. Ich konnte mir gut vorstellen, dass ich eines Tages einen Freund anrufen und zur Antwort bekommen würde: »Tut mir leid, Sie sind falsch verbunden!« Oder dass ich an einem Wochenende nach Hause fahren würde und meine Eltern mich durch die nur einen Spalt breit geöffnete und mit einer Kette gesicherte Tür anhören würden, um mir höflich oder voller Mitleid – als wäre ich schwachsinnig – zu erklären, sie hätten nie einen Sohn gehabt, und einen Journalisten zum Sohn schon gar nicht.

Ja, die Fantasie treibt in solch Situationen ungeahnte Blüten. Sie verunsichert und macht Angst. Entwickelt bizarre Drehbücher, die man eher intuitiv als bewusst nachvollzieht. Man nimmt sich dabei vor, ruhig zu bleiben, ganz ruhig. Man macht sich über sich selbst lustig. Sagt sich, dass man alles viel zu tragisch nehme. Wenn man Glück hat, sagen es einem auch die Freunde. Doch man glaubt es ihnen nicht, man zweifelt daran, dass sie einen verstehen. Aber dass sie es einem sagen, tut trotzdem gut. Andere wiederum nehmen einen freundschaftlich auf die Schippe. Man lacht mit ihnen. Doch wenn man danach wieder allein ist, mit einem Stück Teer in der Tasche, fängt man von vorne an. Die Vergangenheit kommt einem auf einmal trüber vor als die Gegenwart. Das ist umso merkwürdiger, da sie bisher klar und durchsichtig war.

Jetzt kann ich lächeln. Damals steckte ich voller Unsicherheiten und Misstrauen. Die Brücke des Vertrauens zu den anderen war eingestürzt. Durch Margas Geste war ein Glas, das ich fast leer geglaubt hatte, plötzlich wieder voll geworden. Ich dachte, meine Ängste und Feigheiten bereits lange Zeit zu kennen, schließlich wohnte ich ja mit ihnen im selben Käfig. Ich hatte sie mit Müh und Not gezähmt und betrachtete sie als unverzichtbare Haustiere. Ich hätte nie geahnt, dass ich derart verletzlich sein konnte. Dinge, die ich auf die leichte Schulter genommen hatte, solange wir zusammen waren, erschienen mir plötzlich unerträglich. Ich hatte damals blindes Vertrauen gehabt in die Tage, die fast identisch aufeinander folgten, und dieses Vertrauen war plötzlich implodiert. Es ist inzwischen so, dass das »Morgen« dem »Heute« nicht mehr ähnelt, dass das »Gestern« heute ganz anders aussieht als morgen. Zwischen den Tagen hat sich dieses leichte Beben eingenistet, das die Menschen wie Stahlkugeln rein zufällig aufeinanderprallen lässt. Das Beben verwandelt deinen Hof umgehend in einen Abgrund ohne Zugangswege, zwischen Ursache und Wirkung hat sich plötzlich ein absolutes Missverhältnis eingeschlichen. Eine diffuse Panik kommt auf, man hat die Alltagsroutine kaum noch unter

Kontrolle. Man hat permanent das Gefühl, an einem Spiel mit sich immerfort ändernden Regeln teilzunehmen. Es ist ein grausames Spiel und nicht etwa ein kindliches, wo der Verlierer dreimal Kikeriki aus dem Fenster rufen muss. Ein Spiel mit überraschenden Strafen.

Es ist schon merkwürdig, dass ein einzelnes Ereignis derart heftige Auswirkungen nach sich zog, und das gilt nicht nur für die Gegenwart, sondern auch für die Vergangenheit. Es geht hier um den Unterschied zwischen *Verlassen* und *Verschwinden*.

Ich befand mich also am Ende der »Teerperiode«, mit anderen Worten, ich war an dem Punkt angelangt, wo die Wut sich in eine selbst auferlegte Ruhe verwandelte. Aber ich wunderte mich noch immer, was ich damals für ein Schwachkopf gewesen war, und welche Niedertracht sich hinter Margas charmanter Naivität verbarg. Ich hatte mir fest vorgenommen, mir diese launenhafte Zicke ein für alle Mal aus dem Kopf zu schlagen. Ich fühle mich nun etwas unwohl, weil ich sie so bezeichne, aber ich würde die Art, wie ich damals über sie dachte, verraten, wollte ich sie jetzt anders nennen.

Also, ich wollte sie aus meinem Gedächtnis löschen, deshalb kaute ich Kaugummi. Denn ich war plötzlich auf die Idee gekommen, dass man, solange man etwas kaute, ausschließlich in der Gegenwart lebte, widmete man sich doch einer konkreten Beschäftigung, wodurch das Abdriften in die Vergangenheit ausgeschlossen war. Die Effizienz dieses Tricks könnte ich jetzt nicht mehr so genau bewerten. Wie dem auch sei, trotz des großen Eifers, mit dem ich mich dem Kauen hingab, kam es nicht selten vor, dass eine Bagatelle, eine unscheinbare Begebenheit oder eine kleine Geste mich in einen Zeittunnel katapultierte, durch den ich wie auf einer Rutschbahn in meine verflixte Bude geschleudert wurde, wo ich mich gerade mitten in einer Diskussion mit Marga befand. Deshalb entledigte ich mich des kleinen Teerstücks. Aber vorher kaute ich ein wenig darauf herum, neugierig, seinen Geschmack zu testen. Ich hatte den Eindruck, es schmeckte ganz leicht nach Minze. Ich ließ es durch ein Kanalgitter fallen, um nicht vielleicht später der Verlockung zu erliegen, zurückzukehren und es zu suchen.

Trotzdem fand sich auch später immer wieder etwas, das an Stelle des Teerstücks mein Gedächtnis auf Anhieb stimulierte.

Man konnte auf eine Menge Reize zurückblicken, und einer davon ist mir bis heute lebhaft in Erinnerung geblieben. Er ist mit einer Verhaltensweise Margas verbunden, die mir viel Kopfzerbrechen verursachte, als wir noch zusammenlebten. Letztendlich hatte ich jedoch auch diese Eigenschaft akzeptiert wie alle anderen.

So schlenderte ich also eines Tages über eine Straße voller Schlaglöcher und sah mir die einst prächtigen Gebäude an, die inzwischen alle baufällig waren. Auf einem Balkon mit gusseisernem Geländer wusch eine Zigeunerin ihrem Sprössling die Haare, und bei einer etwas heftigeren Bewegung landeten ein paar Wasserspritzer vor meinen Füßen auf der Straße. Ich blickte automatisch nach unten und dachte, es wäre nicht schlecht gewesen, wenn ich einen Regenschirm dabeigehabt hätte. Als ich wieder hinaufsah, fiel mein Blick auf das Schaufenster einer Apotheke, wo neben verschiedenen Schachteln mit Arzneimitteln auch einige Kosmetikprodukte ausgestellt waren. In meiner Erinnerung flackerte sofort Margas Köfferchen auf, doch da ich mich mit diesem Thema schon bis zum Überdruss auseinandergesetzt hatte, konnte ich mich schnell wieder davon lösen und in der Gegenwart bleiben.

Aber es folgte sofort ein heftiger Schlag, der mich direkt in meine Junggesellenwohnung katapultierte, mit einem Kassenbon in der Hand. Ich erinnerte mich, wie ich einmal auf Marga gewartet und dabei versucht hatte, die Zeit totzuschlagen. Neben dem Bett entdeckte ich einen Zettel. Ich hob ihn auf, aus Langeweile, und nicht, weil ich Detektiv spielen wollte. Tja, die darauf ausgewiesenen Kosmetika hatten eine schöne Stange Geld gekostet. Wir hätten beispielsweise die Miete für einen halben Monat damit zahlen können. Das ärgerte mich, vor allem, weil die Schulden sich in letzter Zeit ziemlich gehäuft hatten. Ich hatte mich zwar noch nie gefragt, wofür Marga ihre Moneten ausgab, ich hatte keinen blassen Schimmer, wie viel sie monatlich in aller Verschwiegenheit von ihren Eltern zugeschickt bekam, doch als ich diese Quittung sah, geriet ich doch ziemlich ins Wanken. Empörung stieg in mir auf und ich versuchte sie im Keim zu ersticken, erstens, um nicht von einer unbeherrschbaren Wut gepackt zu werden, und zweitens, weil ich dank Marga eine neue Erscheinungsform der Weiblichkeit entdeckt hatte. Schließlich wusste ich schon lange, dass Marga in puncto Zaster eine bezaubernde Gedankenlosigkeit an den Tag legte. Häufig hatte ich das Gefühl, sie kannte den realen Wert der Geldscheine gar nicht – wie Kinder, vor allem, wenn sie in Waisenhäusern aufwachsen. Wenn sie ihre Mäuse zählte, vertat sie sich oft. Sie verfügte über keine Brieftasche. Sie legte die Geldscheine achtlos auf den Tisch oder sonst wo hin, häufig knüllte sie sie zusammen und steckte sie in die Hand- oder in eine ihrer Jeanstaschen. Wenn Kleingeld auf den Boden fiel, machte sie sich nicht die Mühe, es aufzuheben. Sie weigerte sich manchmal, einen fleckigen oder abgegriffenen Geldschein zu benutzen. Sie zog es vor, ihn zu verlieren. Wenn wir mal kein Geld mehr für Brot hatten, brauchten wir nur in den Taschen ihrer Kleidung der letzten Saison nachzusehen, und schon waren wir wieder flüssig. Für mich war diese Einstellung unbegreiflich. Da wir zu Hause vier Brüder waren, reichte das Geld nie aus. Mutter und Vater setzten sich immer wieder in langen, konspirativen Gesprächen mit diesem Thema auseinander. Sie teilten die Finanzen peinlich genau ein, damit sie für den ganzen Monat reichten. Schon zwei, drei kleine Münzen waren für mich ein Vermögen. Ich lief damit schnurstracks in den Laden um die Ecke, um mir einen Keks oder einen Luftballon zu kaufen. Ich achtete mit Argusaugen darauf, wie viel man jedem meiner Brüder zusteckte, damit ich nicht etwa zu kurz kam. Eine noch so kleine Münze, die ich am Rande des Gehsteigs im Staub fand, bot Anlass zu riesiger Begeisterung, und ich wurde von allen Seiten dafür gelobt. Daher fiel es mir ziemlich schwer, Marga zu verstehen. Der Kassenbon haute mich einfach um. Ich verbrannte mir daran die Finger.

Als ich gerade dabei war, mir, mit Argumenten, die in ihre eigenen Worte gekleidet waren, einzureden, sie habe das Geld nur aus Liebe für mich ausgegeben, ihre weiche, elastische, elektrisierende, verlockende Haut sei einzig dazu da, meinen Fingern Entzücken zu bereiten, ihre vollen, einladenden, allmorgendlich mit großer Sorgfalt geschminkten Lippen hätten ausschließlich die Aufgabe, meinen Lippen Gesellschaft zu leisten, hörte ich, wie Marga den Schlüssel ins Schloss steckte. Die Anzeichen des ersten Schocks hatte ich inzwischen überwunden, doch man konnte wahrscheinlich immer noch die Spuren einer gewissen Verblüffung in meinem Gesicht wahrnehmen.

»Was ist denn passiert, hast du etwa Bauchweh?«, fragte sie mich erschrocken.

Ich schüttelte den Kopf, während meine Finger schnell

den Kassenbon zerknüllten. Ich steckte ihn mit einem komischen Schuldgefühl in die Tasche meiner Trainingshose, irgendwo in die Nähe meines schlaffen Gliedes. Marga begann enthusiastisch über ihr Interview mit einem sympathischen Halbidioten zu berichten, einem lokalen Fußballstar, sie hatte sich mit ihm über Gott und die Welt unterhalten. Die Sensation dabei: Er hatte ihr und damit auch den Zeitungslesern verraten, dass er eine schicke Tätowierung an einer intimen Stelle hatte. Als sie merkte, wie ich auf diese Bombennachricht reagierte, war sie wohl etwas enttäuscht, denn plötzlich fragte sie:

»Ist es vielleicht ein Zahn?«

Ich nickte zustimmend.

KAPITEL 26

Einen Tag nachdem Marga verschwunden war, ging ich um die Mittagszeit in die Redaktion. Sie befand sich ganz in der Nähe, aber ich hatte das Gefühl, bis ans Ende der Welt zu gehen. Mein Gehirn war blockiert, die Gedanken und Bilder drehten sich sinnentleert und lethargisch im Kreis. Unter meiner Schädeldecke befand sich eine Glaskugel, an der jede Information von außen wie ein Regentropfen abprallte. Für andere war das ein wunderschöner Tag, mit herrlichen Düften und strahlender Sonne. Ich steckte mir missgelaunt eine Zigarette nach der anderen an, immun gegen das Glück so vieler Menschen, die an mir vorbeischlenderten. Pflichtvergessen und über die Maßen blauäugig, glaubten sie wohl noch an den Weihnachtsmann. Alles um uns herum krachte zusammen und ging den Bach runter, sie aber futterten Popcorn. So etwas hätte Marga Lebensfreude genannt.

Ich schritt mit der Anmut eines Elefanten dahin, finster dreinblickend, unerwünscht. Plitsch, platsch! Ich versank bis zu den Knöcheln, bisweilen bis zu den Knien in dem allgegenwärtigen, stinkenden Dreck, der ungeahnt tiefe Pfützen bildete und auf dem die anderen wie über Wasser schwebten, geschützt vom großherzigen Patron aller Illusionen.

Die Heiligenscheine der Passanten strahlten wie die Deckel von Konservendosen. Meine Turnschuhe aus dem

Secondhandshop wühlten sich durch den zähen Sumpf, schlurften dahin, quietschten. Vor einem Bierlokal, das ich seit den Kettenbesäufnissen mit Luana nicht mehr betreten hatte, versank ich in einem Moment der Unachtsamkeit bis zu den Hüften im Morast. Ich suchte nach meinem Feuerzeug, steckte mir eine Zigarette an und dachte an etwas Schönes. Ich weiß nicht mehr, ob ich an Mortadella mit Zwiebeln oder an etwas anderes dachte, es half mir immerhin, meinen Weg fortzusetzen. Ein Stück weiter hörte ich Jan Garbareks *Beata Viscera* und litt dabei wie ein Hund. Die Schwachköpfe, die das Radio laut aufgedreht hatten, wussten gar nicht, was sie einem damit antun.

Ich hatte zwar die ganze Zeit das Redaktionsgebäude angesteuert, doch nun, als ich es grau wie eh und je vor Augen hatte, war ich ziemlich erstaunt. Womöglich hatte ich gar nicht erwartet, irgendwann dort anzukommen, oder vielleicht war ich bloß überrascht, es an derselben Stelle, wo es schon immer gestanden hatte, vorzufinden, eingehüllt ins selbe graue Rattenfell, dem kein Haar gekrümmt worden war, während ich ein paar tiefe Kratzer abbekommen hatte.

Es war niemand da. Die Wände verströmten den penetranten Geruch kalten Zigarettenrauchs. Durch die Scheiben der Balkontüren am Ende des Flurs drang kaffeefarbenes Licht. Angespannt öffnete ich langsam die Tür zur Technik. Die Leuchtanzeige von Larissas PC blinzelte erstaunt. Daneben, auf Margas Stuhl, lag ein seidenes Halstuch. Das Auge ihres Monitors war tot. Durch das offene Fenster strömten träge die penetranten Gerüche des Industriegebiets. Mit dem Fuß weckte ich zwei Bierflaschen, die auf dem Boden einträchtig vor sich hin dösten. Ich nahm einen Schluck aus der halbvollen Flasche und spuckte das Bier zum Fenster hinaus. Es schmeckte schal, stand wohl schon seit dem Vorabend da. Ich weiß nicht, was ich Marga hätte sagen können, wenn ich sie dort angetroffen hätte. Ich hatte in dieser Hinsicht nichts vorbereitet. Irgendwie fand ich es besser, dass sie nicht da war. Wenn ich mich in einer heiklen Situation befinde, sage ich kein einziges Wort, es sei denn, mir platzt dummerweise der Kragen. Eigentlich sage ich in den meisten Fällen kein Wort.

»Komm, sag doch endlich etwas, tu nicht, als wärst du verstummt«, sagte Mutter in meiner Kindheit oft, nachdem sie mir die Leviten gelesen hatte. Andererseits war sie gerührt, dass ich mich nicht einmal verteidigte. Ich denke, irgendwo in meinem Inneren hege ich die blödsinnige Hoffnung, alle Menschen wären ihr ebenbürtig.

Unvermittelt fragte ich mich, ob Marga eigentlich Tiere mochte, und ging auf den Flur. Vielleicht war ja wenigstens Larissa irgendwo zu finden. Aus der Abteilung Gesellschaft drang frischer Zigarettengeruch auf den Flur. Ich klopfte an die Tür und trat ein.

»Wer ist der Idiot, der …«

»Ich bin's. Aber was ist denn hier …«

Sie sahen mich vorwurfsvoll an und bedeuteten mir zu schweigen. Es waren um die fünf Leute, sie drängten sich alle um Sandus Computer. Sie starrten auf den Bildschirm, und es herrschte dabei eine Stille, wie sie in einer Zeitungsredaktion selten ist. Ich dachte, vielleicht sei die Regierung gestürzt, aber dann wäre doch eher zu erwarten gewesen, dass man darüber redete, Vermutungen anstellte, miteinander stritt und vor allem sämtliche Politiker zum Teufel wünschte. Es musste etwas viel Schlimmeres vorgefallen sein, da sie alle so eisern schwiegen. Ich nahm mir vorsichtig einen Stuhl und setzte mich dazu.

Auf dem Monitor konnte ich anfangs kaum etwas erkennen. Erst als ich ganz genau hinblickte, konnte ich das

Bild einer Fliege in Lebensgröße ausmachen. Ich fragte Antonio mit den Augen, was denn da ablaufe, er legte den Zeigefinger auf die Lippen, dann zeigte er damit auf den Monitor. Wie sollte ich das denn verstehen, dass ich das jpg-Bild nicht erschrecken durfte?

Ich griff mir ein Bier und bemühte mich, geräuschlos zu schlucken. Antonio drehte aufgeregt ein Brotkügelchen zwischen den Fingerspitzen. Larissa neigte sich über eine Stuhllehne nach vorn und stellte dabei ihren Hintern zur Schau, der die Riesendimensionen eines Hausbrotes hatte. Die braunen Jeans hielten ihn gut zusammen. Ghighi, versteckt hinter seiner dioptriengepanzerten Brille, ähnelte selbst einer überdimensionalen Fliege. Relu mit seiner Krawatte, über die man in der Redaktion munkelte, sie hänge schon seit etlichen Jahren an seinem Hals, schaute überaus wichtig drein, wie auf einer Pressekonferenz. Sandu hielt die Computermaus im Anschlag wie eine Pistole. Nur Bodos fettes Gesicht und sein öliger Blick fehlten in diesem Raum.

Plötzlich merkte ich, dass eine Stubenfliege um den PC herumflog. Sie brummte hohl wie ein Flugzeug, das Chemikalien versprühte. Anfangs zog sie weite Kreise um den Monitor, dann kam sie immer näher. Es war anzunehmen, dass die jpg-Fliege weiblich war und die Stubenfliege männlich. Als sich die Stubenfliege ganz dicht vor der jpg-Fliege befand, klickte Sandu ein paar Mal diskret auf die Monitorfliege, und diese nahm plötzlich ungeheuerliche Dimensionen an. Die Stubenfliege summte entsetzt, änderte ihre Flugroute und machte sich in spitzem Winkel aus dem Staub, wie ein UFO. Das aufbrandende Gelächter brachte sie nur noch mehr durcheinander, und sie sauste kopfüber in eine Fensterscheibe. Daraufhin steckten wir uns alle eine Zigarette an. Hundemüde und stolz auf diesen Volltreffer, genehmigten wir uns ein Bier und begannen zu quasseln.

Larissa bat mich, ihr in eine ruhigere Ecke zu folgen, und erkundigte sich, was denn mit Marga passiert sei.

»Gibt's etwa Ärger?«, fragte sie mit besorgter Stimme.

»Tja ... Irgendwie schon ...«, versuchte ich auszuweichen.

»Es geht schon wieder um ihre Eltern, oder?«

»Ja. Oder was weiß ich ...«

Sie verstand sofort, was ich ihr signalisieren wollte, wechselte das Thema und begann über Margas Arbeit zu sprechen. Sie frage sich, wer Marga künftig vertreten könnte. Am Ende konnte sie es sich dann doch nicht verkneifen, mir tröstend die Hand auf die Schulter zu legen. Ich war aber nicht sauer.

Ich machte mich auf die Suche nach Bodo. Ich war keineswegs erpicht darauf, seine Visage zu sehen, ich wollte lediglich über diese Reportage mit ihm reden. Ich wusste nicht, was ich von der ganzen Sache halten sollte: Entweder hatte er es sehr eilig gehabt, das Schweigegeld vom Herrn Direktor einzustecken, oder er hatte es auf mich abgesehen und wollte mich fertigmachen. Jetzt, da Marga sich verkrümelt hatte, war auch meine Angriffshemmung Schnee von gestern. Doch ich konnte ihn nirgendwo ausfindig machen. Einige meinten, er hätte einen wichtigen Termin in Bukarest gehabt, müsse aber jeden Moment wieder aufkreuzen, andere sagten, er werde erst in zwei, drei Tagen wieder da sein. Es gab aber auch noch eine dritte Variante, die man sich hinter vorgehaltener Hand zuflüsterte, sie besagte, dass er auf der Suche nach jemandem sei, dem er die Zeitung oder zumindest einen Teil der Aktien verkaufen könnte, sodass es ziemlich schwierig war, zu sagen, wann er wiederkommen würde.

KAPITEL 27

Manchmal träumte ich mit offenen Augen. In meinem Traum gab es nichts Greifbares, ich befand mich plötzlich in einer heilsam schlaftrunkenen Welt, die nichts gemein hatte mit einem echten Traum, in dem Gegenstände und Personen deutlich umrissen sind und man schon vorher weiß, was vorfallen wird, ohne zu wissen, woher man es weiß. Es war mir nicht, als wäre ich in tiefem Wasser versunken, sondern als spielte ich vollkommen entspannt Toter Mann in einem stillen Ozean, halb über, halb unter der Wasseroberfläche. Ich hing an dünnen, starken Fäden in einer harmlosen Schwerelosigkeit. Alle Geräusche von außen drangen bis zu mir vor, sie schafften es jedoch nicht, mein neu erlangtes Gleichgewicht zu stören. Am häufigsten erreichte ich diesen Zustand, wenn ich am Fenster stand und hinaussah, ohne etwas zu sehen, oder wenn ich mit aufgestützten Ellbogen am Tisch saß, vor einer Tasse kalt werdendem Kaffee. Aber auch wenn ich mich gerade auf der Straße oder in der Straßenbahn befand, entschwand ich plötzlich in eine Welt aus Watte. Es war die Welt, in der ich fortfuhr, mich weiterhin systematisch mit Marga zu treffen. Nur in der Jugend hatte ich mich noch voller Wollust solchen Träumereien hingegeben. Jetzt beschwor ich sie nicht mehr herauf wie damals, doch versuchte ich auch nicht, ihnen zu entfliehen. Wenn sie kamen, waren sie willkommen. So wütend ich auch war, wenn ich unter normalen Umständen an Marga dachte, und so sehr ich dann auch den Drang verspürte, sie gnadenlos in die Mangel zu nehmen, so zärtlich und verständnisvoll zeigte ich mich jetzt, in diesem Zustand.

Irgendwie wollte es eine List des Schicksals, dass unsere Beziehung nicht aufhörte zu existieren. Aber vielleicht war es auch nur mein eigener listiger Einfallsreichtum, der insgeheim und hartnäckig immerfort nach dem Grund für die entstandenen Risse suchte, wobei er sich der Werkzeuge des Unterbewusstseins bediente, der der Wahrheit Zeit ließ, zu gedeihen, und der sanft einen neuen Weg zur Verständigung zu ebnen trachtete. Marga war fortgegangen und war doch geblieben. Keiner kann restlos verschwinden, egal wie erfinderisch er sich davonstiehlt. Wenn man einen Baum fällt, bleiben seine Wurzeln dennoch weiterhin im Boden und ernähren sich weiter. Aus dem Baumstumpf sprießen neue Zweige hervor, frische und rohe Versprechungen. Das Foto aus der Akte »Marga« ist nicht irgendeine Spur. Es ist die Verzweigung einer Wurzel, die nach Nahrung sucht.

Die Wurzeln des Zigarettenrauchs steigen nach oben. Manchmal träume ich mit offenen Augen Dialoge. Meine eigene Stimme stellt Fragen und gibt zugleich die Antworten, das allerdings getarnt in Damenkleidung. Die Antworten entspringen einer verblassenden Vergangenheit und einer unwahrscheinlichen Zukunft, die sich fortwährend ändert. Letztendlich tun Marga und ich nichts anderes, als unschuldig miteinander zu schwatzen. Aber nicht das ist wichtig, sondern das, was hinter uns liegt und wartet. Die Vergangenheit zerfällt pausenlos, die Spuren verändern sich, verfärben sich immer ekelhafter, beginnen zu stinken, die Gerichtsmediziner wissen genau, was ich meine.

Es kommt allein auf die Geduld an, auf eine lebendige und heitere Geduld. Die tote Geduld stinkt nach Viehstall und nach komplizenhafter Feigheit, während die verbissene Geduld erbärmlich nach Hass und Heuchelei stinkt.

Der Weg zu Marga führt durch mich, und der Weg zu mir durch sie. So empfinde ich es manchmal, jedoch nicht immer. Ihre Vergangenheit, meine Vergangenheit, unsere Vergangenheit, sie zerfallen und verwesen. Phosphoreszierende Lichtlein schmücken ihre Leichen. In ihren Gedärmen zu wühlen scheint auf den ersten Blick unerträglich. Jedes Scheintreffen mit Marga trägt dazu bei, dass diese Leichen frisch bleiben, allerdings nicht parfümiert. Man pflegt die Toten drei Tage lang auf dem Tisch aufzubahren, weil man weiß, dass man sie nie wieder sehen wird. Theoretisch wird man sich nach ihnen sehnen. Ausgestopft könnte man die Toten ein Leben lang aufbewahren, doch dann hätten die Möbel mit der Zeit keinen Platz mehr im Haus. Je kleiner die Wohnung wäre, desto weniger Tote würden hineinpassen. Wir ziehen es also vor, sie zu verbrennen und sie in sorgfältig beschrifteten Gefäßen zu verwahren, so passen sie gut zu den Möbeln und stillen gleichzeitig unsere Sehnsucht, die uns schmerzt. Am allerbesten jedoch bringt man sie in der Natur unter, man vergräbt sie, dann wird auch die Luft nicht durch Krematoriumsrauch verschmutzt. Unter der Erde wächst den Toten eine positive Fruchtbarkeit zu und sie nähren prächtige Nussbäume, aus denen man edle Möbel machen kann.

Bei meinen Begegnungen mit Marga unterhielten wir uns oft über Gott und die Welt und etwas seltener über Leben und Tod. So läuft es auch im alltäglichen Leben. Margas Worte, die in verschiedenen Szenen wie zerstreute Splitter meiner, ihrer, unserer Vergangenheit aufblitzen, bekommen nun einen ganz besonderen Charme. Sie sind auf ihre Weise unbefleckt, sie besitzen die erhabene Eigenschaft der umfassenden Schwerelosigkeit. Unwillkürlich bekommen sie bisweilen eine hintergründige Bedeutung, klingen dann wie Aphorismen und scheinen wie ein geistreiches, klares Licht. Das stimuliert meine Kreativität und verleiht meiner Hartnäckigkeit einen Sinn.

Unser Dialog nimmt merkwürdige Konturen an, er erhält allmählich die Form eines neuen Kontextes, diese Veränderung hat sich freilich unmerklich und heimtückisch eingeschlichen. Man kann das Ganze auch Experiment nennen. Die Knospen der Wahrheit können auf ungeahnten Zweigen aufgehen. Die Erregung hat hier nichts zu suchen, obwohl sie sich manchmal einschleicht. Sie schüttet rote Tinte in ein längst trübes Wasser. Sie ist ein wirres Knäuel aus Adern und Gliedern, ein sich verteidigender Tintenfisch. Der Kampf könnte extrem hart und unheroisch werden. Das süße Leben fordert sein Recht, sogar durch ein Echo. Die banalen Gespräche können langsam zur Verlockung werden, sie sind kleine Früchte, aus denen sich eine köstliche Konfitüre herstellen lässt. An diesem Punkt tappt die Heimtücke in eine Falle und der Jäger richtet die Flinte gegen sich selbst. Man könnte danach auch von einem Unfall sprechen. Je besser, desto schlechter. Die trauernde Elektra ist gescheitert. Obwohl wir uns vereinigen möchten, bleibt zwischen Marga und mir immer eine durchsichtige Schicht Kosmetika, wie eine widerstandsfähige Hornhaut. Das schmerzhafte Stöhnen vermengt fleißig das Öl mit dem Wasser, obgleich ich schwören könnte, dass es nicht immer so gewesen ist. Wenn ich es nicht wüsste, könnte ich schwören, dass man manchmal gar nicht mehr weiß, was man davon halten soll.

Man steht mitten in der Kreuzung und versucht aufzuatmen. Die Unfälle beleuchten den Weg in die Vergangenheit jedes Mal anders. Gewissheit haben heißt, sich blindlings nach hinten fallen zu lassen. Pfeift nun etwa der Wind durch Margas musikalische Knochen? Hat ihr glockenhelles Lachen nun etwa Karies bekommen?

Einige Male warf ich, als ich aus den Träumereien erwachte, die Kaffeetasse gegen die Wand. Zwischen den Scherben war ich weniger einsam. Eigentlich hatte mein Schrei die Tasse zersplittert. Verdrängt und immer wieder weggesperrt, fand die Verzweiflung, dieses unbezähmbare Tier, jedes Mal neue Schlupflöcher, um auszubrechen.

Etwas Eigentümliches umschlich mich. »Das Problem ist, dass ich keinen Essig im Salat mag«, sagte sie. Hätte mich das etwa in Alarmbereitschaft versetzen müssen? Oder: »Es würde mich krank machen, nach Schweiß zu stinken!« Doch die Worte, so verlockend sie klingen mögen, sind bloß die Vorspeise. Das Gehirn ist ein Magen, der Bilder verdaut. Es zerstückelt sie und verwandelt sie in eine leuchtende Paste. Es ist ein Reißwolf für alte Fotos.

»Komm, Alter, gehen wir ein Bier trinken!«, sagte er. Er, Bodo. Dieses vertrauliche »Alter« war in der Regel für andere reserviert. »Er will mir einen vom Pferd erzählen«, sagte ich mir und folgte ihm. Und das nur, weil seine Stimme friedlich und sanft war, man hätte sie als Staubwedel einsetzen können. Seine Schritte waren gealtert, ich merkte es sofort. In der »Geheimabteilung« der Zeitung, hinter dem Bierglas, betrachtete ich Bodos unrasiertes Gesicht mit den hängenden Mundwinkeln. Seine Augen waren vom Zigarettenrauch gerötet. Ich ließ mich davon nicht täuschen, hinter der Rötung verbarg sich eine für ihn ungewöhnliche Traurigkeit.

»Ich habe einen Fehler gemacht, Alter, kommt schon mal vor … Du wirst mir deswegen jetzt doch nicht den

Kopf abreißen, oder?«, sagte er und versenkte seinen Blick in dem sich auflösenden Bierschaum.

Er war es nicht gewöhnt, solche Worte über die Lippen zu bringen, und ich nicht daran, sie von ihm zu hören. Ich wusste nicht, wohin mit meinen Händen. Das Bierglas damit zu halten kam mir ziemlich provokant vor, und das war nicht meine Absicht. Ich hegte ihm gegenüber gemischte, doch keine kriegerischen Gefühle. Am liebsten hätte ich nun ein Brotkügelchen mit den Fingern geknetet. Stattdessen trank ich mit kleinen Schlucken und rauchte wie ein Schlot.

»Der Herr Direktor hat mich gesucht, er war außer sich ... Schließlich trafen wir eine Vereinbarung: Er lässt dich in Ruhe, und wir ihn«, fügte er noch hinzu und stöhnte leise.

Ich erinnerte mich an einen alten, zahnlosen Hund, der so ähnlich stöhnte wie Bodo. Die Nachbarn meiner Eltern hielten ihn aus einer Art Pflichtgefühl, aus Dankbarkeit, weil er sich in der Vergangenheit so tapfer erwiesen hatte. Sie gaben ihm Milch und sagten ihm täglich, dass er zu nichts mehr nütze sei. Das war aber bloß ein flüchtiger Gedanke.

Bodos Zähne waren noch kräftig, auch wenn er traurige Augen hatte. Ich hätte ihm gerne die Leviten gelesen, doch dazu hatte ich keine Kraft mehr. Die Scheinbegegnungen mit Marga ließen eine wohltuende Erschöpfung in mir aufkommen, sie trockneten mich aus, ließen mich leer zurück. Ich hatte mir die Begegnung mit Bodo ganz anders vorgestellt, aber ich ließ die Realität weiterfließen, in einer unangenehmen Atmosphäre. Irgendetwas hatte seinen Stolz gebrochen, und nun sagte er dauernd »Alter« zu mir. Selbst wenn ich ihn hätte trösten wollen, hätte ich nicht gewusst wie.

»Wer nicht arbeitet, wird nicht müde«, sagte ich irgendwann, eher an Marga gewendet.

»Was meinst du?«, fragte Bodo verständnislos.

»War einfach nur so … dahingesagt.«

»Aha.«

Am nächsten Tag rief mich Larissa an, um mir vorzuschlagen, ich solle Margas Job übernehmen. Nur für eine gewisse Zeit.

Natürlich lehnte ich ab.

KAPITEL 28

Ein paar Tage vor dem Umzug in die neu gemietete Junggesellenwohnung begann Andi seine Koffer zu packen. Das wenige, das er besaß, lag überall in der Wohnung herum. In den Staub eines Kofferdeckels zeichnete er ein Herz. Danach einen Rhombus. Mit einem Paar Socken wischte er alles weg. Er hatte sich an Seth gewöhnt, an seine Einsätze voller christlichen Engagements, sein vielsagendes Schweigen, seinen gutmütigen Humor. Er würde sich ziemlich einsam fühlen. Gott würde ihm wohl nicht fehlen, dafür aber die Menschen. Immerhin brachte sein Umzug einen unmittelbaren Vorteil, er würde in der neuen Wohnung rauchen können. Er hatte schon seit über zwei Monaten keine Zigarette mehr entspannt im Sessel genossen, das war eine halbe Ewigkeit. Zuweilen fand er es verlockend, so ähnlich zu sein wie sie, sich wie diese bigotten Menschen einer erholsamen Selbstvergessenheit, einem fröhlichen Wahnsinn hinzugeben. Ihre Art, sich zu verhalten, hatte etwas Beruhigendes. Er führte diese Gedankenspiele natürlich auf seine diffuse und quälende Müdigkeit zurück, auf seine ölige Melancholie, seine Nerven waren immer noch schwer angeschlagen und vibrierten in einem fort.

Er begann abermals zu überlegen, was er Seth wohl zum Abschied schenken könnte, es war nicht einfach. Er zerbrach sich schon seit Tagen darüber den Kopf. Diesem Mann schien es an nichts zu fehlen. Geld hätte er abgelehnt, und etwas anderes kam ihm lächerlich vor. Ein Hemd, eine Schachtel Pralinen, eine Krawatte, ein Blumenstrauß, ein Parfüm, ein Buch, eine Glühbirne, derlei Schwachsinn ging ihm durch den Kopf.

Als er sein schlecht gefaltetes kariertes Hemd in den Koffer legte, erschien der Presbyter in der Tür.

»Morgen früh gehe ich auf eine Beerdigung«, sagte er. »Du ziehst ja nicht schon morgen um, oder?«

»Nein, erst in zwei Tagen.«

»Ich werde dich fahren.«

»Nicht nötig, danke. Ich nehme ein Taxi. Hat er lange gelitten?«

»Wer?«

»Der Tote. Also, der oder die Verblichene, um es höflich auszudrücken.«

»Nein, er starb friedlich im Schlaf. Wieso interessiert dich das?«

»Ich sah, dass du … Nun, dass du nicht besonders mitgenommen bist, um nicht zu sagen, fröhlich. «

»Also, sein Tod ist tatsächlich ein Anlass zur Freude, er befindet sich ja nun im Himmel, bei Gott.«

Da fiel ihm das Geschenk ein:

»Ich gehe mit. So, aus Freundschaft … Zum Abschied … Um dir ein Geschenk zu machen, okay?«

»Das ist wirklich ein Geschenk! Aber überleg es dir gut. Das Dorf liegt um die zwei Kilometer von der Bushaltestelle entfernt. Mit dem Auto kann ich nicht so weit fahren, es könnte jederzeit den Geist aufgeben. Und wir würden sowieso nicht alle reinpassen. Es macht mir nichts aus, wenn du es dir anders überlegst.«

Geschenk war Geschenk, jetzt gab es kein Zurück mehr.

»Ich komme mit.«

Außerdem gab es ja nicht alle Tage ein fröhliches Begräbnis.

Sie standen am frühen Morgen auf. Tranken Kaffee, und Seth schmierte ein paar Brötchen. Obwohl der Herbst kurz bevorstand, kündigte sich ein schöner Tag an. Auf dem Busbahnhof wurde abgezählt. Sie waren insgesamt sieben, fünf Männer und zwei Frauen. Es hätte noch eine »Schwester Adriana« kommen müssen, doch sie ließ auf sich warten. Andi war schlecht drauf, es war ihm bisher nicht gelungen, mehr als eine einzige Zigarette zu rauchen. Wann er zur zweiten kommen würde, wusste er nicht. Er konnte sich kaum vorstellen, dass bei einem Baptistenbegräbnis alle mit dem Glimmstängel im Mund herumstehen, egal wie entspannt die Atmosphäre auch sein mochte.

Der junge Mann mit Brille hieß Sorin. Varvara war ihm ebenfalls nicht mehr unbekannt. Paul und Ioan ähnelten einander stark, sie hätten Geschwister sein können. Die schüchterne Frau, die den Blick die ganze Zeit gesenkt hielt, als ob sie nach Steinchen suchte, war »Schwester Ruth«. Soweit er verstanden hatte, würden noch zwei Gruppen mit Autos dazukommen. Sie verspäteten sich offensichtlich. Er dachte neidisch, dass die womöglich immer noch wie die Murmeltiere schliefen, einen Fuß unter, einen über der Decke.

Sie stiegen alle sieben in einen Bus, der hustete und Rauch spie und nach Teer, Schwefel und Pflaumenschnaps roch. Drinnen saßen fünf weitere Personen, sie schlummerten vor sich hin, das Kinn auf der Brust. Der Fahrer, ein kräftiger Mann, dessen schwarzer Schnurrbart so groß war wie eine Katze, begann zu fluchen, noch bevor er sich ans Lenkrad setzte. Er trat gegen einen Reifen und wünschte den Fahrtenschreiber zum Teufel. »Verflucht seien alle Polizeikontrollen!« war einer seiner Lieblingsflüche. Als eine junge Frau mit sehr langen und unglaublich dünnen Beinen ihm schließlich das Papier zum Einlegen brachte, riss der Fahrer es ihr aus der Hand und drehte ihr wortlos seinen fetten Stiernacken zu. Als er sich dann auf seinen Sitz fallen ließ, bebte der ganze Bus. Sie sah ihn verächtlich von der Seite an und entfernte sich auf ihren extrem dünnen, ellenlangen Beinen. Sie hätte sie gut als Flaschenbürsten einsetzen können, Andi hatte eine ziemlich genaue Vorstellung davon. Wenn auch vielleicht nicht für gewöhnliche Flaschen, auf jeden Fall aber für Milchflaschen, deren Hals etwas weiter war.

Der Bus fuhr los. Sie hatten sich auf die hinteren Plätze gesetzt, um sich gegenseitig besser sehen zu können. Der Fahrer war stinksauer auf die ganze Welt und verfluchte alles, was ihm in die Quere kam: die Fußgänger, die Schlaglöcher, den Schotter, die Hunde, das Wetter, die Kreuzungen, die Fahranfänger, die Pferdewagen, das Auspuffrohr und den Motor. Solange er sich nicht wiederholte, hörte ihm Andi mit einigem Interesse zu. Dann aber wurde er selbst zunehmend aggressiv, als hätte ihn die Wut des anderen angesteckt. Das wurde ihm aber erst klar, als ihm plötzlich durch den Kopf schoss, dass er sich für sein Leben gerne einen Kragen für seinen Wintermantel hätte anfertigen lassen – aus dem Schnurrbart des Fahrers. Danach beschloss er, ihn zu ignorieren.

Paul erklärte den anderen gerade überschwänglich, dass die Nächstenliebe erst dort anfange, wo man sich selbst als eine andere Person betrachte. Ihr absoluter Höhepunkt sei jedoch erst dann erreicht, wenn man den anderen so betrachte wie sich selbst. Der Übergang von dem einen in den anderen Zustand finde unmerklich statt, allein die göttliche Gnade ermögliche ihn. Nur wenn man genügend Abstand zu sich selbst habe, könne man zuerst den Splitter und danach den Balken im eigenen Auge sehen. Deswegen denke er hin und wieder an die Ereignisse des vergangenen Tages zurück und lasse sie Revue passieren, wie Szenen eines Filmes, in dem er zufällig die Hauptrolle spiele. So könne er seine Fehler besser sehen. Und wenn er nach derselben Methode nicht nur auf einen Tag, sondern auf längere Zeiträume in seinem Leben zurückblicke, dann falle es ihm gelegentlich wie Schuppen von den Augen bei der Einsicht, wie Gott arbeite, und das versetze ihn in Staunen. Bei solchen Geistesübungen sei sein Ich mal dabei, mal nicht. Nachdem er seine Fehler dann eingesehen habe, kehre er zurück in seine Haut und bete um Vergebung. Im Gebet könne man sich nicht mehr wie jemand anders verhalten, zumal man seine Sünden auf sich nehmen und Reue zeigen müsse. Darüber hinaus könne man aber auch beten, dass die Sünden der anderen vergeben würden, als wären es die eigenen, und das hieße dann in der Tat, seinen Nächsten lieben.

Davon ausgehend erzählte Ioan eine Geschichte, die er in einem Andachtsbuch gelesen hatte. Auf einer fernen Insel habe ein Weißer mehrere Eingeborene fotografiert. Jeder habe danach auf dem Foto die anderen erkannt, sich selbst aber nicht. Genauso verhalte es sich auch mit den Sünden, wir nähmen sie bei anderen viel eher wahr als bei uns selbst. Wir vermöchten uns lediglich dann wiederzuerkennen und festzustellen, was für arme Sünder wir seien, wenn wir uns im Spiegel Gottes sähen. Deswegen habe uns Gott Jesus geschickt, einen lebendigen Spiegel, in dem wir erschüttert unsere entstellten Gesichter betrachten könnten.

Der Klapperkasten hielt an einer Kreuzung, der Fahrer verfluchte die Sonne, die ihn blendete, und sie stiegen aus. Es war ungefähr neun Uhr. Es duftete nach Heu, man sah keine Menschenseele weit und breit. Dem Presbyter folgend liefen sie auf einem Pfad ins Tal hinab.

»Das Dorf ist hinter dem Berg da vorn«, erklärte Seth.

Der Abstieg war ziemlich sanft. Links und rechts lagen zwei andere grüne Berge, auf die schräg das Sonnenlicht fiel. Rechts eine reglose Schafherde. Wie ein unregelmäßig dunkler Fleck mit tiefroten Farbtönen. Daneben eine Sennerei. Am Wegesrand das hohe, mit wilden Blümchen gesprenkelte Gras. Blaue, gelbe, blutrote Blumen. Die beiden Frauen begannen sich jeweils einen Strauß zu pflücken. Als er sich den Männern näherte, hörte er sie über »Schwester Marlena« sprechen. Sie habe nach dem Vorfall mit ihrem Mann nie wieder einen Fuß in die Kirche gesetzt und weiche ihnen systematisch aus. Der Presbyter sagte, er habe ein paarmal Anstalten gemacht, sie zu besuchen, doch es sei nie jemand zu Hause gewesen. Oder, wer weiß, vielleicht hatten sie ihn durch den Spion gesehen und ihm nicht aufgemacht. Andi verstand diese ganze Geschichte überhaupt nicht mehr, aber es war jetzt auch nicht der richtige Zeitpunkt, sich den Kopf darüber zu zerbrechen.

Im Tal kreuzte ein etwas breiterer Pfad ihren Weg. Nach links verschwand er am Fuß des Berges, nach rechts führte er an einem Brunnen und einer Viehtränke mit steinernen Trögen vorbei, die sich im Schatten mehrerer Weidenbäume befand. Es herrschte völlige Windstille, und die Weiden sahen wie versteinerte Springbrunnen aus.

»Wie wäre es, wenn wir etwas singen?«, schlug eine der Frauen vor. »Es ist so schön hier!«

Der Vorschlag begeisterte alle, Andi ausgenommen.

Kurz darauf klang es durchs Tal. Andi hörte sich den Text an. Es hieß darin, Jesus sei der Freund derer, die singen, er begleite sie auf der Reise des Lebens, von den Morgenstunden der Jugend bis zum Ende. Der Text war gewiss kein Meisterwerk, aber ihre bebenden Stimmen, die von den Bergen rundum wie von einem riesigen Lautsprecher vielfach verstärkt wurden, riefen bei ihm eine gewisse Erregung hervor, die eher körperlicher Natur war, die Haare an seinen Unterarmen richteten sich auf wie bei einem heftigen Donnerschlag. Dann überlegte er, dass es eigentlich ganz schön war, wie sie so mit freudeglänzenden Augen begeistert singend zu Tal wanderten, an einem Spätsommermorgen, auf einem sonnigen Pfad zwischen den Bergen.

Unten im Tal, nicht weit von ihnen entfernt, schnaubte ein Pferd. Zwischen den Weiden erschienen zwei Männer, ein junger und ein etwas älterer. Danach zeigten sich noch zwei, beide jung. Die vier schauten beharrlich in ihre Richtung, dann steckten sie die Köpfe zusammen und begannen sich zu beratschlagen. Sie legten die Satteldecken auf die Pferde und saßen auf. Auf dem breiteren Pfad kamen sie im Schritt auf die Kreuzung zugeritten. Jeder hatte eine Reitpeitsche in der Hand. Als das Lied zu Ende war und sie überlegten, was sie als Nächstes singen sollten, schritt Andi ein:

»Mir gefallen diese Typen da nicht«, sagte er und zeigte auf die Reiter.

»Nimm die Hand runter!«, sagte der Presbyter. Und er fügte hinzu: »Mir gefallen sie auch nicht.«

Seiner Reaktion nach hatte er sie schon gesehen, während er noch sang. Die Frauen gerieten in Panik.

»Vergessen wir nicht, Gott ist mit uns!«, sagte Seth ruhig.

Sie gingen schweigend weiter, die Schritte klangen dumpf. Bald standen sie sich dicht gegenüber. Die vier

Reiter warteten mitten auf dem Weg und spielten dabei mit den Peitschen. Erst jetzt bemerkte Andi, dass zwei von ihnen gar keine Peitschen hatten, sondern Hirtenstäbe. Der Presbyter stand vorn, ihm zur Seite Paul und Ioan. Dann folgten die anderen, dicht aneinandergedrängt.

»Haut ab hier, wir wollen nicht, dass ihr unser Dorf mit euren Liedern versaut!«, brüllte der Ältere wütend.

»Wir gehen zu einer Beerdigung«, sagte Seth.

»Ich habe euch nicht gefragt, wohin ihr geht, ich habe euch gesagt, ihr sollt abhauen.« Dann warf er hinterher: »Ihr Antichristen!«

»Lasst uns vorbei! Wir haben euch nichts getan.«

»Wir brauchen keine Baptisten in unserem Dorf. Die sollen nach Palästina gehen, wo sie zu Hause sind!«, sagte einer der Jungen.

»Wir sind Christen, und wir gehen zu einer Beerdigung. Das ist alles. Macht bitte Platz!«, forderte der Presbyter entschlossen.

»Verdammte Idioten! Ihr wollt Christen sein?!«, empörte sich der Ältere. »Ihr seid der Satan selbst, das seid ihr!«

Und er schlug Seth mit der Peitsche auf den Kopf.

Wie auf ein Zeichen schossen zwei der Jüngeren blitzschnell seitlich an ihnen vorbei und zügelten ihre Pferde hinter der Gruppe. Die zwei, die vorne geblieben waren, schlugen nach links und nach rechts und brüllten: »Satan, verschwinde!«

Andi sah, wie Paul vor ihm niedersank. Er bückte sich, um einen Stein aufzunehmen, dann spürte er einen brennenden Schmerz und verlor das Gleichgewicht. Er wankte noch ein paar Schritte, dann streckte ihn ein Schlag ins Genick zu Boden. Er kauerte sich zusammen und schützte seinen Kopf mit den Händen.

»Na, wieso singt ihr denn nicht weiter?«

Ein neuer Schlag traf seinen Handrücken, seine Ohren begannen zu dröhnen.

»Ihr verdammten Schweine! Die Leute haben die Nase voll von euren verfluchten Lügen! Merkt euch das!«

Dann hörte er, wie Seth zu singen begann. Undeutlich, wahrscheinlich lag er irgendwo auf dem Boden. Eine Frauenstimme schloss sich ihm an. Plötzlich hörte man Autohupen, irgendwo oben auf dem Berg.

»Verschwinden wir, es kommen noch welche!«, rief der Ältere. »Für heute reicht es ihnen ja wohl.«

»Sagt eurem Chef, dass euch die Schäfer kein bisschen lieb haben! Wir brauchen keine Baptisten in unserer Herde!«, schob einer der Jüngeren nach.

Die Pferde trabten davon. Einer der Reiter jauchzte.

Sie klopften sich den Staub von der Kleidung und begutachteten ihre Wunden. Nichts Schlimmes.

Sorin versuchte seine Brille zu reparieren, aber er fand einen Bügel nicht mehr.

Andi stand da und sah den Pferden nach, die eine Staubwolke hinterließen. Er hatte den Eindruck, diese Szene bereits in einem Film gesehen zu haben. In einem Film von Tarkowski. Oder doch nicht, dort war es ein Pferd in der Kirche.

Seth kam auf ihn zu, legte ihm die Hand auf die Schulter und sagte:

»Du weißt gar nicht, mein Lieber, wieviel Ehre dir Jesus erwiesen hat, du hast in seinem Namen eine Tracht Prügel kassiert.«

Danach gingen sie weiter.

Die Beerdigung war nicht ganz so lustig, wie er es sich vorgestellt hatte, und die zweite Zigarette rauchte er erst am Abend auf dem Balkon des Presbyters.

KAPITEL 29

Ungefähr einen Monat nach Margas Verschwinden, als ich schon »Zähne« und nicht mehr »Beißer« sagte, wenn ich an sie zurückdachte, beschloss ich, meiner Hoffnung ein Ende zu setzen und aufzuhören, noch auf ihre Rückkehr zu warten. Ich hatte es bereits vorher für blauäugig gehalten, doch jetzt sagte ich es mir mit lauter Stimme. Ich betrachtete mich im Spiegel, erschrak und rasierte mich sofort. Danach ging ich zum Frisör, um mir die Haare schneiden zu lassen. Ich war dabei, eine neue Phase in meinem Leben einzuleiten. Während meine Haarsträhnen zu Boden fielen, blickte ich auf meine ramponierten Tennisschuhe. Hätten sie irgendwo am Straßenrand gelegen, hätte ich mich angeekelt abgewendet. Und da es inzwischen sowieso viel wärmer geworden war, brauchte ich dringend Sandalen. Nicht dass ich nicht mehr gewusst hätte, wohin mit dem Geld, aber der Drang nach Erneuerung hatte mich voll erwischt.

Ohne Marga sah die Stadt ganz anders aus. Meine Augen nahmen jetzt ganz andere Dinge wahr, auf dem Bürgersteig nahm ich nur noch den Raum für eine Person ein, und ich hatte den Eindruck, dass die Leute mich irgendwie anders ansahen. Ich hatte sogar einige meiner Alltagswege geändert. Auch wenn sie durch leere Straßen führten, hatte ich immer schon die Abkürzungen vorgezogen, wo Hunde Tüten aus dem Müllcontainer hinter sich her schleiften, während Marga breite Hauptstraßen mit frischer Ware in den Schaufenstern liebte. Ich flanierte gerne in der Einsamkeit der kleinen Seitenstraßen und durch Randviertel mit alten Häusern und schattigen Bäumen, sie bevorzugte das Gedränge und die Gartenlokale, den Geschäftsdschungel der großen Einkaufszentren.

Für einen Augenblick wähnte ich mich in einer ganz anderen Stadt, die ich schon einmal besichtigt hatte, vor langer Zeit. Plötzlich erschienen auch Frauen auf der Straße. In Kleidern, Röcken oder Jeans, ernst oder laut lachend. Schlampig oder schick. Blutjung oder verblüht. Schüchtern oder herausfordernd. Wo hatten sie sich denn bisher alle versteckt?

Das Problem der Sandalen war schnell gelöst. Ich ging in zwei, drei Läden und kaufte das, was mir preiswert, stabil und jugendlich vorkam. Ich besuchte mehrere Buchhandlungen und entdeckte ein paar Bücher für später, wenn ich mal wieder Geld haben würde. Ich las ein paar Seiten von Kundera und blätterte in einem Bildband über Pferde. Ich kaufte mir ein Eis und zählte die Doppelfenster eines Wohnblocks. Ich lief durch eine Straße mit lauter Häusern aus den zwanziger Jahren und begaffte deren Balkons. Obwohl es noch ziemlich früh war, ging ich danach in Richtung Redaktion. Bodo hatte sich schon lange nicht mehr mit mir unterhalten. Seit der melancholisch-peinlichen Szene in der »Geheimabteilung« der Zeitung ging er mir aus dem Weg, so war jedenfalls mein Eindruck. Er überwies mir mein Gehalt, und damit basta. Ohne dass ich in diesem Monat auch nur eine einzige Zeile geschrieben hatte. Ich wusste zwar nicht, wie lange er noch Schuldgefühle mir gegenüber haben würde, aber ich wünschte mir, sie würden möglichst lange anhalten. Täglich war ich darauf gefasst, dass er mir entweder eine neue Aufgabe zuteilte oder mir nahelegte, ich solle mir einen neuen Job suchen. Irgendwie mussten die Dinge ja geregelt werden, er hatte es damit aber überhaupt nicht eilig. Gesegnet seien seine Schuldgefühle in alle Ewigkeit, dachte ich.

Im Sekretariat ordnete Adelina die Korrespondenz. Ghighi tänzelte um sie herum, immer bereit, ihr seine helfende Hand entgegenzustrecken, die sie gar nicht brauchte. Die beiden zu beobachten machte einen Riesenspaß. Adelina ist eine hübsche, ziemlich athletische Blondine mit vollen, auffällig geschminkten Lippen und enormen Brüsten. Sie ist eine prima Frau, und ihre Hände arbeiten schneller als eine Geldzählmaschine. Ghighi ist einen Kopf kleiner als sie, hat zwei linke Hände und trägt eine dicke Brille. Wenn man ihn sieht, wie er mit seinen dünnen, behaarten Armen voller Hingabe um Adela herumschwirrt und wie er sie mit seinen Stielaugen anstarrt, kommt man nicht umhin, an eine liebestolle Mücke zu denken.

»Verzieh dich, du störst!«, fuhr Adelina ihn mit gespielter Grausamkeit an, und der Lippenstift in ihren Mundwinkeln bewegte sich kaum wahrnehmbar nach oben.

»Sieh dir das mal an, Andi! Man will der Frau helfen, und sie schlägt um sich! Wo bin ich denn hier gelandet?«, versuchte Ghighi, mich als Zeugen für die Missachtung seiner guten Manieren zu gewinnen.

»Sag mal, Adelina, ist der Chef hier?«

»Nee!«, antwortete sie knapp und tat überbeschäftigt.

»Und wann kommt er?«

Sie zuckte die Schultern und fuhr fort, die Briefe zu sortieren. Dann fügte sie hinzu:

»Er hat gesagt, er wäre zwei, drei Tage außer Haus.«

Also hatte ich eine Weile Ferien. Das stimmte mich fröhlich. Ich ließ Ghighi in seinem Paarungstanz fortfahren und machte mich Richtung Technik davon. Bis Larissa kam, war noch Zeit genug für ein Computerspielchen. Ich hatte mir schon öfter vorgenommen, es auch bei uns in der Abteilung *Investigativer Journalismus* zu installieren, doch die Faulheit ist eine treue Begleiterin des Menschen. Ich wollte nun von Larissas Abwesenheit profitieren, um mich in aller Ruhe *Bloons Tower Defence* widmen.

Nach zwei Aufwärmspielen rief jemand am Ende des Flurs:

»Andiiii! Wo steckst du denn, Andi? Ein Anruf für dich.«

»Leite ihn um, zur Technik«, brüllte ich, ohne vom Bildschirm hochzublicken.

Es war Flavius. Schlicht unglaublich! Ich hatte ihn seit Jahren nicht mehr gesehen, seit dem Studium. Er war ein paar Jahre älter als ich, hatte Philosophie studiert und war dann nach Deutschland gezogen, um dort seinen Doktor zu machen, worauf ich ihn nicht wiedergesehen hatte. Ab und zu hörte ich etwas über seine Eskapaden. Bereits an der Uni hatte er den Ruf eines superintelligenten, exzentrischen und somit unbequemen jungen Mannes. »Entweder er macht eine fulminante Karriere, oder er endet im Irrenhaus«, sagten wir immer. Ich hatte ihn durch Luana kennengelernt, die beiden stammten aus derselben Stadt. Hin und wieder versackte er mit uns in der Kneipe. Mit seinem schallenden Lachen von immer gleichbleibender Intensität hatte er uns des Öfteren wissen lassen, dass wir beide ihm sehr gut gefielen. Wir seien wahre Künstler, weil wir kompromisslos und vollendet tränken, heftig und ununterbrochen, als gäbe es kein morgen, und weil wir das Trinken grundsätzlich als Selbstzweck betrachteten. Wir würden unsere Zeit nicht mit Schwadronieren vergeuden, so Flavius weiter, sondern würden uns voll und ganz dem Alkoholkonsum widmen, wie dem Schaffen eines erhabenen Kunstwerks. Er komme lediglich in die Kneipe, um uns zu bewundern. Zumindest behauptete er das, obgleich er der Flasche auch nicht abgeneigt war.

Begeistert, dass er mich gefunden hatte, sagte er, er wolle mich treffen. Er hatte in Bârlad seine Eltern besucht und kam nun an seinen Studienort, um seine Freunde wiederzusehen. Wie schon immer war es nicht einfach, ihn zu stoppen, sobald er zu reden begann:

»Ich muss unbedingt meine ehemaligen Bekannten wieder treffen. Weißt du, ich wollte damals praktisch nur weg aus Rumänien ... Ohne zurückzublicken. Wie sich manche in Güterwaggons oder auf einem Schiff verstecken, verschanzte ich mich hinter meiner Doktorarbeit. Ich war zu feige, mich mit leeren Taschen davonzumachen, zu angepasst. Also suchte ich auf Kosten anderer das Weite. So machen es die Intellektuellen wohl immer, die Ärmsten haben ja keinen Mumm, durch die Donau zu schwimmen, um danach bei McDonald's Seite an Seite mit Studenten und Schwarzen zu rackern.«

»Sollten wir uns über diese Dinge nicht vielleicht dann unterhalten, wenn wir uns sehen?«, unterbrach ich ihn lachend.

Wir beschlossen, uns im *Haus der Freude* zu treffen, der Kneipe, in der wir früher zu dritt verkehrt waren. Ich gab ihm auch meine Handynummer, falls etwas dazwischenkommen sollte. Dann machte ich schnell noch ein Spielchen, nahm die Tasche mit den neuen Sandalen und ging.

Flavius hatte sich bereits im Lokal eingefunden, er saß draußen, vor ihm lag ein Buch. Er hatte sich kaum verändert, sah jedoch entspannter aus als früher. Seine Turnschuhe und sein T-Shirt waren dunkelrot, er trug Jeans, und sein Kopf war rasiert. Dadurch fielen seine ohnehin markanten Augenbrauen noch mehr auf.

»Wünschen der Herr etwas zu trinken oder zu speisen?«, fragte ich förmlich und gleichzeitig anbiedernd, wie es die Kellner oft tun.

Er schüttelte den Kopf und las weiter. Erst im nächsten Augenblick erkannte er mich, umarmte mich laut lachend und klopfte mir auf den Rücken. Weil ich ihn als ziemlich zurückhaltenden Menschen kannte, war ich von seinem Gefühlsausbruch völlig überrumpelt und reagierte verkrampft.

Wir bestellten Bier.

»Immer noch in Deutschland?«

»Ach was, schon lange nicht mehr. Ich war inzwischen in Schottland, dann in Frankreich, und nun lebe ich wieder in Schottland.«

»Und was machst du da?«

»Interessiert es dich wirklich?«

»Wieso denn nicht?«, versuchte ich glaubhaft zu wirken.

»Dies und jenes ... Ich wollte etwas über Wahrheit und Eitelkeit schreiben, geriet aber in eine Sackgasse. Das Problem ist, dass ich mich für nichts entscheiden kann. Nun bastle ich mir gerade etwas zusammen, zum Thema Identität ... Nein, nicht weil es *in* wäre, sondern weil man für so etwas sofort ein Stipendium bekommt. Sonst wäre ich ja erledigt. Weiß du, ich habe keine Lust zu arbeiten. Ich versuche mich durchzumogeln, ein Stipendium nach dem andern zu absolvieren und mich mit Themen, die dazu passen, auseinanderzusetzen. Ich könnte nicht in einer Autowaschanlage schuften und gleichzeitig *Mein Großes Philosophisches System* aufstellen. So etwas hört sich gut an, aber ich bin dafür leider zu bequem. ›Man isst lieber täglich eine Scheibe Brot, statt auf ein ganzes Brot im nächsten Jahr hinzuarbeiten‹, so würde es mein Vater formulieren. Ich bin vielleicht nicht sehr moralisch, dafür aber ehrlich.«

Während ich ihm zuhörte, fiel mir die paradoxe Formel ein, mit der Luana ihn einmal beschrieben hatte: »Er macht die ganze Zeit Witze, aber man weiß nie, ob er gerade einen Witz macht.« Das passte zu ihm.

»Ansonsten ist das Wetter in Schottland miserabel, sodass ich mich immer wieder in südlichen Ländern bewerbe, ich würde gerne in Italien oder Griechenland leben. In der Hitze am Strand lassen sich die Ideen besser ausbrüten. In Schottland gehe ich abends in die Kneipe. Zigarettenrauch ist besser als Nebel. So habe ich einige Flaschenanbeter entdeckt, interessante Leute ... Das stimmt mich manchmal nostalgisch. Apropos, ich habe gehört, du hast dich von Luana getrennt.«

»Das ist schon zwei Jahre her. Seither trinke ich so gut wie gar nicht. Anfangs habe ich Alkohol gar nicht mehr angerührt, jetzt tue ich es nur selten.«

»So geht ein großes Talent verloren, ha, ha!«

»Es war einfach genug!«

»Für mich wart ihr so etwas wie Romeo und Julia, in der postmodernen Variante. Ihr habt prima zusammengepasst, ehrlich! Ihr hättet selig vereint sterben können, ganz langsam, an schleichender Alkoholvergiftung. Meine Eltern sagten mir, dass Luana mehrere Entziehungskuren hinter sich habe. Sie soll nun in einer geschlossenen Anstalt sein. Das hätten ihre Eltern veranlasst, damit sie aus der Stadt ist. Aber natürlich haben es alle längst erfahren.«

Die Nachricht traf mich hart. Es befiel mich eine tiefe Traurigkeit.

»Das wäre wahrscheinlich auch mein Schicksal gewesen«, sagte ich mehr zu mir selbst.

»Gab's Theater bei der Trennung?«

»Nein, eines Tages ging sie zurück nach Hause, zu den Eltern, das war alles.«

»Die Wahrheit ist, dass bei einer Trennung jede Erklärung fehl am Platz ist. Jedes Wort wäre eine Lüge. Die Wahrheit gibt es gar nicht. Ein cleverer Mensch spürt so etwas intuitiv. Entweder man sagt, man geht bloß für eine Zeit weg, und kommt dann nie wieder zurück, oder man verzieht sich direkt auf Nimmerwiedersehen. Was gibt's denn da zu erklären? Erklärungen sind ja bloß das Brot der Wissenschaftler. Leider wird uns jedoch schon in der Schule eingebläut, Erklärungen würden glücklich machen. Alles Blödsinn!«

»Und du? Hast du eine Freundin gefunden?«

»Es ist kompliziert ... Wenn ich Maisbrei machen könnte, dann wäre es etwas ganz anderes. Dann würde ich wie Brancusi vorgehen, der mit Maisbrei und Champagner den Frauen den Kopf verdrehte. Aber ich verstehe mich bloß auf Pommes. Da sollte ich mir vielleicht lieber eine Belgierin suchen. Tja, ich habe schon ein paarmal versucht, jemanden zu finden ... Aber ich bin weder ein Linker, um mich auf eine feurige Klassenkämpferin einzulassen, noch ein Ökofreak, um mit einer Frau in den Schoß der Natur zurückzukehren und morgens, mittags und abends Sojasprossen zu futtern. Ich würde gerne ein Mädchen finden, das gut bei Kasse ist, damit ich mir einen Lenz machen kann. Aber auch wenn ich sie eines Tages fände, würde mir ihr Vater wohl sofort nahelegen, an allen möglichen Marketing- und Managementkursen teilzunehmen. Die Stipendiatinnen aber sind da eher so ähnlich wie ich, heute hier, morgen in Focşani, wie es die Finanzen halt zulassen. Auch von der E-Mail-Liebe habe ich inzwischen die Nase gestrichen voll. Zu guter Letzt werde ich wohl wieder zu Hause landen, um mich mit einer Landsmännin zusammenzutun.«

»Dann musst du dich aber beeilen, denn bald ist auch die letzte von ihnen nach Spanien oder Italien ausgewandert.«

»Das dürfte stimmen. Was mache ich denn dann? Ha, ha, ha! Keine Bange, das war nur so eine Idee von mir, ich will ja nicht ein unschuldiges Mädchen unglücklich machen. Was soll sie auch schon mit einem Philosophen anfangen? Und noch mit einem, der über nichts anderes nachdenkt als darüber, wie er die Zeit totschlagen könnte. In der Fremde wird sich immer etwas für mich finden, eine gute Seele, die mich in ihrem Bett vom Gebrauchtmöbelmarkt aufnimmt, für ein, zwei Nächte oder einen Monat. Es gibt genügend Gründe, es zu tun. Nein, es geht nicht um meinen unwiderstehlichen und manchmal unerträglichen Charme. Aber Frauen sind oft egoistisch. Sie brauchen oft nur jemanden, der ihre Energien wieder in Fluss bringt, ihr negatives Karma löscht, ihre Einsamkeit vertreibt, sie möchten, dass ihnen jemand zur Verfügung steht, der ihnen am Wochenende die Einkäufe vom Supermarkt nach Hause bringt, falls sie kein Auto haben. Karina, meine letzte Eroberung, war eine Frau des Nordens, aus all ihren Poren strömte eisige Kälte, und sie machte sich nicht viel aus Sex. Und trotzdem praktizierte sie ihn mit großer Hingabe. Erst später fand ich heraus, was dahintersteckte. Sie glaubte an die therapeutische Wirkung des Geschlechtsverkehrs. Sex zu haben, heißt Kalorien zu verbrennen, auf einen niedrigeren Cholesterinspiegel hinzuarbeiten, etwas für den Kreislauf und einen kräftigeren Atem zu tun. Er sorgt für das emotionale Gleichgewicht und bringt einen zum Schwitzen, was wiederum den Körper entgiftet und zur Erhaltung einer schlanken Figur beiträgt. Nur ich, der Ignorant aus dem wilden Osten, der noch nie eine Frauenzeitschrift gelesen hatte, war noch so blauäugig, davon auszugehen, dass heute, im einundzwanzigsten Jahrhundert, Sex immer noch etwas mit Liebe oder Romantik zu tun haben könnte. Wenn ich alt bin, werde ich ein Buch schreiben: ›Gegen Casanova. Das Geschlechtsleben der Stipendiaten‹. Was meinst du dazu?«

»Super! So etwas würde auch eine tolle Reportage hergeben.«

»Mein Gott, ich rede hier über ernsthafte Dinge, und du kommst mit Reportagen. Wenn du Stoff für eine starke Reportage brauchst, dann komm doch mal zu einem philosophischen Kolloquium.«

»Ach komm, wen interessiert schon so etwas!«, antwortete ich und begann meine Tennisschuhe auszuziehen, um sie gegen die Sandalen zu tauschen.

»Du weißt nicht, wovon du redest! Komm doch mal und schau es dir an! Aber bleib dann bitte nicht stillschweigend in einer Ecke sitzen, rede mit den Leuten! Weißt du, was die Studenten, die aus einer anderen Stadt kommen, an so einem Kolloquium vor allem interessiert?«

Ich zuckte die Schultern. An einer Sandale gab es eine ärgerliche Druckstelle.

»Wo genau die preisgünstigsten Läden liegen. Ja, so ist das.«

»Im Ernst?«

»Ja klar. Die sind oft viel trivialerer Natur, als du denkst. Ihre Philosophie, die die Menschen besser und edler machen oder ihnen zumindest aufzeigen müsste, was im Leben wichtig ist, hat auf sie selbst überhaupt keinen Einfluss. Es ist hochinteressant zu beobachten, wie geizig sie sind, wie kleinkariert und langweilig. Ich traf mal einen Typen, er war eine absolute Koryphäe der Philosophie. Er kannte alle Gemüsepreise Londons auswendig. Während des gesamten Mittagessens redete er über nichts anderes. Zum Glück kam dann jemand an unseren Tisch und stellte ihm eine hochphilosophische Frage: »Was würde Platon tun, wenn er an unserem Kolloquium teilnähme?« Nun ja, die Antwort war, dass er sich den Hintern eines jeden Teilnehmers genau anschauen würde, um so seine künftigen Schüler auszumachen.«

»Tja, die machen halt ihre Witzchen.«

Die neuen Sandalen fühlten sich ganz gut an. Ich steckte meine alten Schuhe samt Socken in die Plastiktüte, die nach gegerbtem Leder roch.

»Ja, das sage auch ich immer, die machen halt ihre Witzchen! In Zukunft wird es bei den Werbeagenturen vor Philosophen nur so wimmeln, glaub es mir! Keiner versteht es besser als sie, etwas zu verkaufen, das es gar nicht gibt. Es existiert zwar nicht, aber es wirkt auf uns, das ist der Punkt.«

Wir unterhielten uns noch lange, auf dem Tisch stand eine Batterie leerer Flaschen. Irgendwann kam das Gespräch wieder auf Luana, und ich wurde zunehmend stiller.

»Ich verspreche nicht, dir zu schreiben, aber in ein paar Jahren werde ich dich wieder aufsuchen.«

Ich nahm meine ramponierten Tennisschuhe und warf sie in den Müllcontainer.

Danach machte ich mich auf die Suche nach einem Internetcafé. Ich wollte Luana etwas mailen, egal was.

KAPITEL 30

Andi lebte nun seit fast einem Monat in der neuen Wohnung, aber es gelang ihm nicht, sich dort einzugewöhnen. Die Wände waren zu weiß, die Gegenstände strahlten eine zu große Ruhe aus. Als er umgezogen war, hatte ihn der Presbyter hilfsbereit mit dem Auto gefahren. Mit dieser Klapperkiste, die noch aus der Zeit der ersten Mondlandung stammte. Beim Abschied hatte ihn Seth fest umarmt und gesagt: »Danke, mein Lieber, ich habe eine Menge von dir gelernt.« Andi hätte ihm gerne geantwortet: »Auch ich von dir«, doch dann wäre er sich wie in einem schlechten Film vorgekommen. Also sagte er: »Ich freue mich, dass ich dir behilflich sein konnte.« Eine Antwort, die er im Nachhinein genauso blöd fand.

In der neuen Wohnung lebte er einen Monat in tiefster Einsamkeit, wonach ihm eines der merkwürdigsten Dinge seines Lebens widerfuhr. Es war eins dieser Ereignisse, die völlig unerwartet über einen hereinbrechen und eine ganze Reihe von unvorhersehbaren Konsequenzen nach sich ziehen.

Das Geschehen spielte sich ab wie folgt: Er saß vor seinem lauwarmen Kaffee und starrte deprimiert ins Leere, als er plötzlich den Eindruck hatte, sich nicht allein im Raum zu befinden. Eine diffuse Präsenz war zu spüren. Es lief ihm heiß und kalt den Rücken herunter. Er schaute entgeistert um sich. Verwischte Konturen. Sein Herz begann schneller zu schlagen. Nicht aus Angst, sondern vor Aufregung. Seine Hände schwitzten und seine Schläfen pochten wie wild. Das Blut. Das Blut verätzte ihn innerlich wie eine Säure. Ein weißglühender, außer Kontrolle geratener Fluss, der auch seine letzte Körperzelle erhitzte. Es pulsierte unter seinen Nägeln, als würden Nadeln daruntergetrieben. Seine Lippen fühlten sich entzündet an, seine Ohren waren hochrot. Sein Herz wurde in die Luft geschleudert. Er bekam weiche Knie und ließ sich auf einen Stuhl fallen. Er presste seinen Kopf auf die Tischplatte, schloss die Augen. Er hätte gerne gebetet, doch er hatte die Worte vergessen. Er stammelte etwas. Er stöhnte.

Seine Haut hing feucht und kalt an ihm herab wie ein Regenmantel. Sein Herz hatte sich nun etwas beruhigt, sein Hemd war nass. Das Gehirn arbeitete fieberhaft weiter. Bilder und Stimmen vermengten sich. Fragmente. Splitter. Zufälle. Seltsame Ereignisse. Buntgeflecktes Magma. Die Logik wand sich wie eine Schlange. Ein langer, verrenkter Blitz. Entsetzen. Der Aufschrei eines Gedankens. Wenn es Gott gibt, war dies nur der Anfang. Wenn diese Leute nicht verrückt waren, war dies nur der Anfang. Das Herz zog sich zusammen, verängstigt. Er wird Ihm den kleinen Finger reichen, und Gott wird seine ganze Hand nehmen. Er wird einen Schritt machen, und Gott tausend Schritte.

Neiiiin! Nein, nein, nein! Nein! NEIN! NEIIIN!

Der stumme, unterdrückte Schrei ließ seinen Körper gefrieren. Die Sturheit ballte seine Fäuste. Wieso er? Wieso gerade er? NEIN. Nur er nicht. Er schlug mit der Faust auf den Tisch. Er wollte es NICHT. Er konnte es NICHT! Es interessierte ihn NICHT! Wieso verfolgte Er ihn? Wieso hatte Er ihn in die Ecke gedrängt? Was wollte Er von ihm? Nein, er wollte nicht, dass die Leute über ihn lachten. Er wollte nicht in Seinem Namen Prügel kassieren. Er wollte das Rauchen nicht aufgeben. Er wollte nicht, dass man bei der Zeitung über ihn lachte. Er wollte nicht Tag für Tag die Bibel lesen. Er wollte nicht bedingungslos anderen helfen. Er wollte keinem dienen. Er wollte nicht mit seinen Eltern streiten. Er wollte seine alten Freunde nicht verlieren. Nein, er wollte nicht singen! Er wollte nicht lächeln! Nein, nein, er wollte nicht beten!

Neiiiin! Nein, nein, nein! NEIN! NEIN! NEIIIN!

Wieso er? Wieso gerade er? Er war faul und träge und zu nichts nütze. Besser, Er suchte sich jemand Tüchtigeren aus. Er war weder Moses noch Gideon. Nein, dafür war er nicht geeignet. Er hatte schwer gesündigt. Er konnte gut damit leben. Er wollte sein Leben nicht ändern! Er stand spät auf. Nein, er würde nie von Tür zu Tür ziehen, um andere zu bekehren. Er würde niemanden auf der Straße ansprechen. Es gab viele, viele andere, die dazu wesentlich besser geeignet waren als er. Nein, sein Leben war sein Leben.

Neiiin! Nein, nein, nein! NEIN! NEIN! NEIIIN!

Ja! Ja, sein Leben war sein Leben. Ja, er wollte rauchen. Ja, das Trinken machte ihm Spaß. Na und? Was ging Ihn das an? Das war doch nicht Seine Sache? Wieso steckte Er seine Nase in seine Angelegenheiten? Hatte Er ihn damals gefragt, ob er geboren werden wollte? Nein! Warum stellte Er dann jetzt solche Ansprüche? Warum hatte Er ihn nun in die Ecke gedrängt? Wo blieb seine Entscheidungsfreiheit? Warum nötigte Er ihn? Wo war seine Freiheit geblieben? Waren das alles bloß Lügen? Ammenmärchen? Und wenn nicht, wieso war Er dann hinter ihm her? Wieso setzte Er ihm die Pistole auf die Brust? Er wollte seine Ruhe haben! Weg mit Ihm! Er sollte sich einen anderen suchen! Ja, er wollte sündigen! Fluchen! Mit Marga vögeln! Er wollte das Ende der Welt unvorbereitet erleben. Ja, er wusste, was auf ihn zukam. Ja, er wollte in die Hölle kommen, na und?! Für eine ganze Ewigkeit, na und?! Es war sein Leben, Er sollte ihn in Ruhe lassen! Wenn Er Menschen ohne Sünden mochte, dann sollte er sich doch welche schaffen. Er hätte ihn damals fragen müssen, ob er geboren werden wollte. Ihm die Entscheidung überlassen. Damals, als es noch eine Rolle spielte, nicht jetzt!

Sein Körper war wie erstarrt. Sein Herz eine Kugel aus Stein. Er schlug mit den Fäusten auf den Tisch. Mit der Stirn. Er seufzte. Er murrte. Spürte, wie ihm Speichel aus dem Mund lief.

Und wieder diese Angst. Ein im Fleisch hängendes Fischernetz. Tiefgefrorene Fische.

Er wusste es. Er wusste, dass er es wusste. Hätte er doch diese ganzen Dinge nie erfahren. Seth allein war schuld daran. Er und sein Anhang. Mit Entsetzen getränktes Hirn. Er wusste, was hätte passieren können ... Nein, er wollte es nicht. Schocktherapie. Fäkaliengestank, Fliegen, verklebte Augen. Die Zunge trocknete in seinem Mund. Gefüttert werden. Neeeeein! Hätte er das alles doch niemals erfahren ... Oooh, hätte er es doch niemals gewusst! Seth, dieser Geistesgestörte, Seth! Hätte Marga ihn doch niemals verlassen ... Wäre dieser hundsgemeine Vermieter doch niemals aufgetaucht ... Hätte er doch niemals akzeptiert, diese Reportage zu schreiben ... Wäre er doch niemals vor dem Regen geflüchtet ... Wäre Bianca doch niemals weggegangen ... Hätte er Stefan doch niemals angerufen ... Wäre er doch rechtzeitig aus Seths Wohnung weggezogen ... Wäre er doch niemals geboren worden! Er hasste diesen niederträchtigen Seth!

Spät in der Nacht schlief er ein. Er war mehr tot als lebendig.

KAPITEL 31

Einige Zeit nach Margas Verschwinden lag ich ausgestreckt im Bett und fühlte mich verdammt einsam. Hin und wieder zog ich an meiner Zigarette. Das Fenster war geschlossen, ich fand aber nicht die Kraft, aufzustehen. Ich hatte zwar jede Menge Bekanntschaften, doch die Freunde waren in letzter Zeit weniger geworden. Die Beziehung zu einer Frau lässt einen vereinsamen, ohne dass man es merkt. Die Zweierbeziehung, egoistisch, selbstgenügsam, stülpt sich einem über wie eine Glasglocke. Die Leidenschaft, die kleinen Freuden und die Rituale, die man zu zweit pflegt, geben einem alles, was man zum Leben braucht. Wenn die Glasglocke aber plötzlich zerbricht, schaut man sich überrascht um und blinzelt. Als wäre man von einer langen Reise zurückgekehrt, stellt man auf einmal fest, dass die vertraute Welt sich inzwischen verändert hat.

Ich fühlte mich einsam in diesem gigantischen Wohnblock mit über hundert Einzimmerwohnungen. Ich hatte keine Ahnung, wie die Nachbarn links und rechts hießen. Ich sah sie nur manchmal, wenn sie gerade die Wohnungstür aufschlossen. Sie erschienen mir jedes Mal wie Fremde. Hier ziehen die Leute ununterbrochen ein und aus. Oder sie träumen zumindest davon auszuziehen. Um in einer richtigen Wohnung leben zu können, in einem

Haus mit Garten. Lediglich die Alten, die bereits in den Jugendjahren hierhergekommen sind, haben ihre Träume längst begraben. Sie spülen ihre Tabletten mit Leitungswasser runter, blättern in Familienalben und nicken vor dem Schwarzweißfernseher ein. Wenn sonntags die Sonne scheint, gehen sie auf den Friedhof und betrachten ihr künftiges Grab. Es ist einfach nur ein kleiner, netter Spaziergang. Sie haben sich ein Leben lang abgerackert, um sich dieses von Unkraut überwucherte Fleckchen Erde leisten zu können, und so möchten sie sich jetzt darüber freuen, denn man weiß nie, was kommt. Sie zünden eine Kerze an für denjenigen, der sich etwas früher aus dem Staub gemacht hat.

Ihre Gräber werden bis in alle Ewigkeit nebeneinander liegen, also hundert Jahre, so lange, bis der Vertrag seine Gültigkeit verliert. Nach hundert Jahren wird von den Früchten ihres Schuftens nur noch der Staub übrig sein. Ihr schlimmster Albtraum, den sie in banalen Gesprächen aufblitzen lassen, ist, dass sie eines Tages sterben könnten und man sie erst Wochen oder Monate später entdecken würde. Deswegen geben sie sich jeden Morgen gegenseitig Klopfzeichen an der Tür. Deswegen öffnen sie die Tür voller Freude, wenn ihre Enkelkinder mit einem Blumenstrauß oder einem Kuchen vorbeikommen, um zu sehen, ob sie nicht vielleicht schon gestorben sind.

Die Enkelkinder warten darauf, dass die Einzimmerwohnung frei wird. Wenn sie dann einen Kredit aufnehmen, könnten sie sich vielleicht sogar eine größere Wohnung oder ein Haus mit Garten leisten.

Die Alten reden mit den jungen Leuten aus dem Wohnblock lediglich, um sie zu belehren. Die Jungen machen ununterbrochen Fehler. Und das nur, weil sie davon träumen, möglichst bald abzuhauen, sie möchten es im Leben zu etwas bringen. Daher behandeln sie die gemeinsamen Nutzflächen und selbst den eigenen Wohnraum, als hätten sie gar nichts damit zu tun. Von allen jungen Leuten sind die, die zur Miete wohnen, die gleichgültigsten. Sie kommen und gehen, gehen und kommen. Sie hinterlassen bloß Zigarettenkippen, leere Flaschen und Papierschnipsel. Sie würden nicht ums Verrecken ein Blümchen pflanzen. Die Regierung müsste solche Herumtreiberei untersagen. Oder wenigstens der Hausmeister. Doch der Hausmeister ist einer von diesen Geschiedenen, die ihre Socken höchstens einmal im Jahr waschen. Wenn er schläft, lässt er das Licht an, damit die Leute denken, er würde arbeiten. Damit nicht vielleicht jemand auf die Idee kommt, er würde fürs Nichtstun bezahlt. Keiner ist vollkommen, trotzdem ...

Überall war das Flüstern der Alten zu hören, der gesamte Wohnblock summte wie eine Muschel, die in Rente gegangen ist.

Ich lag einsam da und rauchte. Die Zukunftspläne sträubten sich, eine konkrete Form anzunehmen, die Gedanken entgleisten, alle Wege führten in eine Sackgasse. Dann hörte ich ein diskretes Klopfen an der Tür. Der Besucher hatte sich den ungeeignetsten Moment überhaupt ausgesucht, sodass ich keine Anstalten machte, ihm zu öffnen. Aber das Klopfen wurde immer aufdringlicher.

Ich war wie betäubt und versuchte, mich zusammenzureißen.

»Mach auf, ich weiß, dass du da bist!«, hörte ich die herrische Stimme des Vermieters.

Dadurch kam ich ein wenig zu mir und schaffte es, mit heiserer Stimmer zu rufen: »Sofort!«

Ich kroch zur Tür und öffnete. Der Vermieter war voller Tatendrang und ziemlich gut drauf. Er sah irgendwie verändert aus. Als er das Zimmer betrat, hustete er demonstrativ und öffnete das Fenster. Ich setzte mich auf den Bettrand und massierte meine Schläfen. Aus dem Aschenbecher stieg immer noch ein dünner Rauchfaden auf, der Vermieter beugte sich über die Kippe und drückte sie endgültig aus. Allmählich erkannte ich, was an ihm anders aussah. Sein Spitzbart von der Farbe der Maisseide war frisch getrimmt, und sein schütteres Haar klebte nicht mehr wie früher an seiner Kopfhaut, sondern war zur Form eines üppigen Kohlkopfes aufgebauscht.

»Ihre Aura gefällt mir nicht«, sagte er sanft und sah mich mit halbgeschlossenen Lidern intensiv an. Seine Beine waren leicht gespreizt.

»Mir auch nicht«, wollte ich schon entgegnen, doch es fehlte mir die Kraft dazu.

»Ich sehe ziemlich hässliche braune Flecken ... Ihr spirituelles Leben ist negativ eingetrübt ...«

Ich zuckte stumpfsinnig mit den Schultern. Gerne hätte ich eine Zigarette geraucht.

»Infraenergie!«, fügte er hinzu.

»Wie bitte?«

»In-fra-e-ner-gie. Das ist die Zukunft."

»Äääh...«

»Meine künftige Frau ist eine christliche Infraenergetikerin, es wäre nicht schlecht, wenn sie sie mal untersuchen würde. Sie bringt die Erkenntnisse der modernen Wissenschaft mit der uralten Bibelweisheit in Einklang. Es geht hier um eine spirituelle Wissenschaft. Die Wirkung der infraenergetischen Behandlungsmethoden ist viel stärker und nachhaltiger, wenn das Individuum bereit ist, den Vorschriften der christlichen Moral Folge zu leisten. Die feinsinnigen Gesetze des Universums sind der Dualität unterworfen, sie haben einen energetisch-moralischen Charakter. Sie merken es vielleicht gar nicht, doch wenn Sie zum Beispiel fluchen, lösen Sie energetische Störungen aus. Sowohl im eigenen Körper als auch im Universum. Ne-ga-ti-ve Störungen! Negative, trübe Gedanken haben den gleichen Effekt. Daher ist es ratsam, fröhlich zu sein und sich moralisch korrekt zu verhalten. Ist Fräulein Marga nicht zu Hause? Ich hätte gerne mit Ihnen beiden gesprochen …«

Ich schüttelte den Kopf.

»Dann werden Sie es ihr erklären!«

»Jaja.

Ich war mit absolut allem einverstanden, wenn er nur endlich verschwand.

»Ich habe mich mit meiner künftigen Gattin über das Ganze unterhalten, und nun meinen wir, es sieht folgendermaßen aus … Hmm, wie soll ich es nur sagen? Um mit den feinsinnigen Gesetzen des Universums in Einklang zu kommen, wäre es ganz gut, wenn Sie und Fräulein Marga sich kirchlich trauen ließen … Ansonsten sehen wir, ich und meine künftige Ehefrau Angela, uns gezwungen … Also, wir werden nicht mehr in der Lage sein, eine energetische Störung dieses Ausmaßes in unseren Räumen zu dulden …«

Er bleckte mit fürsorglichem Lächeln seine kaputten Zähne. Dann hob er eine neben dem Bettfuß liegende leere Bierflasche auf und begann eingehend das Etikett zu studieren.

»Verstehen Sie, was ich meine?«

»Marga ist gegangen«, murmelte ich hinter den Händen, mit denen ich weiterhin meine Schläfen massierte.

»Dann werden Sie es ihr halt sagen, wenn sie zurückkommt …«

»Sie ist für immer gegangen.«

»Sie meinen, Sie haben sich getrennt?«

»Ja, so sieht es aus ...«

»Oooh, das heißt also, die feinsinnigen Gesetze des Universums haben gar nicht so lange gewartet ... Wenn ich etwas früher zu Ihnen gekommen wäre, wäre so etwas vielleicht gar nicht passiert ... Aber Sie haben gar keinen Grund, Trübsal zu blasen. In allem Bösen liegt im Ansatz schon das Gute, Herr Andi! Das ist doch eine wunderbare Gelegenheit für Sie, sich mit den energetisch-moralischen Strömungen in Einklang zu bringen – und das Glück wird dann gewiss nicht mehr lange auf sich warten lassen ...«

Glück hin, Glück her, ich fühlte mich wie gerädert, und meine Gedanken waren völlig durcheinandergeraten. Ich wünschte mir nur noch eins: im Bett zu liegen. In Ruhe gelassen zu werden. Ich wollte, dass er endlich zum Teufel ging. Wenn ich nur noch ein Quäntchen Energie besessen hätte, egal ob positive oder negative, hätte ich ihn in diesem Augenblick ganz bestimmt aus dem Fenster geworfen. Der Vermieter jedoch ahnte leider überhaupt nichts davon, er marschierte voller Tatendrang im Zimmer auf und ab, untersuchte den Zustand des Parketts, die Spinnweben und den Wasserhahn in der Küche. Dabei lächelte er in einem fort nachsichtig von der Warte bemühter Gutmütigkeit. Diesmal war die Haselrute zu Hause geblieben, wodurch mir die Vorstellung eines esoterischen Balletts erspart blieb.

»Kummer und Sorgen, Herr Andi, verursachen ungute energetische Frequenzen – die schlimmsten, die es überhaupt gibt ... Ich weiß, dass Sie sich Sorgen machen – was auch verständlich ist ... Ihr Mietvorschuss ist aufgebraucht, und für den laufenden Monat sind Sie mir sogar noch etwas schuldig … Solch trübsinnige Gedanken müssen Sie sich also aus dem Kopf schlagen …«

So sehr ich mich bemühte, ich konnte ihm nur in Ansätzen folgen. Die Worte gelangten nur als Echo zu mir, als hätte er sie am Ende eines Tunnels ausgesprochen.

»Sich bloß keine Sorgen machen, das ist das Geheimnis … Sie dürfen sich nicht selbst im Weg stehen … Am besten wäre es, wenn Sie die Schulden jetzt sofort bezahlen, um sich in Einklang mit den feinsinnigen Gesetzen des Universums zu bringen … Sie würden sich umgehend erleichtert und voller Lebenslust fühlen …«

Das waren die letzten Worte, die ich einigermaßen deutlich wahrnehmen konnte. Danach verwandelte sich die Realität in eine Art Stummfilm, in dem ein Männlein mit Kohlkopffrisur und einem nicht still stehenden Spitzbart unentwegt um mich herumtänzelte, und wenn ich dabei weiter auf dem Bettrand sitzen blieb, die Ellbogen auf den Knien, den Kopf in die Hände gestützt, war das wohl nur meiner guten Kinderstube zu verdanken.

Als der Kurzfilm zu Ende war, plumpste ich ins Bett und schlief ein wie ein Murmeltier.

Zwei Tage später ging ich die Treppe des Wohnblocks hinunter, denn der Aufzug war wieder kaputt. Ich hatte in jeder Hand einen Koffer. Ich wuchtete die notdürftig von Schnüren zusammengehaltenen Koffer, der eine aus Holz, der andere aus Pappe, in den Kofferraum eines Taxis, das vor dem Wohnblock hielt. Vorsichtig schlich ich zurück ins Treppenhaus, dann warf ich den Schlüssel in den Briefkasten. Mietzahlung kam natürlich zurzeit nicht in Frage, denn ich war pleite. Ich tat jedoch mein Bestes, um mir darüber keine Gedanken zu machen, denn ich wollte auf keinen Fall, wie es so schön heißt, durch mein Verhalten und meine unnötigen Sorgen die feinsinnigen Gesetze des Universums durcheinanderwirbeln. Um mein Gewissen zu beruhigen, versprach ich mir, meine Schulden zu begleichen, sobald ich nicht mehr mit leeren Taschen dastand. Doch bis dahin waren Schuldgefühle völlig fehl am Platz!

KAPITEL 32

Sein Traum war intensiv und chaotisch.

Er befindet sich in Seths Wohnzimmer, er liegt auf dem Sofa. Auf dem Fußboden wächst Gras, und in den Schränken zirpen die Grillen. Die Sonne schwebt in einem Aquarium, unter dem Tisch. Aus einer Ecke, hinter dem Besenstiel, lugt die Mondsichel hervor.

Plötzlich betritt Marga fröhlich das Zimmer und sagt:

»Ich bin gekommen, die Blumen zu gießen.«

Dann beginnt sie sich auszuziehen.

Sie entblößt lediglich ihren Oberkörper.

Sie holt einen Hocker aus der Küche, stellt ihn ins Gras vor das Bücherregal und steigt darauf, um zu den oberen Blumentöpfen zu gelangen. Sie gießt sie der Reihe nach und fasst sich dabei mit festem Griff mal an die eine, mal an die andere Brust.

Er bewundert ihren anmutigen Hals.

Sie dreht sich zu ihm um und sagt:

»Eine dieser Blumen ist etwas ganz Besonderes, sie ernährt sich ausschließlich von Muttermilch. Aber da ich nicht weiß, welche es ist, muss ich sie alle gießen.«

»Was heißt, sie ist etwas ganz Besonderes? Wie sieht sie denn aus?«, fragt er neugierig.

»Ich verrate es dir, aber sag es bitte nicht dem Hausherrn, ja?«

Er nickt.

»Es ist eine fleischfressende Pflanze. Sie treibt gigantische Blüten, die sehen aus wie Grammophontrichter, sind aber noch viel größer. Wenn du an ihr vorbeigehst und nicht aufpasst, zack!, verschlingt sie dich mit Stumpf und Stiel. Das ist aber nicht weiter schlimm, weil du danach neu geboren wirst. Ungefähr einen Tag nachdem sie jemanden gefressen hat, spuckt sie seine Knochen aus. Ich komme dann und sammle sie auf. Ich habe einen Hund, der ganz verrückt danach ist.«

Und sie beginnt zu lachen, so heftig, dass sie nach Luft schnappen muss.

Nachdem sie sich etwas beruhigt hat, fügt sie hinzu:

»Der Hausherr bezahlt mich dafür, weißt du! Der Ärmste hat keinen blassen Schimmer, dass meine Brüste welken und hässlich werden, wenn ich die Blumen nicht gieße.«

»Und welche Blume ist das?«

»Ich habe dir doch gesagt, dass ich es nicht weiß. Es ist jedes Mal eine andere.«

Nachdem sie ihre Arbeit erledigt hat, steigt sie wieder vom Hocker und zieht sich an. Danach sagt sie zu ihm:

»Gute Nacht, mein Geliebter! Und kümmere dich um die Blume!«

»Wieso? Die wächst ja nicht bis zu mir nach Hause!«, sagt er.

»Man weiß nie … Manchmal wächst sie hundert Jahre lang überhaupt nicht, manchmal wird sie ganz riesig, im Handumdrehen. Sie ist – wie soll ich es nur sagen – unberechenbar.«

»Wirklich?«

»Wenn du aber Angst hast, hier zu übernachten, dann kann ich dich zu mir mitnehmen, in mein Bett passen sogar drei.«

»Nein, ich bleibe hier ... Bis morgen wird sie ja wohl nicht zu wachsen anfangen!«

»Wie du willst ... Aber du musst wissen, dass auch ich eine fleischfressende Pflanze habe ... Sie ist etwas kleiner und nicht ganz so gefährlich ... Ganz im Gegenteil!«, raunt sie ihm mit laszivem Unterton ins Ohr.

Dann bricht sie in Gelächter aus. Anstelle von Zähnen hat sie Nagellackfläschchen.

Am nächsten Tag erwachte er ganz verwirrt, in einem fiebrigen Zustand.

Als das Telefon läutete, hatte er sich gerade eine Zigarette angesteckt und sah den wabernden gelblichen Rauchschwaden nach, die wie riesigen Ölflecken aussahen. Eine schmierige Stimme erkundigte sich, ob er es sei. Nachdem er es bestätigt hatte, lobte ihn der Typ in höchsten Tönen für diesen Zeitungsartikel im Frühling, den Bodo zu seinem Ärger umgeschrieben hatte. Dann verriet ihm der Mann am Telefon in einem ekelhaft vertraulichen Ton, dass er über einige überaus wichtige Dokumente verfüge, »schlagende Korruptionsbeweise«, und bot ihm ein Treffen an. Er antwortete, das Thema interessiere ihn nicht mehr, worauf der andere sein Bedauern äußerte und nachschickte: »Überlegen Sie es sich gut!« Um ihn loszuwerden, bat er den Typen, die Beweise in einem an ihn adressierten Umschlag beim Zeitungssekretariat zu hinterlegen. Es waren kaum zwei Stunden verstrichen, da rief Adelina ihn an, um ihm mitzuteilen, dass sie ein Päckchen für ihn in Empfang genommen habe. Erst gegen Abend kam Andi dazu, es abzuholen. Eigentlich wollte er bloß eine Runde drehen, aber während des Spaziergangs beschloss er, in der Redaktion vorbeizuschauen. Er wechselte ein paar Worte mit Adelina, nahm sich die Tageszeitung, begrüßte

Larissa, machte sich kurz über Ghighi lustig, dann ging er mit dem Päckchen unter dem Arm nach Hause.

Er blätterte in der Zeitung. Fast nichts Interessantes. Bloß ein kleiner Korruptionsskandal auf niedriger Verwaltungsebene. Man hatte bereits einen Sündenbock gefunden. Doch falls dieser Sündenbock plötzlich ausgepackt hätte, wäre wohl so einiges zusammengekracht. Dann gab's da noch eine Anzeige, mit der man um Unterstützung bat, es ging um ein Kind mit einer seltenen Krankheit, die man nur im Ausland behandeln konnte. Dass so etwas auf der Titelseite erscheinen konnte, war recht merkwürdig. Es waren wohl wieder mal Beziehungen im Spiel.

Dann widmete sich Andi dem Päckchen. In dem dicken Papierstapel befanden sich Vertragskopien, Protokolle, Kassenbelege, Abrechnungen für Dienstreisen, Gerichtsbeschlüsse, ein großes Tohuwabohu. Doch alles war schön abgeheftet, chronologisch geordnet, und die wichtigsten Stellen waren durch Seitenmarkierungen hervorgehoben, um den Ablauf der Ereignisse zu dokumentieren. Hinter dem ganzen Konstrukt ließ sich eine sorgfältig arbeitende Person erahnen, die die Gesetze ebenso genau kannte wie die Verzweigungen der Korruption.

Sein Blick fiel auf einen kleinen verschlossenen Umschlag. Er öffnete ihn, und zu seiner Überraschung entdeckte er ein Bündel druckfrischer Geldscheine. Er zählte sie. Es war eine beträchtliche Summe.

Das machte die Sache etwas komplizierter, sodass er sich eine Zigarette anzündete.

Wenn der Typ keine Vereinbarung mit Bodo getroffen hatte, was er womöglich versucht hatte, dann konnte er ihm kaum weiterhelfen. Er hatte überhaupt keine Lust mehr, sich mit dem Mist abzugeben. Außerdem erinnerte ihn diese Geschichte zu sehr an Marga.

Er beschloss, das Geld auszuschlagen.

Auf dem Umschlag stand weder ein Name noch eine Adresse. Klar, der Typ war ein Profi. Er rief die Nummer auf, von der aus er ihn angerufen hatte, und rief zurück. Anscheinend war es ein öffentliches Telefon. Er telefonierte mit Adelina, und sie sagte ihm, der Pförtner habe ihr das Päckchen gebracht. Schließlich erinnerte sich der Pförtner, der gerade auf etwas herumkaute, dass ihm der dicke Umschlag von einem Kind ausgehändigt worden war, es war ungefähr zehn Jahre alt, blond, hatte Sommersprossen und erinnerte ihn an sein Enkelkind.

»Alles für die Katz!«, murmelte Andi verärgert.

Und während er den vollen Aschenbecher in den Mülleimer im Bad leerte, wusste er es auf einmal. Ohne jede Erklärung wurde es ihm plötzlich klar. Das Geld war nicht dazu da, zurückgegeben zu werden, sondern damit er seine Schulden an den ehemaligen Vermieter bezahlen konnte. Und noch etwas wusste er. Was davon übrig blieb, gehörte nicht ihm, sondern war für das kranke Kind bestimmt, dessen Foto er gerade in der Zeitung gesehen hatte. Die Klarheit dieses Gedankens war wie ein freundlicher, aber entschiedener Befehl.

Am nächsten Tag nach dem Frühstück nahm er den Umschlag und die Zeitung und verließ das Haus.

Er steckte die Geldsumme, die er dem ehemaligen Vermieter schuldete, in dessen Briefkasten, den Rest überwies er auf das in der Anzeige angegebene Konto.

Er betrachtete eine durchscheinende Wolke und sagte:

»Das ist alles, was ich für dich tun kann, Gott! Aber jetzt lass mich bitte in Ruhe!«

KAPITEL 33

Kurz nach dem Besuch meines Vermieters ging ich in die Bar, wo sich vor allem die Journalisten der Stadt trafen, die sogenannte Pressebar. Ich war dort um halb sechs mit Arthur verabredet. Den ganzen Vortag hatte ich herumtelefoniert, um eine vernünftige Mietwohnung ausfindig zu machen, bloß für die Zeit, bis die Studenten in die Ferien fuhren, worauf ich in eine anständige Junggesellenwohnung mit einer akzeptablen Miete zu ziehen hoffte. Der Einzige, der sich hilfsbereit gezeigt hatte, war Arthur. Hilfsbereit heißt, er knurrte etwas weniger als die anderen. Er arbeitete als Korrespondent einer überregionalen Zeitung, und wir hatten uns bereits einige Male bei Recherchen vor Ort getroffen. Wir hatten uns sogar schon einige heiße Tipps zugespielt, und so war eine ganz gute Beziehung entstanden.

Viertel nach fünf saß ich am Tisch vor einem Bier. Die Bar war fast leer. Ein junges Paar schlürfte Cola genüsslich mit einem Strohhalm und schaute sich dabei tief in die Augen. Das Mädchen hatte prachtvolles Haar, lang und lockig, und ich stellte es mir auf einem Kopfkissen ausgebreitet vor, an einem Sommermorgen. Der Junge hatte den Ansatz einer Glatze. Sie hatte genug Haar für beide. Es war ein perfektes Paar. In einer Ecke entdeckte ich drei Typen, die auf Musiker machten. Sie hatten irgendwann eine Band gegründet und hofften nun auf einen Preis, der ihnen zum Durchbruch verhelfen sollte. Soweit ich wusste, war der Schlagzeuger gar nicht schlecht, schaute aber immer wieder zu tief ins Glas. Sein Talent ließ ihm auch jetzt keine Ruhe und er trommelte auf der Tischplatte herum. *Repetitio est mater studiorum.* An den Wänden hingen gerahmte Titelseiten von Zeitungen aus den zwanziger und dreißiger Jahren. Da die Bruchbude im Untergeschoss lag, gab es nur künstliches Licht und die Lüftung war dürftig. Es war schwer zu sagen, ob das Schummerlicht der Sparsamkeit des Inhabers zu verdanken war oder seiner Absicht, eine intime Atmosphäre zu schaffen. Ich kehrte selten dort ein, und dann nur dienstlich. Im Allgemeinen hatten die Journalisten ein Geheimplätzchen in der Nähe ihrer jeweiligen Redaktion, bei einem Gläschen konnten sie sich dort unbehelligt von der Konkurrenz austauschen. Die Pressebar war ein neutraler Ort, wo man quatschen oder eventuell Arbeit finden konnte. Wer nach einem interessanten Job bei der Presse Ausschau hielt, der war gut beraten, möglichst oft dort reinzuschauen.

Ich sah auf die Uhr, es war bereits Viertel vor sechs. Der gute Arthur ließ auf sich warten. Aus meinem Koffer lugte ein Hemdzipfel wie ein indiskretes Auge. Na dann viel Spaß, ich hatte keine Lust, mich für so eine Lappalie zu bücken.

Ein Mann betrat ruhigen Schrittes den Raum, voller Würde. Die Hände hinter dem Rücken verschränkt und erhobenen Hauptes wandelte er zwischen den Tischen umher, ohne jemanden anzuschauen. Er wendete sich mit seiner Rede an die ganze Menschheit, nicht an eine bestimmte Person. Er redete klar und deutlich, in dozierendem Ton.

»Du kannst ihn bis zum Umfallen suchen, das Essen wird trotzdem verderben. Deswegen ist ein Punkt nichts anderes als ein sehr hungriger Kreis, zwei Punkte hingegen bilden eine Gerade. Die Fahrkarten nach Bukarest sind bereits letztes Jahr ausgegangen, obwohl er eine gutmütige Frau hat, mit Fingernägeln. In Bicaz produzieren sie zweifelsohne einen vorzüglichen Käse. Sein Obstgarten wurde von den Wölfen verschlungen, es ist nur noch der Smoking übrig geblieben. Die Peitsche liegt auf dem Speicher, weil das eben so ist mit den Wandervögeln, sie werden von ihren Freunden zu Grabe getragen, und jeder gibt, was er kann. Der Zement wird auf Teufel komm raus geklaut, da kann man aber leider gar nichts machen, auch Mozart hat nie Lenin gelesen. Es kommt immer darauf an, wetterfeste Schuhe zu tragen, sonst sind wir alle im Barsch.«

Hin und wieder blieb er an einem Tisch stehen, kramte mit feierlicher Miene im Aschenbecher und pickte sich die größeren Kippen heraus. Er verlangte keine Zigaretten. Eigentlich verlangte er überhaupt nichts. Er erschien an den verschiedensten Orten der Stadt, man hatte schon fast den Eindruck, als wäre er allgegenwärtig. Es ging das Gerücht um, er sei früher ein berühmter Architekt gewesen und habe den Verstand verloren, nachdem ein von ihm entworfenes Gebäude eingestürzt sei -- einige meinten, es sei die Philharmonie gewesen, andere wiederum, es habe sich um eine Bank gehandelt. Die Art, wie er sich bewegte und sprach, ließ ahnen, dass er einmal etwas ganz Besonderes gewesen war. Die Überreste der guten Erziehung hatten bis heute Bestand, wie eine Form ohne Inhalt. Ich fand seine Ausführungen, eine teilweise brillante Mischung von absurden, surrealistischen und poetischen Elementen, nicht uninteressant. Seine seltsame, undurchschaubare Logik faszinierte mich. Ich stellte mir häufig vor, es gäbe irgendwo eine Welt, in der man ihn gut verstand. Wahrscheinlich die Welt, in der die Philharmonie oder eben die Bank noch keine Risse bekommen hatte, sodass die Leute dort sorgenfrei ein und aus gehen konnten. Auch erzählte man sich über den Architekten, dass er an einem glutheißen Tag die kühlen Flure der Universität betreten habe. Er sei in die volle Aula gegangen, um mit den Studenten auf den Professor zu warten. Er habe ihnen ungefähr eine Viertelstunde lang einen Vortrag gehalten, wobei sie sich gewissenhaft Notizen gemacht hätten. Danach sei der verspätete Professor erschienen und habe ihn gebeten, den Saal zu verlassen. Ich weiß nicht, ob diese Geschichte stimmt, aber wenn ja, dann würde ich liebend gerne diese Notizen lesen.

Gegen halb sechs rief ich Arthur an. Obwohl ich Schlimmes befürchtete, sprach ich relativ ruhig auf seine Mailbox. Hoffnungsvoll.

Als der Architekt im Aschenbecher der Musiker nach Kippen suchte, ging der junge Barkeeper auf ihn zu und fasste ihn am Ellenbogen. Dann sagte er:

»Komm, Mann! Mach die Fliege! In der Straßenbahnhaltestelle gibt's viel tollere Kippen!« Darauf blickte er triumphierend in der Runde, stolz auf seinen Witz. Ich hatte sogar den Eindruck, er zwinkerte mir zu. Der Architekt befreite sanft seinen Ellenbogen und ging leichtfüßig hinaus.

Ein Trupp Journalisten von einer Phantomzeitung stürmte danach die Bar. So nennt man eine Zeitung, deren Gesamtauflage in eine Tragetasche passt und bei der in jedem Wahlkampf der Inhaber wechselt. Es waren vier Typen und eine junge Frau, zwei von den Jungs kannte ich. Ich begrüßte sie, und sie setzten sich alle zu mir, nachdem wir zwei Tische zusammengeschoben hatten.

»Ich habe gehört, Bodo hat dir übel mitgespielt«, sagte einer von ihnen.

»Unsinn!«, antwortete ich.

»Das sagen die Leute …«

Das Mädchen hieß Bianca. Sie besaß nicht die Dreistigkeit der Journalisten; im Gegenteil, sie machte dauernd den Eindruck, als wollte sie nur ja nicht auffallen. Sie bestellten alle Bier, nur ich nahm eine Tüte mit Kirschen aus der Tasche. Sie hatten kaum Geschmack, aber es waren die ersten in diesem Jahr.

»Was ist denn mit diesen Koffern?«, staunte Claudiu.

»Ich fliege wegen einer Reportage nach Kanada und warte auf Bodo, der mich gleich zum Flughafen bringt«, scherzte ich.

»Wieso fliegst du nicht nach Spanien?«

»Und ich dachte schon, du wolltest den Müll wegbringen.«

Da ich keine Lust auf weitere Sticheleien hatte, lenkte ich ein:

»Ich wollte umziehen … Und nun warte ich auf Godot. Pardon, auf Arthur.«

»Wolltest du etwa zu ihm ziehen?«

»Nur für ein paar Tage, bis ich etwas Neues finde.«

»Ruf ihn doch an!«

»Habe ich schon. Nichts.«

»Okay, lass mich mal machen«, sagte Sergiu und zwinkerte mir zu. »Vielleicht antwortet er nur dann nicht, wenn er deine Nummer sieht … Hallo, Arthur! Ich bin's Mona! Wo treibst du dich denn herum, du Schlingel? Bin seit einer Ewigkeit hinter dir her«, sprach Sergiu mit hoher Stimme auf Arthurs Mailbox.

Dann zu uns:

»Er antwortet nicht, ist wohl mit einer Tussi zugange.«

KAPITEL 34

Ungefähr Mitte November fühlte er sich verpflichtet, noch einen Text zu schreiben. Niemand hatte es von ihm verlangt, doch er musste das monatlich verbratene Geld einigermaßen vor sich selbst rechtfertigen. Vielleicht war aber auch die Einsamkeit daran schuld. Er entschied sich für den Fall einer HIV-positiven schwangeren Frau, die nach vielen Ängsten und Sorgen ein gesundes Kind geboren hatte. Nach mehreren Gesprächen mit der Frau brachte er den Text zu Papier, in einem Zug. Als er Korrektur las, ließ er die für ihn untypischen leicht pathetischen Stellen unverändert und stellte fest, dass er den Ausdruck gebraucht hatte: »Es ist ein wahres Wunder«. Da er zu Hause keinen Internetzugang hatte, musste er mit der Diskette in die Redaktion gehen.

Das Wetter war unerträglich. Der kalte Wind schien von allen Seiten gleichzeitig zu wehen, es war ihm, als würde er mit Eisnadeln beschossen, er spürte sie in den Augen, im Nacken, in den Ärmeln. Seine Wangen waren versteinert und seine Hände mangels Handschuhen wie aus Glas. Seine Winterkleidung schützte ihn kaum. Die winzigen Schneeflocken feierten unter den Straßenlaternen eine faszinierende Orgie. Wegen des launischen Windes schien es bisweilen nach oben zu schneien. Dunkle Schneeschichten legten sich über den Himmel.

In der Redaktion war es warm und roch nach Zigarettenrauch. Die Büros der Abteilung Gesellschaft und Politik waren leer, schienen jedoch erst kürzlich verlassen worden zu sein. Nur im Sekretariat empfing ihn Adelina, dieser treue Wachhund der Demokratie. Sogar Ghighi hatte sich aus dem Staub gemacht. Auf Adelinas Schreibtisch türmten sich Berge von Obst, Flaschen mit Obstsaft und Kuchen, man sah das Telefon kaum noch. Sie sagte ihm, die anderen seien in der »Geheimabteilung«. Andi speicherte den Text von der Diskette auf Larissas PC und ging ebenfalls in die Bar. Er brannte nicht gerade vor Ungeduld, die anderen wieder zu sehen, aber ein Schnaps würde seinen erfrorenen Gliedern bestimmt guttun.

In der »Geheimabteilung« saßen ausschließlich seine Kollegen, aber auch nicht alle, wahrscheinlich wegen des kalten Wetters. Tache, gut in Form, erzählte etwas, und Ghighi, Antonio und Sandu hörten ihm gespannt zu. Wie immer wurde über die Abwesenden gesprochen. Er nahm die Speisekarte und blätterte ein wenig darin, aber bloß aus Gewohnheit, denn er wollte eigentlich gar nichts essen. In den nächsten fünf Minuten erfuhr er sämtliche internen Neuigkeiten. Relu hatte zur Konkurrenz gewechselt, Larissa war kurz davor, befördert zu werden, und Bodo war wieder mal auf Dienstreise. Andi entschied sich für einen kleinen Wodka, doch der Kellner war spurlos verschwunden. Er zog die Zeitung unter Sandus Ellenbogen heraus und überflog die Überschriften. Die gleichen Geschichten wie eh und je. Es war ihm ein Rätsel, wie man so etwas täglich lesen konnte.

»Was trinkst du?«, brüllte Tache ihm plötzlich ins Ohr.

»Mir schwebt ein Wodka vor, aber wie ich sehe, hat sich der Meister in Luft aufgelöst.«

»Ein Whisky wäre doch auch okay, oder?«

Jetzt erst merkte er, dass die anderen den allerfeinsten Whisky in sich hineinkippten.

Und es fiel ihm auf, dass bei Tache die oberen Hemdknöpfe geöffnet waren.

»Tja, ich weiß nicht ...«, zierte er sich.

»Komm, es geht auf mich!«, sagte Tache.

Dann brüllte er in Richtung Bar:

»Hey, Christi, hey, Weißbrot! Lass noch mal so 'ne Arznei rüberwachsen!«

»Tache, nicht dass du morgen das Geld zurückwillst!«, versuchte Andi lustlos zu scherzen.

»Red kein Blech, Mann, ich bin eine seriöse Firma!«, sagte der andere großspurig.

Dann lachte er prustend los.

Plötzlich tauchte der Kellner aus dem Nichts auf wie ein Heinzelmännchen.

Andi hob das Glas und prostete allen zu. Er sog den Duft des Getränks tief ein, dann nahm er einen kleinen Schluck und ließ den Whisky an seinem Gaumen entfalten. Er spürte, wie das Getränk langsam nach unten floss und den ganzen Körper durchdrang, wohltuend und entspannend. Es war genau das, was er jetzt brauchte.

»Das ist Ware vom Feinsten, Tache!«, meinte er schmeichlerisch. »Sag bloß, du hast im Lotto gewonnen!«

»Mmmh... nicht gerade! Aber so ähnlich, Alter!«

»Na, Jungs? Sagen wir's ihm?«, fragte Tache die anderen drei, eher rhetorisch.

Keiner schien von der Idee begeistert zu sein. Im Gegenteil, sie blickten ziemlich verlegen zur Seite.

Blitzartig schoss ihm durch den Kopf, dass man ihm vielleicht gerade einen üblen Streich gespielt hatte. Dass man seinem Drink irgendein Zeug mit komischen Wirkungen beigemischt hatte, von dem man pupsen, niesen, grundlos lachen musste oder so ähnlich. Er wartete nervös auf eine Erklärung.

»Okay, Andi, hör jetzt mal gut zu! Wenn du dich verplapperst, sind wir alle im Arsch, Alter!«

Er nickte.

»Also«, fuhr Tache fort, »vor ungefähr zwei Monaten haben auch wir einen Sponsor gefunden ... Einen Typ aus Australien, wir haben ihn im Internet aufgetrieben. Er ist zwar nicht stinkreich, aber für ein paar Whiskys reicht's.«

Er zog die Zeitung zu sich heran, schlug sie theatralisch auf und klopfte mit dem Zeigefinger auf das Foto des Kindes, das dringend eine Operation im Ausland benötigte.

»Hier ist unser Mann! Er war supernett zu uns und hat uns sogar seine Kontonummer verraten ...«

Ihm war, als würden alle Fenster der Welt zerspringen, fast wäre er gerannt vor Entsetzen. In seinem Rücken hörte er noch:

»... alle im Arsch, Alter!«

Schon lange war er sich nicht mehr so dumm und lächerlich vorgekommen. Ja, nur er war daran schuld. Der verrückte Seth und sein Anhang.

KAPITEL 35

Der Abend an der Pressebar wurde länger, als mir lieb war. Wir prosteten uns fleißig zu und plauderten. Einer der beiden Unbekannten, Radu, erzählte von seinem Abenteuer in einem Zigeunerdorf. Ich versuchte meine Panik zu verbergen. Sie in Bier zu ersäufen. Je betäubter meine Sinne waren, desto optimistischer wurde ich. Schließlich hätte ich ja die Nacht in einer Kneipe oder auf einer Parkbank verbringen können. Oder auf dem Redaktionstisch. Danach würde sich bestimmt eine langfristige Lösung finden.

Im Dorf angekommen, war Radu als Erstes zum Bulibascha gegangen, dem Zigeunerkönig. Er wollte ja nicht sein Leben aufs Spiel setzen. Der Bulibascha wohnte in einem Riesenhaus mit Pagodendach, die Fassaden waren gesprenkelt mit bunten Mosaiksteinchen. In diesem Dorf wohnten ausschließlich Zigeuner, die meisten reich, vor vielen Häusern standen Luxuskarossen. Sie ließen sich nicht standesamtlich trauen, und die Geburtsurkunden für die Neugeborenen wurden mit großer Verzögerung beantragt, und zwar erst dann, wenn man beabsichtigte, sein Kind in die Schule zu schicken, was allerdings von der Gemeinde nicht gerne gesehen wurde. Nicht gering war Radus Überraschung, als er im Hausflur eine öffentliche Telefonzelle entdeckte. Der Bulibascha saß auf einem kleinen Stuhl und rauchte, sein Bauch hing über dem Gürtel. Jemand telefonierte gerade, zwei andere Zigeuner standen vor der Telefonzelle und warteten, während sie sich mit dem Boss unterhielten. Durch dieses Gespräch erfuhr Radu, dass man die Telefonzelle ursprünglich irgendwo mitten im Dorf aufgestellt hatte, worauf der Bulibascha aber beschlossen hatte, es wäre ganz gut, sie zu sich nach Hause bringen zu lassen. Es wurde also ein langer Graben ausgehoben, die Leitungskabel wurden verlegt. Selbstverständlich ohne jede Genehmigung. So konnte sich nun der altgediente Stammeschef in aller Ruhe die Gespräche mit denen anhören, die sich im Ausland aufhielten. Er bekam dadurch genau mit, wie die Geschäfte liefen. Dauernd plagte ihn die Vorstellung, dass man ihn hinters Licht führte und ihm weniger abgab, als ihm zustand.

Anschließend erzählte uns Sergiu, wie die ärmste Familie Rumäniens lebte. Als er gerade deren Mittagessen beschrieb, das aus sauren Gurken mit Maisbrei bestand, betrat Bodo den Raum und sah sich unschlüssig um. Nachdem er sich an das schummrige Licht etwas gewöhnt hatte, entdeckte er uns und kam an unseren Tisch. Ich hätte es in diesem Augenblick vorgezogen, ganz woanders zu sein. Bodo hatte angeblich etwas in der Gegend zu tun und wollte einfach mal hören, was es noch Neues gab. Er fragte mich, wie es mir gehe, und ich zeigte auf meine Koffer. Ich erklärte ihm meine Situation, und er zuckte ratlos mit den Schultern.

»Diese Nacht kannst du dich in der Redaktion einnisten«, meinte er großzügig.

Er schmiss eine Runde. Irgendwie musste er ja signalisieren, dass es seiner Zeitung prächtig ging. Das Gespräch drehte sich um mehr oder weniger witzige Dinge. Die Politik und das Thema Auflagenhöhe wurden ausgespart.

Man lästerte bloß ein wenig über das, was in Bukarest so lief. Hin und wieder ging ich zur Toilette und rief von dort Arthur an. Es kam mir sinnlos vor, ihm immer wieder Nachrichten zu hinterlassen. Ich merkte, dass ich ein kleines Problem mit dem Gleichgewicht hatte, und wusch mein Gesicht mit kaltem Wasser. Die Kneipe hatte sich inzwischen gefüllt, es summte und brummte, als wäre ein Hochspannungstransformator am Werk.

»Na, wann schreibst du mal wieder eine Reportage? Etwas Lustiges, denn bald ist Urlaubszeit und die Leute möchten ihren Spaß haben«, sprach Bodo mich an.

Ich nickte, ohne zu antworten. Trotz der Biere, die ich gezischt hatte, verstand ich sofort, wie das gemeint war, und ich war gar nicht so abgeneigt. Er wollte mir klarmachen, es wäre besser für mich, wenn ich mich demnächst auf ein ganz neutrales Gebiet konzentrierte, zum Beispiel auf Unterhaltungs-Reportagen. Dann hätte ich mit den ganzen Bonzen nichts mehr zu tun. Und so hätte ich künftig wesentlich mehr Ruhe.

Tja, da ist was dran, dachte ich. Wenn ich die ganzen Sauereien in den oberen Kreisen nicht mitkriegte, hätte ich das Gefühl, für eine ehrliche, unbestechliche Zeitung zu arbeiten. Ich wäre stolz wie Oskar auf meinen Job und würde mich pudelwohl fühlen.

»Wenn du willst, kann ich dich mit dem Bulibascha in Verbindung setzen!«, rief mir Radu über den Tisch zu. »Der hat Dinge auf Lager, da lachst du dich tot!«

»Nein, nein, über die Zigeuner berichten die Ausländer«, lehnte Bodo kategorisch ab. »Ich dachte an etwas Originelleres. Und natürlich an etwas Lustiges.«

»Die christlichen Infraenergetiker! Wie wäre es damit, Bodo?«

»Die Infrawas? Was sind das denn für Vögel?«

»Es ist eine etwas kompliziertere Sache, eine Kombination von ...«

»Nein, wenn es kompliziert ist, vergiss es! Bis du dem Leser alles erklärt hast, geht der Witz verloren«, unterbrach mich Bodo.

»Okay, dann lass mir noch etwas Zeit zum Überlegen.«

»Schreib doch mal etwas über die Baptisten. Sie leben unter uns, aber wir wissen so gut wie nichts über sie ... Bloß allgemeine Dinge ... Aber schreib bitte in einem lockeren Ton, zur Urlaubslektüre. Du weißt schon ...«

Ich überlegte, was das Thema so alles hergeben könnte, und sagte zu. Bodo sah auf die Uhr, sprang auf und wollte sich davonmachen. Ich bat ihn, mich mitzunehmen und zur Redaktion zu bringen, doch er meinte, er sei leider schon viel zu spät dran. Und empfahl mir ohne jede Ironie, doch ein Taxi zu nehmen. Ich dankte ihm in Gedanken für den genialen Tipp, und zwar mit einem deftigen Fluch.

Danach nahm die Unterhaltung weiter ihren Lauf, und das Bier auch. Ich erinnere mich noch, dass ich irgendwann Haselnüsse knabberte. Sie waren ziemlich hart, ungesalzen und zu meiner großen Überraschung unheimlich bitter. Nachdem ich zwei, drei davon gegessen hatte, merkte ich, dass ich eigentlich Kirschkerne aus dem Aschenbecher im Mund hatte. Da wurde mir klar, dass ich ziemlich betrunken war.

Es war bereits nach Mitternacht, als wir beschlossen, die Segel zu streichen. Lustlos ließ ich die Redaktionsschlüssel in der Tasche klirren. Daraufhin sagte Bianca:

»Wenn du möchtest, kannst du ein, zwei Nächte bei mir schlafen, aber nicht länger.«

Die Jungs gaben leichte Pfeifgeräusche von sich und ergingen sich in erotischen Anspielungen. Bianca sagte gar nichts.

Sie lebte in einer Zweizimmerwohnung. Eigentlich bewohnte sie nur eines der Zimmer, im anderen bewahrten die Eigentümer verschiedene Schachteln auf. In einigen befand sich Porzellan, in anderen waren Bücher verstaut, andere Schachteln wiederum waren so schwer, als sei nasser Sand drin. Ich räumte die Sachen vom Bett und legte mich hin, ohne mich auszuziehen. Ich hörte nur noch, wie sich der Schlüssel im Schloss drehte, Bianca hatte mich wohl gerade eingesperrt.

Irgendwann, mitten in der Nacht, erwachte ich, weil ich pinkeln musste, aber auch wegen des Lärms im Nebenzimmer. Bianca stritt offensichtlich mit jemandem. Sie sprach mit einer weichen Stimme in aufgeregtem Flüsterton und schluchzte zwischendurch. Ich hatte den Eindruck, es ging um meine Koffer im Flur. Doch mir war es egal, ich wollte bloß pinkeln. Als ich feststellte, dass die Tür tatsächlich abgeschlossen war, wurde ich langsam unruhig. Mondlicht drang kaum in den Raum, nur durch die Ritzen zwischen den auf dem Fensterbrett aufgetürmten Schachteln. Schließlich rettete mich der scharfe Verstand des Enthüllungsjournalisten. Mit äußerster Vorsicht entnahm ich der Schachtel mit Porzellan eine wunderschöne chinesische Teekanne, derer ich mich dann skrupellos bediente. Erleichtert schlief ich danach tief ein.

Wie um alles in der Welt hätte ich ahnen können, dass ich mich bereits am nächsten Tag etwas weniger einsam fühlen würde, oder gar, dass ich es irgendwann schaffen würde, über mich in der dritten Person zu denken und Marga tatsächlich zu vergessen?

Etwas hielt ihn davon ab, und er fand keine Zeit, sich seinen Ängsten zu stellen, ihnen mit einem Knüppel bewaffnet gegenüberzutreten. Er dachte zurück an den Park und die Krankenpavillons und versuchte sie sich schneebedeckt vorzustellen, mit weichen Konturen. Es musste dort jetzt wunderschön sein! Nichts als gerundete Formen und gedämpfte Geräusche, damit die wunden Seelen nicht weiter verletzt wurden. Anhaltende Stille, erstarrte Zeit. Wie würde man dort die Feiertage verbringen? Einen Augenblick lang wollte er sich anziehen und sich auf den Weg zu Luana machen. Um dann *dort* zu bleiben und sich gemeinsam mit ihr die Uhr anzusehen, die Mitternacht schlagen würde. Um sie im Sinne eines neuen Anfangs zu küssen und danach noch ein paar Tage mit ihr zu verbringen. Vielleicht auch ein ganzes Jahr. Dort, unter den einzigen Erdbewohnern, die sich nie verstellten und sich auch um nichts Sorgen machten. Wir sind alle verrückt, aber sie brauchen sich um nichts zu kümmern, dachte er. Sie sind die einzigen ehrlichen, klar denkenden Erdenbürger. Er wäre womöglich seinen Träumereien weiter nachgehangen, wenn nicht die Erinnerung an gellendes Sirenengeheul ihn hätte zusammenzucken lassen.

Er sah sich um.

Das Zimmer wirkte kalt und abweisend. Die Gegenstände hatten bedrohliche, messerscharfe Konturen. Der Tisch, der scheinbar harmlose Schrank, vom Heizkörper ganz zu schweigen, der sah aus wie eine ganze Waffensammlung. Was für ein Wahnsinn, in einer Schachtel zu wohnen, die von der Wirklichkeit mit Schwertern durchbohrt wird, wie im Zirkus!

Er zog seine dicke, weiche, schützende Jacke an und verließ den Raum.

Es war noch reichlich Zeit bis zum vereinbarten Termin in der Redaktion, sodass er noch ein wenig flanieren konnte.

Ein junges Paar mit Rucksäcken schien glücklich zu sein. Sie fingen die Schneeflocken mit der Zunge auf. Schubsten sich gegenseitig, damit der andere es nicht schaffte. Sie wetteiferten. Die Blocks mit ihren weißen Kitteln blickten auf sie herab, gutmütig und voller Verständnis. Die Schaufenster lockten ihn zum Kaufen und Fröhlichsein, dabei grinsten sie ihn heuchlerisch an mit ihren Zähnen aus Styropor. Sie schlugen ihm, der so einsam war, vor, Silvester günstig in den Bergen oder in einem fernen Land am Strand zu verbringen. Auf der Suche nach tiefem, unberührtem Schnee lief er zwischen den Wohnblocks herum. Auf einem vom Bagger aufgeschütteten Hügel rodelten Kinder. Sie schrien, stritten, fuchtelten herum. Wahrscheinlich gab es gar keinen ernsthaften Grund für den Streit, sie drückten bloß ihre Lebensfreude und Vitalität aus. Und das alles nur wegen der Schneeflocken, groß wie Brotkrumen. Das Lachen der Kinder nährte sich davon wie eine gierige Taube. Er sah ihnen noch eine Weile zu, dann lief er weiter.

Etwa eine Stunde vor der Konferenz war er in der Redaktion. Die letzte Ausgabe des Jahres stand bevor, dazu eine Unterhaltungsbeilage. Jemand hatte sich Mühe gemacht, eine feierliche Atmosphäre zu schaffen, an den Wänden hingen geschmückte Tannenzweige. Wahrscheinlich war es Adelina gewesen. In ihrem Büro hatte sie sich einen kleinen Tannenbaum aus Plastik aufgestellt, sie schmückte ihn alle Jahre wieder, bis zum Gehtnichtmehr. Wie immer setzte sich Andi an Larissas PC, um ein Spielchen zu machen. Nur daran hatte er bisher noch nie gedacht: Er hätte ja den Jahreswechsel mit der Maus in der Hand verbringen können.

Kaum hatte er zu spielen begonnen, ging das *messenger*-Fenster auf: *sal.* Nickname *margarine.*

»*biste da*?«

Sein Herz begann zu rasen. Sich als Larissa auszugeben reizte ihn. Neue Anfrage. Wozu antworten?

»*mädel, hör auf zu rauchen.*«

Nein, es hatte wirklich keinen Zweck.

»*winke winke, baby weint.*«

Sign out.

Benommen lehnte er sich zurück.

Nun fühlte er sich erleichtert.

Er schaute aus dem Fenster, ohne an etwas zu denken.

Wie seit tausend Jahren nicht mehr, begann das Handy zu läuten. Er ließ es zittern und singen. Erst bei der nächsten Vorstellung sagte er abwesend:

»Hallo?«

»Andi, bist du das?«

»Ja.«

»Wir haben schon lange nichts mehr voneinander gehört, mein Lieber! Aber ich habe dich nicht vergessen ... Mindestens einmal im Monat beten wir für dich und deinen Freund ... Doch nicht deswegen rufe ich an. Hör zu, wir organisieren eine Silvesterfeier in der Kirche ... Bist du dabei? Du kannst ja auch deinen Freund mitbringen.«

»...«

»Hallo?«

Da fiel mir ein, dass ich, wenn ich nicht allein sein wollte, gar keine andere Wahl hatte, als um Mitternacht mit Seth und allen, die dazugehörten, anzustoßen. Aber ich legte trotzdem auf und ließ mir noch Zeit zum Überlegen.

Dan Lungu Das Hühnerparadies
Ein falscher Roman aus Gerüchten und Geheimnissen

Sprühende Metaphorik und romanisches Temperament prägen sein witzig-herbes Sittengemälde.
Kultur Spiegel

Dan Lungu lässt seine Helden heftig phantasieren, deftig flunkern, ungeniert schimpfen, er legt ihnen eine Vielzahl von Anekdoten in den Mund, die der bitteren Schule der Diktatur entsprossen zu sein scheinen. Zu lachen gibt es – mit einem weinenden Auge – viel … Ein Buch voller Fabulierlust, das Rumäniens Gratwanderung zwischen Vergangenheit und Zukunft auf ebenso witzige wie treffende Weise zur Anschauung bringt.
NZZ

Lungu spielt mit Klischees und Vorurteilen, führt sie ins Absurde oder Komische. Er seziert die rumänischen Träume vom goldenen Westen und erzählt vom Alltag in der Provinz.
Berliner Zeitung

Dan Lungu Die rote Babuschka Roman

Lungu hat einen kleinen, klugen Roman über den Widerspruch zwischen Politik und privater Erfahrung vorgelegt. (…) Eine unterhaltsame Geschichte, in der es viel zu lachen gibt …
Literaturen

… ein Buch voller Humor und voller skurriler Gestalten, über die es sich trefflich lachen lässt.
Bayrischer Rundfunk

… Lungu schildert mit feiner Ironie den Alltag kleiner Leute vor und nach der Revolution. Jan Cornelius hat eine hervorragende Übersetzung vorgelegt, die für Lesegenuss garantiert.
Freitag